Racheengel

ALEXANDER LORENZ GOLLING

Racheengel

Kommissar Brauners zweiter Fall

Bibliografische Information der Deutschen Nationalbibliothek:
Die Deutsche Nationalbibliothek verzeichnet diese Publikation in
der Deutschen Nationalbibliografie; detaillierte bibliografische Daten
sind im Internet über dnb.d-nb.de abrufbar.

TWENTYSIX

Eine Marke der Books on Demand GmbH

© 2021 Alexander Lorenz Golling

Herstellung und Verlag:
BoD – Books on Demand, Norderstedt

ISBN: 978-3-7407-8207-8

Prolog

Kurz nach eins.
Der Herbstregen nieselte leicht auf die nächtliche Straße. Es war Ende Oktober, die Blätter hatten sich bereits gelb verfärbt und waren am Fallen; ein frostiger Wind machte den Aufenthalt draußen unangenehm.

Doch die junge Frau konnte sich das Wetter leider nicht aussuchen. Langsam schritt sie auf ihrem Platz auf und ab.

Auf jeden und niemanden wartend.

Gegenüber, auf der anderen Straßenseite, lag der Englische Garten. Allerdings nicht jener in München, sondern ein Auwald, der sich in Neuburg an der Donau südlich des besagten Flusses entlangzog. Immer wieder kam es dort zu Überfällen, auch tagsüber; war nicht dort, erst vor ein paar Wochen, eine junge Frau vergewaltigt worden?

Kalter Schauer kroch über ihren Rücken. Sie mochte jetzt nicht an so etwas denken. Doch je mehr sie diese unwillkommenen Gedanken wegzudrücken versuchte, desto penetranter setzten sie sich in ihrem Gehirn fest.

Schwarz und undurchdringlich lag der Wald vor ihr.

Ein Knacken.

Erschrocken blieb sie stehen und spähte ängstlich in die

Dunkelheit. Doch da war nichts. Oder vielleicht doch? Kauerte da im Schatten der Bäume nicht eine Gestalt?

Nein, Unsinn. Ihre Angst und Einbildung ließen sie Dinge sehen, die gar nicht dort waren. Wahrscheinlich war es nur ein kleines Tier gewesen.

Wahrscheinlich.

Wie sie es hasste, hier herumzustehen. Dazu der Ekel vor ihrem »Job«, wie sie es beschönigend ausdrückte, und der Ekel vor sich selbst.

Aber es geht nicht anders. Ich brauche die Kohle. Ansonsten schmeißt mich Eva aus der Wohnung. Und der Stoff … ich habe keine Wahl. Shit happens.

Sie blickte auf ihr Handy. Es ging auf halb zwei zu.

Mist. Kommt denn heute keiner mehr? Verschlafenes Nest …!

In einiger Entfernung blitzten die Scheinwerfer eines Autos auf, das um die Kurve fuhr.

Arbeit oder die Bullen?

Es fuhr an ihr vorbei. Sie wartete weiter. Fünf Minuten, zehn Minuten.

Dann, leise und fast schon verstohlen, kam ein Wagen aus einer Seitenstraße und hielt an.

Na endlich, Kundschaft.

Die Seitenscheibe fuhr leise surrend herunter. Sie stutzte, als sie erkannte, wer den Wagen fuhr. Dann wurden ein paar Worte gewechselt. Angebot traf Nachfrage.

Sie stieg ein. Der Wagen fuhr an und wurde von der Dunkelheit verschluckt.

Es regnete weiter.

***

Anton Felgenhauer hatte bis jetzt noch kein Frühstück gehabt. Seine Laune war schlecht, aber nicht nur deswegen. Das Wetter war lausig. Nasskalter Novemberwind blies ihm den Regen ins Gesicht, und überhaupt schien sich an diesem dunklen Morgen die ganze Natur gegen ihn verschworen zu haben. Eine Rodung, die ein Stück nördlich des Waldrands lag, musste noch von alten Ästen und vom allgegenwärtigen Wildwuchs gesäubert werden. So der Auftrag, den er vom Förster bekommen hatte. Persönlich hielt er nicht sonderlich viel davon. Als ob das irgendjemanden kümmern würde hier draußen! Dann hatte er sich nach einer schnellen Tasse Kaffee im alten Forsthaus, das mitten im umfangreichen Baringer Forst lag, an die Arbeit gemacht. Ständig blieb er im Dickicht des Unterholzes hängen; aber der Waldarbeiter kämpfte sich langsam weiter voran, Ast- und Wurzelwerk beiseiteschaffend.

Auf dem Gelände, das er bearbeitete, lag ein uralter Friedhof aus dem neunzehnten Jahrhundert, der aber schon seit einer halben Ewigkeit nicht mehr benutzt worden war. Für ihn bedeutete dieser Umstand nur weiteren Ärger: Zusätzlich zu den weißgrauen toten Baumstümpfen und den Fußfallen der dornigen Brombeersträucher musste er auch noch auf die alten, größtenteils umgestürzten Grabsteine Acht geben, wenn er nicht plötzlich auf der Nase landen wollte. Der kleine, gerade mal fünfzehn Grabstätten umfassende Gottesacker war vor über hundertfünfzig Jahren von einer geheimnisvollen religiösen Gruppe, die sich in dieser Einöde niedergelassen hatte, angelegt worden. *Da sieht man ja mal wieder, dass diese Sektenheinis doch alle einen Vogel haben. Bauen mitten im Wald einen Friedhof. Wo gibt's denn so was?*

Mit einem Fluch riss er sein rechtes Bein aus einer Windenschlinge am Boden. Es kam ihm fast schon so vor, als würden sich die Toten über die Störung ihrer Ruhe beklagen und ihn absichtlich festhalten wollen.

Unsinn. So etwas gibt es nicht.

Er bückte sich und versuchte, einen Ast aus dem verrottenden Ast- und Schlingpflanzengewirr zu befreien.

Dann hielt er jäh inne.

Er war in etwas getreten, das mit einem schmatzenden Laut nachgegeben hatte. Und es stank plötzlich ekelerregend nach Fäulnis.

Er sah genauer hin. Dann fuhr ihm ein eisiger Schreck durch die Knochen.

Er prallte zurück.

Fiel hin. Rappelte sich wieder auf und floh von diesem Ort. Erst kurz vor dem Forsthaus hielt er an. Sein keuchender Atem war in der kalten klaren Luft als Dampf deutlich zu sehen.

Anton Felgenhauers Kehle entwich ein nicht klar zu definierender Laut. Eine Mischung aus unterdrücktem Schrei, ersticktem Weinkrampf und Schluchzen; das, was er da unten gesehen hatte, war mehr als nur das pure Grauen.

Es hatte sich in seine Seele eingebrannt.

Für immer. Hastig öffnete er die Tür.

Ich muss Meldung machen. Schnell ... wo ist das Handy? Verdammt noch mal, nie ist das Mistding da, wenn man es braucht!

Er suchte unkoordiniert.

Und der eiskalte Wind heulte, Schwaden aus Regen an die Fenster peitschend, weiter um das kleine Forsthaus.

***

1

Das Telefon klingelte und klingelte.

»Verdammt noch mal, was ist denn?«, fluchte Hendrik Brauner.

Schlaftrunken hatte er sich gerade aus dem Bettzeug gekämpft. Wütend packte er das Gerät und drückte die Annahmetaste.

»Ja?«

»Guten Morgen, der Herr. Auch schon ausgeschlafen? Kommst du heute noch?«

Es war sein Mitarbeiter Max Ingram. Und dessen Tonfall war übertrieben freundlich. Pure Ironie. Wie immer, wenn Brauner verschlafen hatte.

»Warum ... weshalb? Sollte ich ... ach, du Scheiße!«, stammelte er, noch immer nicht ganz wach, vor sich hin. Dann bemerkte er die Kopfschmerzen. Und erinnerte sich an die Nacht zuvor, wenn auch nur lückenhaft, in Schlaglichtern.

»Ich komme sofort. Tut mir leid.«

»Beeil dich. Es ist dringend. Hartmann hat auch schon nach dir gefragt. Und ich glaube, er ist angesäuert.«

Mist. Auch das noch. Mensch, fühle ich mich schlecht.

»Gut, bin schon unterwegs. Bis gleich.«

Damit beendete er das Gespräch und sprang regelrecht aus seinem Bett. Heftiger Katerkopfschmerz fuhr durch seinen Schädel.

Zu viel erwischt gestern. Wer veranstaltet denn auch unter der Woche ein Klassentreffen? Trotzdem war es schön, mal wieder die ganzen alten Nasen zu sehen. Was haben wir heute? Mittwoch.

Nach einer sehr oberflächlichen Katzenwäsche verließ er das Haus. Tochter Emily war schon lange weg.

Eigentlich hätte sie mich wecken können, dachte Brauner. *Aber egal. Meine eigene Schuld, nicht ihre.*

Er ging schnellen Schritts durch die Ingolstädter Altstadt in Richtung des Polizeipräsidiums Oberbayern-Nord, seiner Dienststelle. Die kalte herbstliche Luft machte ihn endgültig wach und milderte ein wenig seine Kopfschmerzen. Es dämmerte bereits, als er den Zentralen Busbahnhof, der dem Präsidium vorgelagert war, überquerte. Gedankensplitter jagten ihm durch den Kopf.

Das macht keinen guten Eindruck. Es ist ja nicht das erste Mal, dass ich zu spät in den Dienst komme. Das kann so nicht weitergehen. Unzuverlässigkeit steht einem Kriminalbeamten schlecht. Vor allem dann, wenn er selbst ein Vorgesetzter ist. Irgendwann werde ich mir eine Abmahnung dafür einfangen. Ich Trottel.

So und so ähnlich ging es weiter. Schließlich hetzte er die Treppe hoch zum Büro. Er hatte nun ein flaues Gefühl im Magen.

Am liebsten würde ich auf der Stelle umkehren.

Brauner öffnete die Tür. Ingram blickte von seinem Schreibtisch auf und zog seine Augenbrauen nach oben.

»Schon da? Nicht schlecht, wenn man bedenkt, dass ich erst vor einer Viertelstunde angerufen habe.«

Der Spott in seiner Stimme war nicht zu überhören.

Es wäre besser, wenn er nur ruhig wäre, dachte Brauner.

»Was ist denn so wichtig?«, fragte er Ingram, als er sich seinen Mantel auszog.

»Ich vermute, du kannst gleich angezogen bleiben. Wir haben einen mutmaßlichen Mordfall. Es ...«

Er hörte auf zu reden, weil gerade die Bürotür aufging. Dominik Pfahls kam herein. Und zwar nicht alleine. Er hatte Inspektionsleiter Hartmann im Schlepptau.

Ach, du grüne Neune.

Brauners Herz fiel in die Hose. Aber vielleicht kam er noch einmal davon. Der Erste Kriminalhauptkommissar hatte seine Stirn nicht in Falten gelegt, wie es normalerweise bei Anspannung der Fall war. Brauner wünschte den beiden erst mal einen guten Morgen.

Hartmann räusperte sich kurz.

»Folgendes, meine Herren – heute Vormittag wurde im Baringer Forst bei Neuburg die Leiche einer jungen Frau gefunden. Das Ganze scheint ziemlich rätselhaft zu sein. Mordverdacht steht auf jedem Fall im Raume. Brauner, Sie kümmern sich bitte mit Ihrem Team darum. Die Spurensicherung ist auch schon informiert. Die Kollegen aus Neuburg warten vor Ort auf Sie.«

Aha.

»Wo ist das denn genau, wenn ich fragen darf?«

»Ihr Kollege, Herr Ingram, ist über die genaue Örtlichkeit schon informiert. Ist, glaube ich, nicht so einfach zu finden. Liegt mitten im Wald.«

Hartmann lächelte schadenfroh.

Er hat keine schlechte Laune, dachte Brauner.

Glück gehabt.

»Ach ja, Herr Brauner – könnten Sie bitte mal kurz mit mir mitkommen? Ich muss mit Ihnen reden.«

O nein. Mist.

Ingram und Pfahls sahen sich vielsagend an. Hendrik Brauner folgte seinem Vorgesetzten auf den Flur.

Jetzt hatte er die Stirn in Falten gelegt.

»Herr Brauner, diese Situation ist mir etwas unangenehm. Aber ich muss ein paar Sachen jetzt doch mal ansprechen. Mir und auch anderen Kollegen ist aufgefallen, dass Sie in den letzten Wochen wiederholt zu spät zum Dienst erschienen sind.«

»Ja, ich weiß, es tut mir leid.«

»Dazu kommt noch, dass Sie einen unkonzentrierten und auch bisweilen ungepflegten Eindruck machen. Woran könnte das liegen, wenn ich fragen darf?«

Brauner fühlte sich elend. Ihm blieb regelrecht die Luft weg.

Ist das Existenzangst?

»Ich … ich hatte in letzter Zeit etwas viel um die Ohren. Sie wissen ja, ich bin alleinerziehend.«

»Ja, ja, das weiß ich sehr wohl. Aber andere Kolleginnen und Kollegen sind das auch und vernachlässigen sich nicht, anders als Sie. Im Übrigen: Haben Sie heute etwas getrunken, Herr Brauner? Ich dachte, ich hätte da vorhin was gerochen.«

»Nur das Klassentreffen gestern Abend. Ich hatte da zu viel erwischt und habe verschlafen, ja. Entschuldigung.«

Hartmann musterte ihn von oben bis unten mit einem kurzen Blick.

»Na, wenigstens sind Sie ehrlich und verrennen sich nicht in haltlosen Ausreden. Gut. Bitte reißen Sie sich in Zukunft zusammen. Ihr Ansehen geht sonst verloren, und ich wäre gezwungen, Ihnen eine Abmahnung zu erteilen. Verstanden?«

»Ja, verstanden.«

»Gut. Und jetzt kümmern Sie sich bitte um die Sache bei Neuburg. Viel Erfolg.«

Hartmann drehte sich abrupt um und ging den langen Flur entlang zurück zu seinem Büro.

Brauner musste sich erst mal sortieren.

Was war das eben jetzt gewesen? Der hat mich ja zusammengeschissen wie einen kleinen Schuljungen. Was fällt dem eigentlich ein? Glaubt der, er wäre fehlerfrei? Aber ich habe es ja kommen sehen. Hätte mich krankmelden sollen. Oder am besten gleich alles hingeschmissen. Nein – ich bin doch selbst schuld daran. Ich ... ach Dreck, rutscht mir doch alle den Buckel runter!

Damit begab er sich ebenfalls zurück in seine Dienststelle.

Pfahls und Ingram blickten ihn ernst an, als er zur Tür hereinkam.

Schweigen.

Ingram hüstelte kurz in sich hinein.

»Hast du einen Anpfiff bekommen?«

»Ja. Aber ich will jetzt nicht darüber reden. Wo befindet sich der mögliche Tatort? Du weißt schon Genaueres?«

»Ja«, sagte Ingram.

»Nachdem du ja nicht da warst, wurde ich von Hartmann informiert. Er befindet sich bei Gietlhausen, ziemlich tief im Baringer Forst. Auf einem alten Friedhof.«

»Auf einem alten Friedhof? Na toll, das passt ja wie die Faust aufs Auge. Gut, wir fahren hin. Mach dich fertig, den Rest kannst du mir dann während der Fahrt erzählen.«

Wenige Minuten später befanden sich die beiden Polizisten auf dem Weg nach Neuburg.

Brauner zog gierig die frische Novemberluft in seine Lungen, die hier nach Tannennadeln roch.

Ja. Das tut gut. Jetzt geht es mir besser.

Sie waren nicht auf der B 16, sondern auf der nördlich der Donau verlaufenden Landstraße über Friedrichshofen nach Neuburg gefahren. Der Berufsverkehr stadtauswärts war nur gering gewesen, während sich in die Ingolstädter Richtung wie fast an jedem Tag die Autos *en masse* gestaut hatten.

Max Ingram hatte ihm noch die wesentlichen Dinge zu diesem mutmaßlichen Mordfall geschildert. Viel war es nicht. Eine junge Frau war heute Morgen tot von einem Forstarbeiter auf dem besagten alten Friedhof mitten im Baringer Forst aufgefunden worden. Dieser hatte sofort die Schutzpolizei in Neuburg angerufen, und die Polizisten dort hatten dann die Kripo in Ingolstadt informiert.

Jetzt gingen Brauner und Ingram auf einem mit Split bestreuten Waldweg in Richtung des alten Forsthauses, in dessen Nähe der Auffindeort der Leiche lag. Es hatte mittlerweile zu regnen aufgehört, aber es blieb dennoch ein windiger und feuchter Herbsttag, der hier im Wald noch dunkler wirkte, als er es eh schon war.

Es ging einen Hügel hinunter. Dann um eine Kurve. Sie konnten zwischen den Baumstämmen einen kleinen See erkennen.

»Das muss der Forsthofweiher sein«, murmelte Ingram in sich hinein.

»Jetzt ist es nicht mehr weit, glaube ich.«

Wie zur Bestätigung seiner Annahme kam nur einige Augenblicke später ein grau gestrichenes Gebäude in Sicht. Es war das alte Forsthaus.

Einige Polizeiautos waren davor geparkt. Auch den Bus der Spurensicherung konnte Brauner erkennen.

Die Leute vom Wengerer sind auch schon da. Sehr gut. Wenigstens der hat nicht verschlafen.

Bei den Wagen standen einige Schutzpolizisten. Sie betrachteten Ingram und Brauner mit prüfendem Blick. Diese suchten nach ihren Dienstausweisen.

»Kriminalpolizei Ingolstadt, ich bin KHK Brauner, und dies ist mein Kollege, Kriminalkommissar Ingram. Hier wurde eine Leiche gefunden?«

»Ah – wir haben Sie bereits erwartet, kommen Sie doch bitte mit. Es ist gleich um die Ecke. Aber passen Sie auf, es ist ziemlich matschig.«

Sie folgten den beiden über einen kleinen Rübenacker, welcher gleich unterhalb der Giebelseite südlich des Forsthauses angelegt war. Dann ging es einen kurzen Hügel hinab nach unten; sie befanden sich nun in einem kleinen lichten Laubwaldbestand, in dem Birken und Ahorn dominierten. Er wirkte irgendwie fremdartig in jenem fast reinen Nadelwald.

Ein Stück weiter erkannte Brauner durch die Baumstämme mehrere Beamte in den weißen Schutzanzügen der Spurensicherung.

Aha, da sind sie ja. Aber hieß es nicht, die Frau wurde auf einem alten Friedhof gefunden? Ich sehe hier nichts davon. Seltsam.

Brauner ging auf die Gruppe zu.

»Guten Morgen. Kriminalpolizei – wir kennen uns ja, Herr Wengerer. Wo ist die Tote?«

Der Angesprochene wies wortlos auf eine Stelle am Boden. Dort lag der Leichnam einer jungen Frau.

Er war durch den beginnenden Verwesungsprozess bereits stark bläulich verfärbt. Als Brauner näher kam, bemerkte er auch einen starken Fäulnisgeruch. Er zog ein Taschentuch aus der Manteltasche, hielt es sich vor die Nase und ging in die Hocke, um die Tote genauer betrachten zu können. Sie war jung; bekleidet war sie mit einem Minirock, Netzstrümpfen, Stiefeln und einer Bluse, die irgendwann wohl einmal weiß gewesen war, jetzt aber vor Dreck nur so starrte. Ihre Arme waren weit ausgebreitet, als ob sie mit ihren gebrochenen Augen etwas empfangen wollte, das vom Himmel herab kommen würde.

Aber da war noch etwas anderes.

Zum einen befand sich da ein Loch im Bauchraum. Eine nicht eindeutig zuzuordnende Mischung aus verwesenden Muskeln und Gedärmen war teilweise herausgetreten.

Brauner wurde wieder flau im Magen.

Zum anderen war da ein seltsames Signum auf ihrer Stirn aufgemalt. Schwarz, einige Stellen dicker, andere dünner.

Was soll denn das sein? Sieht aus wie ein chinesisches oder japanisches Schriftzeichen.

Und dann stellte er fest, dass er sich doch am richtigen Ort befand. Denn am Kopfende der Leiche befand sich ein kleiner, schon schräg stehender Grabstein mit einem stark verrosteten Gusseisenkreuz auf der Spitze. Der Name darauf war schon kaum mehr zu lesen. Er war stark mit allen möglichen verrottenden Pflanzen überwachsen und daher auf den ersten Blick nur schwer zu erkennen.

Er stand wieder auf und wandte sich an Wengerer.

»Puh, einfach furchtbar. Haben Sie etwas gefunden, das auf die Identität der Toten schließen lässt? Einen Ausweis oder Führerschein? Und wie lange sie hier schon liegt?«

»Ja, allerdings. Sie hatte ihre Handtasche dabei. Es handelt sich um eine gewisse Jaqueline Bernauer aus Neuburg. Wie lange sie schon an diesem Ort ist, kann ich nicht konkret sagen – aber so geschätzt mal eine Woche, ihrem Zustand nach zu urteilen. Dr. Heinrichs von der Rechtsmedizin ist aber auch schon auf dem Weg.«

Damit hielt er Brauner den Ausweis hin.

»Danke – den nehme ich mit. Wo ist denn eigentlich der Waldarbeiter, der den Leichnam gefunden hat?«

»Der befindet sich im Forsthaus mit einem Kollegen. Er ist, glaube ich, schwer angeschlagen.«

Wengerer trat näher an Brauner heran und flüsterte:

»Wissen Sie – er hat die Frau nicht nur einfach gefunden. Er ist aus Versehen direkt auf die Leiche getreten. Deshalb der aufgeplatzte Bauchraum.«

»Ich hab's gesehen, danke.«

Brauner wandte sich an Max Ingram, der mit ernstem Gesicht die ganze Zeit über wortlos dabeigestanden hatte.

»Könntest du bitte mit dem Präsidium telefonieren? Wir

müssen noch herausfinden, wo ihre Verwandten wohnen, und sie von diesem traurigen Vorfall informieren. Ich befrage mal den Zeugen.«

Er warf noch mal einen Blick in die Umgebung. Das Laubwäldchen grenzte nur ein paar Meter weiter an eine große Wiese, die sich leicht hügelaufwärts erstreckte. Weit entfernt sah er einen Mann mit blauem Anorak laufen, der einen Korb bei sich trug.

Wahrscheinlich ein Pilzsammler. Wenn der wüsste, was hier los ist. Einfach furchtbar. Ein junges Leben, einfach so ausgelöscht. Grauenhaft. Ich könnte losheulen. Manchmal frage ich mich, ob dieser Job der richtige für mich ist.

Auf dem Boden erkannte Brauner nun auch mehrere umgestürzte Grabsteine und alte, kaum mehr erkennbare Grabeinfassungen.

Schon eigenartig, dachte er.

Warum liegt das Mädchen ausgerechnet hier? Und: War das auch der Tatort? War es überhaupt Mord? Und dieses seltsame Zeichen auf der Stirn? Da wird es jetzt einiges zu ermitteln geben.

Er machte sich auf den Weg zum Forsthaus. Links neben einer größeren Tür, ähnlich einem Scheunentor, befand sich der eigentliche Eingang. Brauner öffnete die Tür. Ein muffiger Geruch, feucht und holzig, schlug ihm entgegen. Es waren einige Stapel Holz an der gegenüberliegenden Wand aufgestellt; links neben ihm lag ein halbfertiger neuer Jägerstand auf dem Boden.

Schon gleich rechts hinter der Eingangstür führte eine dunkle steile Treppe nach oben. Er hörte gedämpfte Stimmen von dort.

Die hölzernen Stufen knarrten bedenklich, als er den engen Aufgang nach oben ging.

Nichts für Klaustrophobiker, dachte er.

Und kalt ist es auch hier drin.

Oben angekommen, ging es bei einem hölzernen Geländer kurz links um die Ecke. Er betrat einen offenen Raum, in dem drei Männer an einem rustikalen Tisch saßen. Zwei von ihnen rauchten. Ein Kanonenofen in der hinteren Ecke gab knackende Geräusche von sich. Er verbreitete eine angenehme Wärme.

Einer der Männer am Tisch war ein Schutzpolizist. Er sprach ihn sogleich an.

»Kripo Ingolstadt, KHK Brauner. Kann ich mal den Waldarbeiter sprechen, der die Tote heute Morgen entdeckt hat?«

Der Schupo wies auf einen anderen Mann neben ihm, der gebeugt über seiner Tasse schwarzen Kaffees saß und mit leerem Blick vor sich hin stierte.

»Guten Tag, Brauner ist mein Name. Kann ich den Ihrigen erfahren?«, fragte er freundlich.

Der Angesprochene antwortete nicht. Er schien von Brauner noch nicht einmal Notiz zu nehmen.

»Ich glaube, er hat einen ziemlichen Schock erlitten«, sagte ein Dritter, der neben ihm saß.

»Ach? Und wer sind Sie, wenn ich fragen darf?«

»Mein Name ist Josef Meißner. Ich bin der für dieses Waldgebiet zuständige Förster. Der Herr Felgenhauer hat mich heute Morgen ebenfalls verständigt, gleich nachdem er Sie informiert hatte. Ich bin dann auch so schnell wie möglich hierhergefahren. Anfangs war er noch ganz gut ansprechbar, aber jetzt scheint er vollständig in sich selbst zurückgezogen zu sein.«

Er hustete und drückte seine Zigarette in einem schönen, fein ziselierten bronzefarbenen Aschenbecher aus, der mitten auf dem Tisch stand. Brauner kam die gestrige verrauchte und versoffene Nacht wieder in den Sinn. Er schluckte den aufkommenden Ekel hinunter.

Dann setzte er sich an den Tisch und holte seinen Notizblock aus der Mantelinnentasche.

»Ich sehe es, ja. Was hat er denn erzählt? Haben Sie selbst den Auffindeort in Augenschein genommen?«

»Ja, aber nur ganz kurz. Ich bin da etwas empfindlich, verstehen Sie? Und angefasst habe ich gar nichts. Soll man ja auch nicht, wegen der DNA-Spuren. So weiß ich es zumindest mal aus den Vorabendkrimis.«

Aha, ein Schlaumeier.

»Und was mein Angestellter so erzählt hat? Nun, also ...«

»Das kann ich auch selbst sagen«, fiel ihm Felgenhauer unerwartet ins Wort.

Brauner lächelte.

»Geht es Ihnen besser?«

Schweigen. Felgenhauer atmete vernehmbar aus. Dann:

»Nein, nicht wirklich. Es ... es ist einfach grauenhaft. Ich habe so etwas noch nie gesehen, noch nie. Und ich werde die Scheiße auch nie wieder aus meinem Hirn herauskriegen. Verstehen Sie das? Ich bin anders als Sie. Für Sie gehören solche Anblicke zu Ihrem Job.«

»Ja, das mag sein. Aber auch mich trifft es jedes Mal tief, wenn ich zu einem mutmaßlichen Tatort gerufen werde und dann eine schlimme Situation vorfinde. Wann genau haben Sie denn heute zu arbeiten angefangen, Herr Felgenhauer?«

Der richtete seinen Blick nach innen.

»So gegen halb acht. Vorher ist es ja noch dunkel um diese Jahreszeit, und ein wenig Licht brauche ich für diese Tätigkeit schon.«

»Gut. Was haben Sie dann konkret dort gemacht?«

»Verrottende Äste beiseitegeschafft und versucht, das Dickicht ein wenig zu lichten. So war mein Auftrag.«

Der Förster nickte zustimmend.

»Und dabei haben Sie die Tote auf jenem alten Friedhofsgelände gefunden.«

»Ja. Ich bin auf sie getreten, aus Versehen, Herr Kommissar, verstehen Sie? Nein, Sie tun's nicht. Halt, Moment, alles falsch: Ich bin in die Frau *hinein* getreten. Es hat so komisch geschmatzt. Als wäre es ein Kuhfladen oder Pudding, ha, ha …«

Dann begann Felgenhauer haltlos zu weinen. Er sank vornüber auf den Tisch, sein Gesicht in seinen Händen verbergend.

Der ist total fertig, dachte Brauner.

Wundert mich auch nicht.

»Vielen Dank, Herr Felgenhauer.«

Er wandte sich an den Förster.

»Und Sie sind zuständig für dieses Waldgebiet? Wie war noch mal Ihr Name?«

»Meißner, Josef Meißner«, antwortete dieser.

»Und ja, das stimmt, ich bin für den Baringer Hochwald zuständig. Muss schauen, dass hier alles in Ordnung ist. Einen ähnlichen Vorfall hatte ich, glaube ich, zum letzten Mal vor fast zehn Jahren.«

»Aha. Wie lange arbeiten Sie denn schon in dieser Stellung?«

»Seit etwa fünfzehn Jahren. Damals, das war auch schlimm. Ein einsamer Wanderer, der einem Herzinfarkt erlegen war, mitten im Wald. Schlimm, aber natürlich nicht so heftig wie das jetzt. War es ein Verbrechen? Warum liegt die Frau denn auf dem alten Grab?«

Brauner verdrehte die Augen. Die aufgestaute Wut dieses Morgens bahnte sich ihren Weg nach oben.

»Erstens versuchen wir genau das herauszufinden – wir wissen es selbst ja noch nicht, Herr Meißner – und zweitens stelle ich Ihnen jetzt die Fragen, nicht umgekehrt. Verstanden?«, sagte er sehr bestimmt.

Meißner stand vor Erstaunen der Mund offen.

Okay, das war unfreundlich. Jetzt mal schnell ein paar Gänge herunterschalten. Der Mann hat keine Schuld an meiner schlechten Laune.

»Entschuldigen Sie. Ich habe heute einen schlechten Tag erwischt.«

Es klang knochentrocken.

Meißner nickte.

Brauner sah in die Runde.

»Gut, dann weiß ich jetzt schon ein wenig mehr. Sollte Ihnen noch was einfallen, melden Sie sich bitte bei uns – Ihre Adressen und Telefonnummern hätten wir aber auch noch gerne. Keine Angst, ist reine Routine.«

Damit legte er seine Visitenkarte auf den Tisch.

»Soll ich Ihnen einen Arzt rufen, Herr Felgenhauer?«

»Nein, danke«, sagte dieser. Er hatte sich zwischenzeitlich wieder beruhigt und entrückt aus dem Fenster gesehen.

»Ich gehe nachher zu einem. Passt schon.«

Nachdem er die Anschriften der beiden eingesteckt hatte, verabschiedete sich Brauner und ging vorsichtig die steile Treppe wieder hinunter.

Allzu viel war das nicht. Aber mal sehen, was die Spusi schon herausgefunden hat.

Draußen empfing ihn wieder die Kälte. Ein leichter Nieselregen hatte eingesetzt. Und ein Auto mehr stand nun auch da: der Leichenwagen.

Brauner ging über den kleinen Acker zu Wengerer und Ingram zurück. Die Tote wurde gerade von den Mitarbeitern eines Bestattungsinstituts vorsichtig und so pietätvoll wie möglich in einen Transportsarg aus Hartplastik gelegt.

»Und, wie sieht es aus?«, rief er den beiden schon aus einiger Entfernung zu. Auch Dr. Heinrichs, Gerichtsmediziner aus Ingolstadt, befand sich nun bei ihnen. Er empfing Brauner mit einem lakonischen Gesichtsausdruck.

»Guten Morgen, Herr Brauner. Nun – so einiges konnten wir nach der ersten Leichenbeschau finden. Wenn auch die Witterung schon etliche Spuren verwischt haben dürfte.«

»Ja, das ist mir klar. Was konnten Sie bis jetzt feststellen?«

Dr. Heinrichs blickte mit einem traurigen Gesicht auf den Sarg, der gerade geschlossen wurde.

»Also«, sagte er dann leise zu Brauner, »da war definitiv Gewalt im Spiel. Etwas anderes kommt eigentlich nicht in Frage. Dafür spricht die Tatsache, dass das Opfer an den Händen gefesselt worden war – ich konnte eindrückliche Spuren davon an den Handwurzeln feststellen. Tief hineingepresste längliche Druckstellen, wahrscheinlich verursacht durch Kabelbinder. Außerdem wurde die junge Frau auch gefoltert, und zwar durch Aufdrücken von brennenden Zigaretten an den Armen und auf dem Oberkörper.«

Brauner sah Heinrichs mit einem gefassten Gesichtsausdruck an und nickte. Damit war ein Suizid oder Unfall ausgeschlossen.

»Furchtbar. Und die eigentliche Todesursache?«

»Konnte ich bis jetzt noch nicht feststellen. Nichts Offensichtliches also. Sie scheint keine großen äußeren Wunden zu haben, auch Blut ist nicht in signifikantem Maß ausgetreten – außer eben auf den Boden direkt unter ihr, auf das alte Grab. Es ist dort ihm Rahmen der Verwesung zusammen mit anderen Körperflüssigkeiten eingesickert. Ein ganz natürlicher Vorgang, weil unmittelbar nach dem Verscheiden jene körpereigenen Säfte nach unten sacken und …«

»Ja, schon gut«, unterbrach ihn Brauner und winkte ab.

So genau wollte er das jetzt nicht wissen, zumindest heute, an diesem Ort nicht. Er kniff seine Augen zusammen und sah in den dunkelgrauen Himmel. Nieselregen benetzte sein Gesicht.

Heinrichs fuhr fort.

»In der Gerichtsmedizin werde ich aber ganz bestimmt den Grund für ihren Tod finden. Eigenartig ist auch jenes Schriftzeichen auf ihrer Stirn. Könnte auf einen Ritus hindeuten. Aber das ist Ihr Metier, Herr Brauner.«

»Ja, ich weiß«, entgegnete dieser müde.

»Halt, eines noch: Die Tote wurde an dieser Stelle nur abgelegt. Getötet aber ganz bestimmt nicht. Darauf weist die Tatsache hin, dass ihr Körper ganz absichtlich mit ausgebreiteten Armen auf das Grab gelegt wurde. Auch die

Handtasche wurde nicht irgendwohin geworfen, sondern sauber aufrecht danebengestellt. Alles sorgsam drapiert. Weiß Gott, warum.«

Wengerer, der neben Heinrichs stand, nickte bejahend.

Wenn es Gott weiß, würde ich es auch gerne wissen wollen, dachte Brauner.

Warum auf jenem alten Grab, mitten im Wald?

Max Ingram riss ihn aus seinen Gedanken.

»Nochmals zur Handtasche, Hendrik. Ihr Inhalt ist sehr interessant. Ich habe dort so einige Utensilien gefunden, die Aufschluss über den Hintergrund der Frau geben könnten.«

»Na, dann schieß mal los.«

Er hielt einen durchsichtigen Plastikbeutel der Kriminaltechnik hoch und öffnete ihn mit seinen behandschuhten Händen.

»Also – hier haben wir zwei Packungen Kondome, eine davon bereits angebrochen. Dann das übliche Schminkzeug, Kopfschmerztabletten und eine Packung Antibabypillen. Aber das Interessanteste kommt erst noch …«

Jetzt macht er es wieder besonders spannend. Typisch Max.

Er nestelte an einem weiteren, gesonderten Asservatenbeutel herum.

»Und ihr Handy?«, fragte Brauner dazwischen.

»Keines da«, erwiderte Wengerer.

Komisch. Eine junge Frau ohne Handy? Heutzutage so gut wie unmöglich.

»Dies hier«, sagte Ingram fast schon triumphierend, »dies hier ist eine so genannte Icepipe. In der Drogenszene bestens bekannt. Unsere Tote war offensichtlich auf Crystal Meth.«

Brauner begutachtete kurz das unschuldig wirkende Pfeifchen. Es war schon gebraucht worden. Er erkannte eine rußig-kristalline Substanz darin, als er hindurchsah.

»Ach du liebe Zeit. Dann werden wir auch in diesen Kreisen ermitteln müssen, schätze ich mal. Sonst noch was?«

»Ja, das hier.«

Damit hielt er Brauner ein kleines Kärtchen unter die Nase.

Club Amora
Rund um die Uhr Hartes und Zärtliches
Industriestraße 12 b
85055 Ingolstadt-Unterhaunstadt

»Dann war sie anscheinend im Rotlichtbezirk tätig. Und darüber hinaus drogenabhängig. Damit würde, den Indizien nach zu urteilen, alles zusammenpassen: ihre Kleidung, die Pfeife, die Kondome. Hat sich Dominik schon gemeldet?«

»Ja, während du den Waldarbeiter vernommen hast. Sie ist in der Schanzenstraße 8 in Neuburg wohnhaft. Und war seit vorletztem Donnerstag – dem 22.10. – vermisst gemeldet auf einem anderen Kommissariat.«

»Welche Verwandten hat sie denn?«

»Die Mutter und zwei Schwestern, soweit uns bekannt. Auch die wohnen in Neuburg. Vermisst gemeldet wurde sie aber von einer gewissen Eva Linartz, mit der die Tote offenbar zusammenwohnte. Scheint eine WG dort zu sein, denn es sind mehrere Mieter auf diese Adresse eingetragen.«

»Gut. Dann werden wir die schlechten Nachrichten

gleich überbringen müssen, Max. Mal sehen, ob wir bei dieser Gelegenheit mehr herausfinden können.«

Und schon wieder spielen wir die Todesboten, dachte Brauner. *Wie die Unglücksraben in früheren Zeiten. Wie ein Menetekel, das plötzlich durch unsere Erscheinung wahr wird.*

Sie verabschiedeten sich von Dr. Heinrichs und Wengerer. Ingram marschierte motiviert auf dem Waldweg zurück zum Dienstwagen. Brauner folgte ihm in gedrückter Stimmung. Schleppend.

Der kalte Novemberwind, der durch die Bäume hindurchfegte und sein trauriges Lied sang, drückte am besten die Stimmung aus, in der er sich befand. Sein Gedankenkarussell begann sich wieder zu drehen.

Widerwärtiger Tag. Widerwärtiges Wetter. Warum in dieser Wildnis, warum auf diesem gruseligen Friedhof? Wer weiß denn überhaupt von diesem Platz?

»Wir sollten vielleicht den Förster und seinen Waldarbeiter noch mal gesondert auf dem Kommissariat vernehmen, Max. Sie sind so ziemlich die Einzigen, die diesen abgelegenen Ort kennen. Was hältst du davon?«

Ingram blickte sich im Laufen um.

»Vielleicht. Welchen Eindruck hast du gehabt, Hendrik? Du hast die beiden vorhin vernommen.«

»Der Förster war ein wenig besserwisserisch, und der Herr Felgenhauer total fertig. Der bekommt so schnell diesen grausigen Anblick nicht mehr aus seinem Kopf raus. Sie scheinen nichts damit zu tun zu haben – aber man kann nie wissen. Also?«

Die Kriminalbeamten waren am Wagen angekommen

und stiegen ein, froh, dem Schmuddelwetter nicht mehr länger ausgesetzt zu sein.

»Gut, dann laden wir die beiden noch mal vor. Wer fährt?«

»Ich nicht.«

Brauner setzte sich auf den Beifahrersitz. Er wollte jetzt nicht fahren, da er sich zu niedergeschlagen fühlte und außerdem Bauchschmerzen bekam.

Das tote Mädchen. Die Arme weit offen. Als ob sie auf Erlösung warten würde. Der Anpfiff heute Morgen. Dieser verdammte Hartmann. Aber selber schuld …

Ingram startete den Motor. Dann bewegte sich der Wagen langsam den Waldweg entlang Richtung Neuburg.

***

2

»So ein Mist. Können die denn nicht ihre Namen auf die Klingeltasten schreiben?«

Brauner schimpfte. Auf dem metallenen Klingelschild fand er weder die Namen Linartz noch Bernauer. Die Polizisten standen in der Unteren Altstadt Neuburgs vor einem etwas heruntergekommenen, älter wirkenden Zeilenhaus aus dem 17. Jahrhundert unweit der Donau. Es war die letzte Meldeadresse der Toten aus dem Wald.

»Dann müssen wir uns eben durchklingeln. Sind nur sechs Parteien. Irgendeiner wird schon aufmachen«, entgegnete Ingram.

Brauner stampfte kurz mit seinen Beinen auf dem nassen Kopfsteinpflaster auf. Es war ihm kalt. Und es ging ihm immer noch nicht besonders gut.

»Schön, dann kannst du ja gleich damit anfangen.«

Ingram erwiderte diesen schnippischen Kommentar nur mit hochgezogenen Augenbrauen und leistete seinem Vorgesetzten Folge.

Nach den ersten beiden Versuchen geschah nichts. Niemand öffnete die Tür oder machte sich anderweitig bemerkbar. Erst beim dritten Klingelschild hatten sie Erfolg.

Ein Fenster direkt unter dem Dach wurde quietschend

geöffnet. Das Gesicht einer älter wirkenden Frau erschien in der Öffnung.

»Ja, was wollen Sie?«

»Guten Tag. Kriminalpolizei. Wir müssen zu einer Frau Linartz. Sie ist doch hier wohnhaft, oder?«, rief Brauner zu ihr hoch.

»Ja. Das bin ich selbst.«

»Das ist gut. Würden Sie uns bitte reinlassen, wir haben ein paar wichtige Fragen an Sie.«

»Um was geht es denn?«

»Um eine Frau Jaqueline Bernauer.«

Das Gesicht verschwand wieder. Das Fenster wurde geschlossen. Dafür summte kurze Zeit später der elektrische Türöffner.

Ingram stieß die Tür mit einer sanften Handbewegung auf. Die beiden Kriminalpolizisten traten ein.

Es roch nach altem Holz und den Küchenausdünstungen der letzten fünfzig Jahre.

Sie stiegen die knarzenden Stufen einer dunkelbraun verfärbten Holztreppe nach oben. Auf dem Absatz im ersten Stock schreckten sie eine dort schlafende schwarz-weiß gescheckte Katze auf. Sie sprang böse fauchend zwischen ihren Beinen nach unten.

Wenn das mal kein schlechtes Omen ist, dachte Brauner.

Im zweiten Stock wurden sie an der offenen Tür erwartet. Er nahm seine Mütze ab und sagte bedächtig:

»Frau Linartz? Guten Tag noch mal, wir sind von der Kriminalpolizei und haben Ihnen etwas mitzuteilen. Dürfen wir in Ihre Wohnung kommen?«

Frau Linartz sagte nichts darauf; stattdessen zeigte sie

Brauner und Ingram mit einer einladenden Handbewegung, dass sie hereinkommen konnten. Sie betraten eine kleine Mansardenstube unter dem Dach. Das Wohnzimmer befand sich gleich rechts neben dem Eingang. Sie setzten sich auf ein Ledersofa. Auf dem kleinen flachen Tisch davor herrschte, wie in der ganzen Wohnung, eine ziemliche Unordnung. Leere und halb ausgetrunkene Wein- und Sektflaschen, Zigarettenschachteln und Frauenmagazine lagen wild durcheinander darauf herum. Der verschlissene graue Teppichboden schien schon seit Ewigkeiten nicht mehr gesaugt worden zu sein.

Frau Linartz folgte den Polizisten. Kein Wort war bisher über ihre Lippen gekommen. Ihr Gesicht hatte etwas lakonisch Sphinxartiges mit den langen Längsfalten beiderseits ihres zusammengekniffenen Mundes. Gekleidet war sie in einer ehemals schwarzen, nun verwaschenen Jeans und einer ebensolchen Bluse. Sie setzte sich auf einen Sessel den beiden gegenüber.

Ingram begann das Gespräch.

»Frau Linartz, Sie haben am 27. Oktober diesen Jahres die Frau Bernauer bei uns vermisst gemeldet. In welchem Verhältnis stehen Sie noch mal genau zu ihr?«

»Sie ist meine Mitbewohnerin. Und war auf einmal verschwunden. Einfach weg. Und das, obwohl ich alleine die Miete für die Wohnung nicht stemmen kann. Die Jacky hat einen Haufen Probleme. Ich mache mir große Sorgen um sie. Haben Sie was herausgefunden?«

Ihre Stimme klang zwar brüchig, aber um einiges jünger als erwartet.

»Ja, das haben wir. Frau Linartz, wir müssen Ihnen leider mitteilen, dass die Frau Bernauer in einem abgelegenen Waldgebiet tot aufgefunden wurde.«

Die Stille war mit den Händen zu greifen.

»Herzliches Beileid.«

Es wirkte genauso förmlich und unpassend.

Lange sah Frau Linartz auf den dreckigen Teppichboden unter dem Tisch.

Dann schüttelte sie langsam den Kopf.

»Ich habe es kommen sehen. Habe es gespürt. Manche sind einfach nicht für ein langes Leben bestimmt. Man sieht es solchen Menschen an. Sie kennen das doch auch, nicht?«

Dann rollte eine einsame Träne ihre Wange hinab. Dann noch eine. Schließlich brach alles aus ihr heraus. Sie weinte laut und herzzerreißend.

Brauner und Ingram sahen betreten zu Boden. So oft sie solche und ähnliche Situationen schon erlebt hatten, so ergriffen und betroffen waren sie dennoch, wenn es mal wieder so weit war.

Ich fühle mich fehl am Platz, dachte Brauner.

Ist es, weil ich Gefühle an sich verdränge? Oder kann ich einfach nur keine Frauen weinen sehen?

Frau Linartz' Weinkrampf dauerte indes nicht lange. Sie wischte sich die Tränen mit einer entschlossenen Handbewegung aus dem Gesicht.

»Was ist mit Jacky passiert?«

»Nun, Genaueres wissen wir bis jetzt auch noch nicht. Sicher ist nach ersten Erkenntnissen nur, dass die Frau Bernauer offensichtlich ermordet wurde. Wir sind uns im Klaren darüber, dass Sie unsere Nachricht sehr getroffen hat,

Frau Linartz. Aber wir haben, die Jaqueline betreffend, ein paar Fragen an Sie. Reine Routine. Geht das in Ordnung?«

Sie blickte erst jetzt wieder hoch und Brauner direkt in die Augen.

»Ja, natürlich. Müssen Sie ja. Machen Sie schon!«

Sie wippte mit ihrem rechten Bein nervös auf und ab.

Brauner fing an.

»Welcher Art waren denn die Probleme der Frau Bernauer?«

»Tja, da gab es etliche gleichzeitig, würde ich sagen. Ihr größtes war auf jeden Fall dieses Scheißzeug. Crystal, meine ich. Der Pillendreck auch. Und dann die Schule, die sie geschmissen hat. Ihre bescheuerte Mutter. Einfach alles, verstehen Sie?«

Ingram nickte. Und machte weiter.

»War die Frau Bernauer stark abhängig von diesen Drogen? Und wie lange schon? Wie hat sie ihren Konsum finanziert? Auf welcher Schule war sie in Neuburg?«

Mensch, mach mal langsam, Max, dachte Brauner. *Du bombardierst die Frau ja geradezu mit Fragen.*

»Na, wie wohl? Von Hartz IV, in erster Linie. Hin und wieder hat sie aber was mitgehen lassen, bei ihren Freunden und Kumpels. Die waren danach natürlich keine mehr. Auch mich hatte sie schon mal beklaut, aber ich habe ihr verziehen.«

»Warum?«, fragte Brauner.

»Na, wie schon gesagt, weil ich sonst die Miete für dieses Loch nicht zahlen kann. Der andere Kerl, der hier auch noch gewohnt hat, ist schon vor zwei Monaten ausgezogen. War ein Alkoholiker. Hat gemeint, in Ingolstadt wäre es besser. Dabei ist es dort mit den Mieten ja noch viel schlimmer als hier. Wird ja alles immer teurer dank den Audianern.«

Er lehnte sich auf dem Sofa zurück.

»Und auf welche Schule ging die Jaqueline?«

»Auf so ein Institut für soziale Berufe in der Monheimer Straße. Wollte dort irgendwas Soziales lernen. Absolut lächerlich. Hat doch ihr eigenes Leben nicht auf die Reihe bekommen, wie sollte sie da anderen helfen können?«

»Manchmal wirkt ein solcher Beruf stabilisierend«, warf Ingram ein.

»Auf normale Menschen vielleicht schon. Aber nicht auf Jacky. Die hat sich von niemandem was sagen lassen, auch nicht von irgendwelchen Lehrern. Kam und ging, wann sie wollte. Klar, dass sie dann rausgeschmissen wurde.«

»Wann war das denn?«, fragte Brauner.

Eva Linartz überlegte und zündete sich nebenher eine Zigarette an.

»Schon vor zwei, zweieinhalb Monaten. Oder so um den Dreh rum.«

»Danke. Und sonst?«

»Was sonst?«

Brauner sah sie direkt an.

Jetzt wieder zurück zum eigentlichen Thema.

»Sonst hatte sie keine Einkünfte außer Hartz IV? Kaum zu glauben, Crystal Meth ist doch teuer, oder?«

Sie blickte wieder zu Boden.

»Okay, da gab es noch was.«

»Was?«

Es ist immer wieder eine Geduldsprobe.

»Na, die Jacky ist auch auf den Strich gegangen. Ich weiß aber nicht, wie oft und wo. War mir schließlich keine Auskunft schuldig.«

»Gut«, sagte Max Ingram. Er blinzelte Brauner kurz zu.

»Sagt Ihnen diese Adresse was?«

Damit holte er die Visitenkarte des Ingolstädter Etablissements aus seiner Tasche und zeigte sie ihr.

Die Frau warf nur einen kurzen Blick darauf.

»Nein, kenne ich nicht.«

»Ganz sicher? Schauen S' doch noch mal genau hin.«

»Nein.«

Ingram warf Brauner einen genervten Blick zu.

»Gut. Wir würden dann wieder gehen wollen, da wir auch noch die Mutter von Frau Bernauer in Kenntnis setzen müssen. Wenn Sie Hilfe brauchen oder sich doch noch an etwas erinnern sollten …«

»Weiß ich noch nicht. Muss das Ganze erst mal verkraften.«

Sie nahm eine der geöffneten Rotweinflaschen vom Tisch und schenkte sich ein Glas ein.

»Ja. Herzliches Beileid nochmals. Vielen Dank.«

Damit standen Brauner und Ingram auf und gingen zur Tür.

Als sie schon im Treppenhaus standen, sagte Frau Linartz noch:

»Ihrer Mutter brauchen S' eigentlich gar nix sagen. Die Alte war froh, dass die Jacky weg war, und sie selbst hat sie auch nicht mehr sehen wollen.«

Brauner drehte sich auf dem Treppenabsatz um.

Er war gereizt.

»Und genau deshalb werden wir auch dort vorstellig werden. Vielen Dank noch mal, Frau Linartz, und auf Wiedersehen.«

Dann gingen beide das Treppenhaus hinunter und schlossen die Haustür hinter sich.

»Mann, du bist vielleicht neben der Kappe. Das wäre in so einem patzigen Tonfall nicht nötig gewesen«, sagte Max Ingram.

»Ich weiß. Es ist einfach nicht mein Tag heute. Wundert dich das?«

»Nein. Aber die Frau kann nichts dafür. Und auch sonst niemand.«

Wut brodelte wieder in Hendrik Brauner hoch. Jetzt Max auch noch? Hatten sich alle gegen ihn verschworen? Wollten die ihn hinausmobben?

Ruhig. Ganz ruhig. Mit deinem Team darfst du es dir jetzt nicht auch noch verscherzen. Alles gut.

»Ja, du hast recht«, hörte er sich einige Momente später überrascht antworten.

Ingram grinste und nickte bestätigend. Schweigend stiegen sie wieder in den Wagen. Jetzt fuhr Brauner.

»Wo wohnt eigentlich die Mutter von der Jaqueline?«

»Laut Dominik in Heinrichsheim. Einfach auf der Grünauer Straße geradeaus zurück nach Ingolstadt und dann rechts weg. Dürften gleich da sein.«

Während der Fahrt grübelte er vor sich hin. Etwas an der Visitenkarte des Bordells gefiel ihm nicht. War da nicht schon mal was gewesen? Schon seit er sie auf dem alten Friedhof das erste Mal gesehen hatte, waren ihm gewisse Assoziationen gekommen. Aber was war nur der Grund dafür?

Amora. Woher kenne ich diesen blöden Namen?

»Wir müssen hier abbiegen, Hendrik. Bist du abwesend?«

Brauner schaltete den Blinker ein und bog rechts ab.

»Nein, das nicht. Ich denke nach. Irgendwas kommt mir an dieser Visitenkarte, oder besser gesagt: am Namen dieses Clubs, bekannt vor. Aber ich glaube, wir sind da.«

Er hielt an.

Gegenüber befand sich das Gebäude Am Ostfeld 26. Ein mondänes Haus, eindeutig eine bessere Adresse. Es war flach, einstöckig und in einem rustikalen Siena gestrichen, wie viele Häuser im Donaumoos und der näheren Umgebung.

Sie stiegen aus. Der Zugang zum Haus verlief auf marmorierten Platten durch einen englischen Rasen.

Riecht nach viel Geld, dachte Brauner.

Unter einem mit antik wirkenden Säulen gestützten Vordach blieben sie stehen und klingelten. Der Wind fuhr kalt hindurch und wirbelte altes Laub um ihre Füße.

Hoffentlich ist jemand da.

Von innen kamen Geräusche. Etwa so, als ob jemand schnell eine Treppe hinunterspringen würde. Dann wurde die Tür geöffnet. Eine ältere, blond-graue und sehr gepflegt wirkende Frau stand vor ihnen.

»Ja, wer sind Sie? Kann ich was für Sie tun?«

Und zum zweiten Mal an diesem Tag mussten Brauner und Ingram die traurige Prozedur abwickeln.

Doch diesmal war es nicht die Traurigkeit der vom Todesfall betroffenen Familie, welche den beiden zu schaffen machte.

Sondern das absolute Fehlen dieser Reaktion.

Frau Bernauer, Jaquelines Mutter, reagierte lediglich mit einem kurzen »Ach so?«, als ihr Brauner die Meldung vom Tod ihrer Tochter überbrachte. Anschließend machte sie ihm klar, dass Jaqueline schon immer abseits der anderen beiden Töchter stand – sie war die jüngste und am wenigsten angepasste von allen gewesen. Bevorzugt wurden ganz klar die beiden älteren Geschwister, die gerade ihr Studium in Ingolstadt und Augsburg absolvierten und auch ansonsten ganz erfolgreich im Leben standen. Als schwarzes Schaf blieb nur Jaqueline übrig. Während des Gesprächs kam heraus, dass sie nicht unbedingt schlecht behandelt worden war; sie bekam jedoch schon seit ihrer Geburt eine unterschwellige, abweisende Kälte zu spüren. Die Mutter schämte sich deshalb übrigens keineswegs: Jaqueline war ein ungewolltes Kind von Anfang an gewesen, nicht geplant und nicht erwünscht. So wurde sie eben, wortwörtlich, als »unter ferner liefen« behandelt. Nach dem Tod ihres Vaters – dem einzigen Familienmitglied, zu dem sie einen einigermaßen guten Bezug hatte – ließ sie sich dann vollkommen gehen, kam immer seltener nach Hause, hatte mal diesen, mal jenen Freund. Ihrer Mutter war das egal. Genauso, wie ihr auch die schlechter werdenden Schulnoten und der steigende Alkoholkonsum egal waren. Bis Jacky schließlich ganz auszog und allein ihr Glück versuchte, mit den bekannten schlimmen Folgen, wegen denen Brauner und Ingram nun bei Frau Bernauer vorstellig geworden waren.

Nachdem die beiden Polizisten noch das Lamentieren der Frau über ihre gesundheitlichen Zipperlein und den allgemeinen Verfall der Werte in dieser Gesellschaft über sich ergehen lassen mussten, verabschiedeten sie sich wieder freundlich, aber möglichst schnell von dieser eigenartigen Familie, die eigentlich diesen Namen gar nicht verdiente.

»Mann«, sagte Brauner, als sie sich wieder auf dem Weg zu ihrem Wagen befanden, »so was Eiskaltes und Gefühlloses ist mir ja noch nie über den Weg gelaufen. Keine einzige Träne! Geld verdirbt anscheinend wirklich den Charakter. Schlimm, dass so jemand überhaupt Kinder bekommt!«

»Tja, ihre beiden Älteren hat sie ja gut gepäppelt«, antwortete Ingram. »Aber das darf natürlich kein Grund sein, die Jüngste wie eine Ausgestoßene zu behandeln. Das Mädchen hatte, so wie ich das sehe, nie eine Chance gehabt. Sie musste fast schon eine Versagerin werden.«

Brauner nickte.

»Sehe ich auch so.«

Dann, nach einer kurzen Pause:

»Was meinst du, ist sie verdächtig?«

Ingram schüttelte seinen Kopf.

»Nein, das glaube ich nicht. Sie hat ihre Tochter mit einer abstoßenden Kälte behandelt, ja. Aber sie hat sie nicht gehasst. Wäre das der Fall gewesen, hätte sie eher ein Motiv. Ich denke, die Gleichgültigkeit der Alten gegenüber ihrem Tod ist auch ihr bestes Alibi. Leider.«

»Das sehe ich anders«, antwortete Brauner. »Aus meiner Erfahrung heraus ist Gefühlskälte gegenüber Opfern, speziell im familiären Bereich, immer ein Indiz für eine mögliche Tatbeteiligung. Wo keine Empathie besteht, tötet es sich leichter.«

»Da hast du auch wieder recht. Also?«

»Wir sollten die Dame weiter im Auge behalten. Vielleicht noch mal bei uns zur Vernehmung vorladen. Und zwar schon bald. Auf eine Trauerphase scheinen wir ja keine Rücksicht nehmen zu müssen.«

»Nein, das wohl nicht. Aber eine heiße Spur sieht dennoch anders aus.«

»Ich weiß. Doch du kennst den alten Grundsatz: Keiner ist verdächtig. Und doch sind es alle.«

Wenig später befanden sie sich auf der B 16. Wieder auf dem Rückweg nach Ingolstadt.

Brauner war erneut ins Grübeln verfallen. Immer noch ließ ihm diese verdammte Visitenkarte keine Ruhe. Er kramte sie aus seiner Manteltasche und betrachtete sie genauer. Dabei summte er leise eine Melodie vor sich hin.

Plötzlich fiel der Groschen.

Die Adresse, das ist es!

»Mensch, Max, vor etlichen Jahren hatten wir doch mit diesem gewalttätigen Zuhälter zu tun, der die Prostituierten so mies behandelt hat. Der, der damals das ›Tabu‹ hatte und dann schließen musste. Kannst du dich noch erinnern? Wie hieß der Kerl gleich noch mal?«

Ingram, der am Steuer saß, kniff seine Augen zusammen. Was bedeutete, dass er in seinem Erinnerungsvermögen genauso herumwühlte wie Brauner.

»Ja – du meinst den Zinken-Uwe. Den Raistinger. Der ist damals eingefahren, weil er seine Angestellten, wenn ich sie mal so nennen darf, geschlagen und teilweise auch gefoltert hat – ich erinnere mich gut an diesen Fall.«

»Waren da nicht auch brennende Zigaretten im Spiel, die der Kerl auf den Mädels ausgedrückt hat, wenn sie nicht so wollten, wie er dachte?«, fragte Brauner.

Ingram zögerte mit der Antwort.

»Ja«, sagte er schließlich langsam.

»Aber da war noch was anderes. Er hat auch eine der Frauen mit K.-o.-Tropfen außer Gefecht gesetzt und ihr mit einer schwer abwaschbaren Farbe ein japanisches Schriftzeichen auf die Stirn gemalt. So eine Art Schandmal bei denen, glaube ich.«

Brauner war wie elektrisiert. Er zappelte unruhig mit Händen und Füßen auf dem Beifahrersitz herum. Und hielt Ingram die Karte unter die Nase.

»Da, schau! Das ›Amora‹! Es hat die gleiche Adresse wie das alte ›Tabu‹! Dann könnte das ja unser Mann sein! Ist der wieder raus aus dem Gefängnis?«

»Möglich.«

»Fahr schnell. Wir müssen ins Präsidium, die Aktenlage überprüfen. Den Kerl kriegen wir.«

Ingram fuhr zwar schneller, aber nicht für lange. Schon ein paar Kilometer später standen sie kurz vor der Ausfahrt nach Ingolstadt-Unsernherren im Stau.

Es sollte noch lange dauern, bis sie wieder im Präsidium sein sollten.

Es ist so schön warm hier. Fast wie im Mutterleib. Und die Luft kann ich auch noch lange anhalten. Gut so. Geht noch. Immer noch. Aber jetzt ... jetzt!

Prustend durchstieß Brauner die Wasseroberfläche in seiner Badewanne. Dann strich er seine nassen Haare nach hinten und massierte sich im Nacken. Mit der folgenden Entspannung ließ er den Tag Revue passieren.

Die beiden waren nach einer gefühlten Ewigkeit im Stau

schließlich doch noch im Polizeipräsidium angelangt. Und hatten sich gleich an die Arbeit gemacht. Dominik Pfahls hatte auf dem PC die gespeicherte Akte des Uwe Raistinger schon parat.

»Sympathischer Kerl! Und so umtriebig!«, bemerkte er trocken, während sie sich gerade ihre Jacken auszogen.

Typisch Dominik, dachte Brauner.

Aber ohne einen gewissen Sarkasmus kann man diesen Job nicht machen. Ist wichtig für die Psychohygiene. Ansonsten würden wir alle eingehen.

Er sah Pfahls über die Schulter. Ja, das auf dem Foto war der Zinken-Uwe, wie er leibte und lebte. Vor allem war gut erkennbar, warum er einen solchen Spitznamen abbekommen hatte.

»Abgesehen von der langen Nase ein typisches Zuhältergesicht. Fast wie von der Stange, sogar mit Schnauzbart und Goldkettchen. Ein Typ wie ein Abziehbild.«

Brauner grinste. Pfahls war wirklich nicht zu überbieten. Dann stellte er fest:

»Ja, da kommt so einiges zusammen. Menschenraub, Drogenhandel, und vor allem Körperverletzungen noch und nöcher. Wie lange saß der jetzt ein?«

»Insgesamt acht Jahre, lautete das Urteil. Hat sich aber gut geführt und wurde deshalb eineinhalb Jahre früher entlassen«, antwortete Pfahls. »Und ja, es stimmt: Er ist der Besitzer des ›Amora‹. Alt wie neu.«

»Ich kann mich jetzt auch wieder gut daran erinnern. Der hing doch irgend so einem obskuren japanischen Körperritualzeugs an. Budo-noch-was, keine Ahnung. Wusste einiges über japanische Kultur. Zumindest mal das, was für ihn von Nutzen war. Steht doch sicher alles drin, oder?«, sagte Ingram.

»Eher mal in den Prozessakten«, konstatierte Brauner.

»Aber die Sache mit den Prostituierten, die er so grausam mit Zigaretten malträtiert hatte, ist mir hängengeblieben. Das – und etwas anderes auch noch. Ich kann mich jetzt wieder deutlich an die kleine Thaifrau erinnern, der er dieses mysteriöse Schandzeichen auf die Stirn gemalt und sie anschließend nackt und bewusstlos an einer gut frequentierten Bushaltestelle abgelegt hatte. Das hast du doch vorhin gemeint, oder?«

»Ja, genau«, antwortete Ingram. »Und jetzt ist dieses Schwein wieder draußen und macht geschäftlich weiter wie zuvor.«

Brauner nickte.

»Ja. Und ist jetzt vielleicht sogar einen Schritt weiter gegangen.«

Es wurde kurz still.

»Eben«, erwiderte Pfahls dann, »vielleicht aber nur. Beweise haben wir keine. Indizien schon. Ich würde vorschlagen, dass wir ihn uns gleich morgen früh vorknöpfen.«

»Warum erst morgen früh? Warum nicht gleich?«, antwortete Ingram.

»Weil der Typ jetzt nicht in seinem Puff ist, deshalb. Nicht mittags um fünfzehn Uhr. Sind doch sozusagen alles Nachtarbeiter. Und mit ›morgen früh‹ habe ich nicht etwa acht oder neun Uhr gemeint, sondern zwei oder drei.«

»Oh, nein!«

Brauner schmunzelte.

»Oh, doch, Max. Ich halte Dominiks Idee für ganz passabel. Wir fühlen dem guten Mann heute Nacht, oder besser: morgen früh, auf den Zahn. Wir alle, zu dritt. Deshalb werden wir heute um Punkt vier nach Hause gehen und ein wenig vorschlafen. Damit wir nachher auch fit sind. Okay?«

»Ja, muss«, erwiderte Ingram. Es war ihm anzusehen, dass er nicht begeistert war.

Sie hatten sich für die nächste Stunde noch mit dem Schreiben von Protokollen und Akteneinsichten beschäftigt. Und waren dann gegangen.

Brauner ließ seinen Kopf auf die Schaumstoffstütze in der Badewanne sinken. Langsam kroch die Müdigkeit in seine Glieder.

Er driftete ab.

Wie das wohl ist ...

Das Sterben. Das Liegen in einem Wald, ganz allein und verlassen. Fühlt man in so einem Zustand vielleicht doch noch etwas? Ist alles, was wir über den Tod wissen, falsch? Was ist, wenn es nun gar kein Aus-und-vorbei gibt? Kein schnelles Umlegen des Schalters? Wenn das alles in Etappen vor sich geht, ganz langsam, und wir noch mitbekommen, wie wir verwesen und von Würmern und Insekten ...

Brauner schreckte hoch.

Beinahe wäre er eingeschlafen. Das Wasser war mittlerweile kalt geworden. Er stand schnell auf und trocknete sich ab.

Emily will heute vielleicht auch noch baden.

Dann zog er seine Unterhosen an und ging ins Schlafzimmer. Es war acht Uhr. Also noch ein wenig Zeit für eine Mütze Schlaf, bevor in ein paar Stunden die Arbeit wieder rief.

Ich habe fast schon Angst vor meinen Träumen, dachte er.

Aber egal. Bin jetzt müde. Wird schon gut sein.

Doch kurz vor dreiundzwanzig Uhr schreckte Brauner wieder hoch.

Da war wieder die Szene auf dem Friedhof gewesen. Er war allein.

Und Jaqueline hatte mit ihren Armen in den Himmel gegriffen, nach etwas, das er weder sehen noch spüren konnte.

***

3

Es regnete schon wieder.

Der Blick vom Fenster auf den gegenüberliegenden Waldrand war alles andere als klar an diesem nebelverhangenen, düsteren Tag.

Also schloss er die Vorhänge, die er leicht zurückgezogen hatte, um hinaussehen zu können, und setzte sich in seinen altertümlich wirkenden Ohrensessel.

Im Hintergrund säuselte ein leise gestellter Fernseher vor sich hin. Auf dem Tisch lag eine Zeitung, gestrige Ausgabe, aufgeschlagen im Lokalteil. Neben den üblichen Sport- und Landkreisnachrichten war das Bild einer hübschen jungen Frau zu sehen. Jaqueline Bernauer.

Sie wurde in einem kurzen Artikel als vermisst bezeichnet.

Also war sie noch nicht gefunden worden.

Wie sollte sie auch?

Der alte Friedhof lag eben doch zu sehr in der Wildnis. Und würden sie die Botschaft verstehen, wenn es so weit war?

Wahrscheinlich nicht.

Aber das war ihm ziemlich egal. Die oberflächlichen Menschen von heute hatten einfach kein Wissen mehr

über die wesentlichen Dinge dieser Welt. Noch nicht einmal über das, was *ihrer* Ansicht nach real war. Und auch nicht über jenes, das unmerklich hinter den Spalten und Ritzen dieser angeblichen Realität lauerte. Etwas, das nur darauf wartete, hinüberzuwechseln und Unheil anzurichten. Auch er selbst war früher so gewesen. Doch seit einem halben Jahr konnte er sehen.
Sie sehen.
Das Grauen.
Aber was sollten diese Gedanken? Er wusste, was zu tun war.
Denn er hatte es bereits getan.
Und würde es wieder tun.
Um die uralten Feinde zurückzudrängen – nein, besser: sie zu *vernichten*.
So wie jener, der unweit von hier begraben lag, es gewollt und gefordert hatte.
Langsam, mit zittrigen Fingern nestelte er sich eine Zigarette aus der Packung. Er ärgerte sich über seinen Freund, ohne dessen ausgesprochene Dummheit dieses Problem gar nicht existieren würde. Er hatte ihn gewarnt. Und dennoch konnte dieser Kerl seine Finger nicht von jenem gefährlichen Ding lassen.
Aber sei's drum.
Was geschehen war, konnte nicht mehr ungeschehen gemacht werden. Und vielleicht war das sogar ganz gut so. Denn nun konnten diese Äonen alten Feinde gestellt und mit offenem Visier bekämpft werden. Und ihm, ganz allein ihm, würde dieses Privileg zukommen.
Er zündete sich die Zigarette an. In dem kleinen Zimmer mit seinen gelb gerauchten Wänden war das eh schon egal.

Er lehnte sich zurück. Nahm einen Zug.
Und lächelte.
Auch er hatte ein Instrument zur Verfügung. Und zwar eines, das *garantiert immer* funktionieren würde.

***

4

»Bist du sicher, dass diese Aktion wirklich nötig ist? Ich meine, wir haben eigentlich doch gar nichts in der Hand.«

Dominik Pfahls stellte diese Frage Brauner, als die drei Kriminalbeamten durch die Ingolstädter Nacht in Richtung Unterhaunstadt fuhren. Es war gegen halb zwei morgens.

»Stimmt«, bemerkte Ingram.

»Die einzigen Anhaltspunkte sind eine tote Prostituierte und ein seltsames Schriftzeichen auf ihrer Stirn. Okay, und die Visitenkarte von diesem Club in ihrer Handtasche. Aber noch nicht mal der konkrete Todeszeitpunkt wurde bis jetzt ermittelt. Wir können den Typ weder richtig abfragen noch unter Druck setzen. Ist es nicht doch zu früh für so was?«

Etwas spät für Kritik, dachte Brauner.

Warum fällt denen das erst jetzt, während der Fahrt, ein?

Er schwieg eine Zeit lang. Er war müde und gleichzeitig nervös. Dennoch saß er am Steuer.

»Das mag schon sein«, antwortete er schließlich.

»Aber wir haben den Vorteil der Überraschung. Vielleicht können wir den Raistinger so bluffen, dass er gleich mit der ganzen Wahrheit herausrückt. Spart langwierige Ermittlungen.«

»Ja. Vorausgesetzt, der weiß wirklich was.«

»Das tut er. Denk an die Visitenkarte. Das Opfer muss sie irgendwo herhaben.«

»Die könnte sie auch von einer Kollegin zugesteckt bekommen haben«, antwortete Pfahls.

Hätte, hätte, Fahrradkette, dachte Brauner.

»Das werden wir gleich herausfinden. Wir sind da. Haltet euch bitte an die Vorgehensweise, die wir vorhin auf dem Präsidium besprochen haben.«

Er fuhr den Wagen auf einen nur mäßig beleuchteten Parkplatz, der dem Bordell vorgelagert war.

Die drei Männer stiegen aus.

Es war bitterkalt. Vor ihnen versuchte die rote Leuchtreklame des »Amora« Kunden anzulocken. Es war ein hässlicher Betonbau aus den siebziger Jahren, tagsüber kaum bemerkenswert. Nur nachts erwachte die graue bröckelige Fassade zu einem zweifelhaften Leben. Brauner kannte diesen Bunker nur zu gut.

Die weiße Tür hatte ein kleines Fenster, durch das man zu später Stunde beobachten konnte, wer davorstand. So auch jetzt. Sie war verschlossen. Brauner klingelte, und schon nach einigen Sekunden bemerkte er, wie sich ein Schatten hinter das kleine Fenster schob.

Gesichtskontrolle, dachte er.

Und zwar erfolgreich. Mit einem leisen Summen öffnete sich die Tür nach innen. Sie wurden empfangen von einer älteren, sowohl kräftigen als auch untersetzten Dame, die sie freundlich begrüßte. In den Innenraum konnte man nicht blicken, da vor ihnen ein dunkelroter Vorhang die Sicht verdeckte.

»Guten Abend! Schön, dass Sie hier sind in unserem neuen Club! Ich wünsche Ihnen viel Spaß und Unterhaltung mit unseren Damen.«

»Ja, vielen Dank«, antwortete Brauner. Dann schob er den Vorhang beiseite.

Was er zu sehen bekam, war nichts Neues.

Gleich ihm gegenüber lag die lange verwinkelte Theke. Sie war eine gebohnerte dunkelbraune Rustikalität mit hölzernen gewundenen Säulen dazwischen, die bis zur Decke reichten. Die Kratzer und schwarzen Zigarettenbrandlöcher darauf erzählten ihre eigene Geschichte. Dahinter verlief eine durchgehende Spiegelwand, die vielleicht so etwas wie eine Saloonatmosphäre schaffen sollte, was aber nicht ganz gelang; links und rechts, jeweils neben den Thekenausgängen, hingen schwere rote Plüschvorhänge, die den Rest des Etablissements verhüllten. Vor der Theke standen schließlich die unvermeidlichen, ebenfalls mit rotem Plüsch bezogenen Barhocker, auf denen etliche leicht bekleidete Damen des Gewerbes saßen. Auch einige Kunden waren zu sehen. Sie nahmen aber keine Notiz von Brauner und seinen Mitstreitern. Zumindest *jetzt* noch nicht.

Es roch, nein: es stank nach Zigarettenqualm. Er bemerkte über der Theke auch eine regelrechte Dunstwolke, beleuchtet vom spärlichen Deckenlicht.

Und unter diesem Qualm waren, nur schlecht verdeckt, auch die widerwärtigen Ausdünstungen von altem Sex, vor Jahren verschüttetem Alkohol und diversen Körperflüssigkeiten zu riechen.

Alles in allem eine Szenerie, die Brauner und die anderen im Laufe ihres Berufslebens immer wieder mal gesehen hatten. Eine auf den ersten Blick reiche Eleganz, die sich bei genauerem Hinsehen als billig und schlüpfrig erwies, vorgetäuschte Zuwendung und Geselligkeit, wo es nur um Geld ging.

Abstoßend, dachte Brauner.

Na ja. Puff eben. Mit dem Rauchverbot scheinen die es hier auch nicht so genau zu nehmen. Und das Beste ist: Der Raistinger hat nur den Namen geändert. Ansonsten gar nichts. Es ist immer noch derselbe Laden wie früher.

Er ging den anderen voraus auf die linke Seite der Theke. Dort arbeitete eine ebenfalls leicht bekleidete ältere Bardame, die gerade ein paar Gläser abspülte.

Noch bevor Brauner sie ansprechen konnte, tat sie es.

»Oh, späte Kundschaft! Um diese Zeit noch unterwegs, mein Süßer?«

»Ja, allerdings. Ich hätte gern ein Pils. Kann ich bitte mit dem Chef sprechen?«

Sie stutzte.

»Mit dem Chef? Warum?«

Mittlerweile hatten sich zwei Damen dem Beamtentrio genähert und ein Gespräch mit dem zurückhaltenden Pfahls begonnen.

»Weil es sehr wichtig ist.«

»Ach so. Um was geht es denn? Ich weiß nicht, ob er da ist.«

Natürlich weißt du es.

Sie stellte ihm das Bier an den Platz.

»Um was es geht?«

Brauner zeigte, in seiner Handfläche halb versteckt, seine Dienstmarke.

»Oh, ich verstehe. Gut, ich schaue mal, ob er da ist und Zeit für Sie hat. Einen Moment, bitte.«

Sie verschwand in einer Tür, die in die Räume hinter dem Barraum führte.

Er grinste Ingram breit an. Der war zwischenzeitlich damit beschäftigt gewesen, eine hübsche langbeinige Blondine abzuwimmeln; als diese endlich gemerkt hatte, um was es ging, war sie sehr schnell verschwunden.

Brauner nahm einen Schluck von seinem Pils. Es schmeckte ihm gerade jetzt sehr gut.

Alkohol während der Arbeitszeit. Eigentlich verboten. Aber hier dient es ja sozusagen einem höheren Zweck.

Nur wenig später erschien ein großer breitschultriger Mann mit Schnauzbart in der Hintertür.

Kein Zweifel: Es war der Zinken-Uwe.

Langsam kam er auf Brauner zu.

Der nahm einen weiteren Schluck aus seinem Glas.

Mit einem verächtlich scheinenden Grinsen musterte Raistinger die drei Beamten auf der anderen Seite der Theke.

Dann sprach er Brauner direkt an.

»Na?«

»Was na?«

»Du schon wieder, Brauner? Habe dich gleich erkannt. Muss damals ein großer Erfolg für euch gewesen sein, mich einzubuchten. Nicht wahr?«

Er rümpfte seine Nase.

»Was wollt ihr hier?«

»Wir sind immer noch per Sie, Herr Raistinger. Ich kann mich ebenfalls gut erinnern. Und genau deshalb sind wir hier.«

Ingram schaltete sich ein.

»Richtig. Wir hätten da nämlich ein paar Fragen an Sie.«

»Fragen stellen könnt ihr. Aber von mir werdet ihr keine Antworten bekommen. Mit euch arbeite ich nicht zusammen, *Herr Brauner*. War das nun korrekt?«

Dieser lächelte ihn nur an.

»Das sollten Sie sich vielleicht noch mal genauer überlegen, Herr Raistinger. Meines Wissens wurden Sie auf Bewährung entlassen. Und wenn ich mir den Laden so ansehe, könnte eine tiefgreifendere Untersuchung vielleicht Dinge ans Licht bringen, die Ihnen unangenehm sein könnten.«

Sein Gegenüber warf ihm einen Blick zu, in dem der Hass der ganzen Welt funkelnd und ungeschminkt zum Ausdruck kam.

Nach ein paar Sekunden gespannten Schweigens und Überlegens willigte der Zuhälter schließlich ein.

»Gut. Aber schnell, ich habe nicht viel Zeit. Was wollt ihr wissen?«

Nun kam Pfahls zum Zug.

»Kennen Sie diese junge Frau?«

Damit hielt er ihm ein Bild von Jaqueline vor die Nase. Tot, mit dem geheimnisvollen Zeichen auf ihrer Stirn.

Raistinger legte die seinige in Falten.

Er schien ernsthaft nachzudenken.

»Nein, nicht dass ich wüsste. Was ist mit der?«

»Sie ist tot.«

»Das sehe ich selbst. Aber warum kommt ihr damit zu mir?«

»Deshalb.«

Brauner zog die Visitenkarte des »Amora« aus seiner Manteltasche.

»Das ist doch Ihr Club, oder?«

»Ja.«

»Wir haben diese Karte in der Handtasche der Toten gefunden. Sie muss also hier gewesen sein.«

»Ich habe sie hier nicht gesehen. Ehrlich. Und die Karte kann die auch von irgendwem sonst haben.«

»Von wegen.«

Brauner blickte Raistinger durchdringend in die Augen.

Er beugte sich über die Theke zu ihm hin und sagte, fast schon flüsternd:

»Auf dem netten Ding sind Ihre Fingerabdrücke. Leugnen ist also zwecklos.«

Zinken-Uwe wich sichtlich die Farbe aus dem Gesicht.

»Nun, äh, ja ... vielleicht – wenn ich mal so genauer nachdenke, dann – okay, die Kleine war mal hier.«

Na also, dachte Brauner.

Das klappt ja besser als erwartet.

»Wann war das, bitte?«

»So genau weiß ich das nicht mehr, ich schätze mal so vor drei Wochen.«

»Ach so? Was wollte Frau Bernauer denn bei Ihnen?«

»Na, was wohl? Arbeiten natürlich. Aber ich habe nein gesagt.«

Brauner sah Raistinger prüfend an.

»Und warum?«

»Weil sie ein Junkie war. Crystal, glaube ich. Schlimmes Zeug. Man hat das ihrem Gesicht schon angesehen. Schlecht fürs Geschäft, so was. Also habe ich dankend abgelehnt.«

»Wirklich?«

»Ja, wirklich.«

Raistinger wirkte nicht überzeugend auf Brauner und die anderen.

Ingram ergriff nun das Wort.

»Was ist das für ein Zeichen auf der Stirn des Mädchens?«

»Woher soll ich das wissen?«

»Tja, da war doch was, oder? Der Name Mai Long sagt Ihnen nichts mehr, oder?«

»Was wollt ihr mir anhängen? Ich habe dem Mädel nichts getan, das müsst ihr mir glauben. Das war damals außerdem was ganz anderes.«

»So anders nicht. Sie haben die Frau halt noch am Leben gelassen. Ansonsten sieht das in unseren Augen alles sehr ähnlich aus. Also, was bedeutet das Zeichen? Dasjenige, das Sie damals auf der Stirn von Frau Long angebracht haben, hatte etwas mit verletzter Loyalität zu tun. Was war es denn diesmal, hm?«

»Das ist eine unglaubliche Unterstellung!«

Raistinger wirkte zunehmend gereizt. Plötzlich riss er Pfahls die Farbkopie mit dem Foto von Jaqueline aus der Hand.

Brauner, der zuerst was sagen wollte, blieb ruhig, als er erkannte, dass der Lude das Foto konzentriert betrachtete.

»Das ist kein japanisches Schriftzeichen. Die sehen ganz anders aus. Und erst recht mal keines aus dem Bushido-Kodex.

Wohl nicht genug recherchiert, oder? Tja, Bullen und Bildung sind eben zwei Dinge, die sich gegenseitig ausschließen.«

Damit warf er die Kopie achtlos auf die Theke. Und grinste dabei über beide Ohren.

»Pass auf, was du sagst, sonst kriegen wir dich gleich wegen Beleidigung dran«, erwiderte Ingram laut und wütend.

Pfahls griff ein und nahm ihn kurz beiseite.

»Lass sein, der ist es nicht wert. Komm, wir gehen mal kurz raus an die frische Luft.«

Die beiden wandten sich um und gingen nach draußen.

Brauner führte die Befragung alleine weiter.

»Jetzt mal ganz ruhig. Sie meinen also, das wäre kein japanisches Schriftzeichen?«

»Ja, da bin ich mir ganz sicher. Können Sie ja gerne nachprüfen. Ich weiß wirklich nicht, was das bedeutet.

Und ich werde den Teufel tun und mir mein Geschäft als auch mein Leben mit einem Mord kaputtmachen. Was hätte ich denn davon? Ich habe so etwas noch nie getan, auch wenn es Leute gibt, die ich am liebsten … ach was, vergessen Sie's!«

Brauner zog die Augenbrauen nach oben.

»Welche Leute wären denn das? Konkurrenten? Oder Angestellte, die nicht mehr bei Ihnen arbeiten wollen? Wie damals Frau Long?«

Raistinger atmete tief ein und wieder aus.

»Sie geben einfach nicht auf, was? Okay, wenn du es hören willst: Mir tut leid, was damals passiert ist. Ich dachte, ich müsste ein Exempel statuieren und war außerdem voll auf Koks. Da neigt man manchmal eben zu Überreaktionen. Und das Zeichen, das ich Mai Long damals auf die Stirn gemalt habe, war das ›Chu‹, und es bedeutet tatsächlich so was wie Loyalität und Zuwendung, wie dein Kollege vorher schon richtig bemerkt hatte. Aber ich werde so etwas nie wieder tun. Ich habe mich im Gefängnis gewandelt, bin jetzt auch clean und will einfach nur in aller Ruhe mein Geschäft betreiben. Mehr nicht. Das ist alles.«

»Wirklich?«

»Ja. Und jetzt möchte ich dich bitten, lieber Brauner, dass du meinen Betrieb verlässt – außer natürlich, du hast einen Durchsuchungsbeschluss oder willst dich hier ohne deine beiden Kollegen alleine vergnügen. Kostet aber für dich einen Extrazuschlag. Also, Braunerchen?«

Der war weiß im Gesicht geworden vor unterdrückter Wut.

Nicht ausrasten. Haltung bewahren. Er hat leider recht, ich habe nichts gegen ihn in der Hand. Vorerst noch nicht.

»Kein Bedarf, danke. Ich zahle dann mal.«

»Geht aufs Haus. Der Laden läuft gut, weißt du? Schätze, es waren auch schon ein paar Kollegen von dir bei mir!«

Und dann sagte er etwas, das sehr unter die Gürtellinie ging. *Zu* sehr.

Brauner sah plötzlich nur noch rot.

Er holte aus und schlug über die Theke hinweg Raistinger mit seiner Faust voll ins Gesicht. Der torkelte nach hinten gegen die Spiegelwand.

Dann hielt er, sich plötzlich voll im Klaren über das, was er gerade getan hatte, ein. Sein Gegenüber bedeckte mit einer Hand die zerschlagene Nase. Blut lief ihm über Schnauzbart und Mund das Kinn herab.

Brauner drehte sich wortlos um und ging.

»Das wirst du bereuen, Bulle! Richtig bereuen, hörst du! Ich mach dich alle, Brauner!«

Der schlug die Tür hinter sich zu. Draußen warteten Pfahls und Ingram.

»Warum schreit der so? Ist was passiert?«

»Könnte man sagen, ja. Ich glaube, ich habe gerade eine große Dummheit gemacht.«

Brauner wollte den anderen beiden klarmachen, was im Club geschehen war, sah dann aber durch das Dunkel eine kleine zierliche Gestalt auf sie zukommen.

Es war eine der Prostituierten aus dem »Amora«, die über ihre spärliche Bekleidung notdürftig einen kurzen Pelzmantel angezogen hatte.

»Hallo, ich bin Tatjana. Muss dringend sagen was Wichtiges.«

Der slawische Akzent war unüberhörbar.

Wahrscheinlich aus der Ukraine oder der Slowakei, dachte Brauner.

»Ja, gerne. Um was geht es denn?«

»Es geht um Jacky. Sie war hier, aber Chef wollte sie nicht haben. Wegen Drogen und so weiter, Sie wissen?«

»Ja, schon. Und?«

»Die Jacky war total fertig deshalb. Hat geweint und so. Chef hat sie dann rausgeschmissen. Bin aber noch kurz nachgegangen. Hat dann gesagt, dass sie geht anschaffen in Neuburg, auch wenn dort verboten. So war das.«

»Und der Chef ist im Club geblieben?«

»Ja, ist geblieben die ganze Nacht. Nix weggegangen. Ist jede Nacht da.«

»Aha. Vielen Dank für den Tipp, Frau …?«

»Bin einfach nur Tatjana, Hübscher. Der Rest nicht wichtig. Muss jetzt aber weg, sonst Chef wieder sauer.«

Damit wandte sie sich wieder um und ging zurück in den Club.

Ingram, der die Unterhaltung geführt hatte, lächelte verlegen.

Pfahls blieb ungerührt.

»Da haben wir es also. Sie ist zurück nach Neuburg gegangen, nachdem ihre Bewerbung hier fehlgeschlagen war. Also wurde sie mit großer Wahrscheinlichkeit auch dort ermordet. So sehr ich den Kerl auch verachte: Es könnte sein, dass der Raistinger vielleicht nichts damit zu tun hat.«

»Könnte sein, ja. Auch wenn das Alibi nicht ganz glaubwürdig ist. Die Prostituierten hier sind befangen. Was bedeutet, dass wir auf jeden Fall weiter in diese Richtung recherchieren müssen. Was wolltest du uns vorhin eigentlich noch sagen, Hendrik?«

Brauner war die ganze Zeit ruhig dabeigestanden. Jetzt musste er Farbe bekennen. Er war nervös. Sein Blick suchte nach einem Halt und fand ihn in der rot-gelben Leuchtreklame des Bordells.

»Gut, ich mach's kurz. Ich habe dem Raistinger eine reingehauen.«

Ingram blickte ihn entsetzt an.

»Du hast *was*?«

»Ihm eine reingehauen. Hast schon richtig gehört.«

»Hat er dich angegriffen?«

»Körperlich nicht. Verbal aber sehr wohl. Und von einem widerlichen Zuhälter wie diesem lasse ich mich nicht beschimpfen.«

»Aber provozieren schon, oder? Jetzt hat der dich genau dort, wo er dich haben wollte. Mannomann, Hendrik.«

»Besser, wir fahren jetzt.«

Pfahls' vernünftigem Vorschlag wurde gefolgt. Die Fahrt zurück verlief schweigend.

Wieder im Präsidium. Es war halb vier. Sie waren, neben der Nachtwache und dem Kriminaldauerdienst, den heute ein anderes Kommissariat bestreiten musste, um diese Uhrzeit die Einzigen in jenem riesigen Backsteingebäude gegenüber des Ingolstädter Busbahnhofs.

Brauner hatte sich auf seinen Platz gesetzt und den PC angemacht, um ihre Ermittlung zu protokollieren.

Nur schnell arbeiten, dachte er.

Wegdrücken möglicher Kritik durch Keine-Zeit-für-euch-Gebaren. Vielleicht klappt es ja.

Doch mit diesem Vorhaben kam er nicht weit.

Pfahls setzte sich auf den anderen Arbeitsplatz ihm gegenüber.

»Hendrik?«

Schweigen.

»Wir müssen reden. So kann es nicht weitergehen.«

Sichtlich genervt sah Brauner von seiner Arbeit auf.

»Was kann nicht so weitergehen?«

»Pass mal kurz auf – wir kennen uns jetzt auch schon seit vielen Jahren. Neun sind es, glaube ich. Gut, Max noch nicht ganz so lange, aber der kam auch erst später dazu.«

»Ja, das stimmt. Und?«

»Wir wollen damit sagen: Dein Verhalten hat sich in letzter Zeit zum Negativen verändert. Punktum, es ist einfach so, Hendrik.«

Brauner lehnte sich in seinem Bürostuhl zurück. Er fühlte sich unwohl.

»Ach? Und wo genau, wenn ich fragen darf? Werdet mal konkret.«

Ingram räusperte sich. Dann:

»Das hat schon vor etlichen Wochen angefangen. Damit meine ich dein häufiges Zuspätkommen. Aber nicht nur das. Es geht auch um die Gründe dafür.«

»Ich weiß selbst, dass ich in letzter Zeit häufiger zu spät in den Dienst gekommen bin. Aber das wird sich auch wieder ändern. Ich habe nur ein vorübergehendes kleines Tief, sonst nichts.«

»Sonst nichts?«

»Nein.«

»Wir sehen das anders«, warf Pfahls ein. »Eigentlich wollten wir es dir nicht so knallhart auf die Nase binden, aber es muss anscheinend sein, Hendrik. Also – es ist so: Wir sind der Ansicht, dass du zu viel trinkst.«

»Ja, das ist so«, pflichtete Ingram bei.

»Es fällt einfach auf, Mann. Du hast recht oft eine Bierfahne, wenn du hier aufschlägst. Du bist, freundlich ausgedrückt, auch gegenüber uns, deinen langjährigen Kollegen, ziemlich kurz angebunden. Man könnte auch sagen: grundlos unfreundlich. Ist auch gestern wieder so gewesen.«

»Wirklich? Bei wem denn?«

»Zum Beispiel bei der Frau Linartz. Aber was jetzt dem Fass den Boden ausgeschlagen hat, war die Tatsache, dass du gestern Morgen vom Hartmann einen heftigen Anpfiff in genau dieser Angelegenheit bekommen hast und dann prompt heute Nacht im Dienst ein Bier in diesem Club trinkst. So was läuft einfach nicht, Hendrik. Vorgesetzter hin oder her.«

Pfahls nickte zustimmend.

»Und dann noch dein Gewaltausbruch gegenüber dem Raistinger.

Wenn der jetzt eine Anzeige stellt, hast du ein Problem. Gut, wir können dich da schon in Schutz nehmen, aber noch mal darf so etwas nicht mehr vorkommen. Du bist sehr dünnhäutig und reagierst über.«

Betretenes Schweigen. Brauner konnte nichts mehr erwidern.

»Wir sagen das nicht, weil wir dir wehtun wollen, Hendrik. Ganz im Gegenteil. Wir machen uns Sorgen um dich. Ich denke, damit treffe ich die Wahrheit ziemlich genau.«

Er wusste, dass die beiden mit ihrer Kritik recht hatten. Und genau deswegen fühlte er sich jetzt richtig mies.

Dies hier war schlimmer und tiefgreifender als der Anschiss irgendeines Vorgesetzten. Das hier waren seine jahrelangen Begleiter, mit denen er durch Dick und Dünn gegangen war. Die er durch und durch kannte. Und die *ihn* durch und durch kannten.

»Ja«, sagte er langsam. Die Traurigkeit in seiner Stimme war nicht zu überhören.

»Ihr habt recht. Ich fühle mich im Augenblick alles andere als gut. Aber ich kann nicht so richtig erklären, warum das so ist. Es ist eine große Unzufriedenheit mit allem. Aber ohne dass es einen richtigen Grund dafür geben würde. Ich glaube, ich verändere mich gerade. Eine Art von Aus-der-Haut-Fahren, nur langsam und schmerzhaft. Saudummer Vergleich, schon klar. Aber ich weiß nicht, wie ich mich am

Besten ausdrücken soll. Es ist alles – so eine Scheiße. Am liebsten würde ich manchmal einfach alles hinschmeißen und gehen.«

»Eine Katharsis.«

»Eine was?«

»Katharsis. Ist altgriechisch und bedeutet ungefähr ›schmerzhafter Übergang‹«, sagte Pfahls. »Damit ist konkret die Reinigung der Seele gemeint, frei nach Aristoteles.«

Klasse, Dominik. Sehr treffend. Wie immer.

»Das mit dem Hinschmeißen lässt du sein. Damit wird dein Burnout – und genau so was hast du meines Erachtens – auch nicht geheilt. Du musst dich der Sache stellen.«

»Schön gesagt, Max. Und wie soll ich das anstellen?«

»Reden. Mit den Leuten, zu denen du Vertrauen hast. Zum Beispiel mit uns. Oder – ich sage es jetzt einfach mal – mit einem Psychologen, wenn das nicht reichen sollte.«

Brauner schloss seine Augen.

War es wirklich schon so schlimm? Er hätte das nie von sich aus bemerkt. Aber Selbstwahrnehmung ist auch etwas anderes als Außenwirkung. Er wusste das alles, von diversen Fortbildungen in Sachen Psychologie, von seiner Ausbildung her – aber er hätte dieses Wissen trotzdem in *einer* Sache niemals angewendet:

nämlich bei sich selbst.

»Gut, ich werde mir das durch den Kopf gehen lassen. Es ist aber auch nicht einfach für mich. So von heute auf morgen geht das nicht. Versteht ihr das?«

»Ja, durchaus. Wichtig ist uns, dass du überhaupt einsiehst, dass Handlungsbedarf besteht. Was hat der Raistinger überhaupt gesagt, dass du ihn gleich geschlagen hast?«

Brauner atmete tief ein und wieder aus. Er spürte die heftige Wut und Aggression von vorhin einmal mehr.

»Er hat gesagt, dass meine Tochter ja auch bei ihm anfangen könnte, wenn sie erst mal alt genug ist. Emily.«

Ingram sah ihn mit einem betroffenen Gesichtsausdruck an. Sie kannten seine Tochter.

»Gut, das ist natürlich starker Tobak.«

»Ja«, warf Pfahls ein. »Ich verstehe deine Reaktion durchaus. Aber ich kann sie dennoch nicht gutheißen. Gewaltanwendung ist nur zur Selbstverteidigung oder bei Gefährdung Dritter erlaubt, das weißt du.«

Brauner nickte.

»Ich habe schon verstanden, was ihr mir sagen wollt. Und ich nehme das auch richtig ernst. Ich muss was tun. Und am besten fange ich gleich jetzt damit an. Versprochen.«

Er fühlte sich eigenartig. Einerseits verletzt wegen der scharfen Kritik seiner Kollegen, andererseits aber auch irgendwie befreit.

Wie war das mit der Katharsis?

Es war mittlerweile halb fünf.

»Anderes Thema, Leute – ich mache einen Vorschlag: Ihr beide geht jetzt nach Hause und schlaft noch ein wenig. Kommen müsst ihr erst um zwölf. Ich bleibe jetzt hier und kümmere mich um das Protokoll. Dafür gehe ich heute Mittag früher. Angenommen?«

Die beiden anderen stimmten zu.

»Gut, was die Ermittlung vorhin betrifft, waren die Ergebnisse ziemlich übersichtlich, um es mal so auszudrücken. Viel kam dabei nicht heraus«, sagte Brauner selbstkritisch.

»Ja, das kann man wohl sagen. Aber zumindest können – oder müssen – wir in Betracht ziehen, dass der Zinken-Uwe nicht unser Mann ist. Und dass das Opfer mutmaßlich in Neuburg ermordet wurde. Auf gut Deutsch: viel vielleicht, wenig Konkretes.«

Ingram nickte.

»Ist schon eine pikante Sache. Prostitution ist in Städten unter 30 000 Einwohnern absolut verboten, erst wenn diese Zahl maßgeblich überschritten wird, kann sie von der Bezirksregierung erlaubt werden. Und das ist wohlgemerkt auch kein Muss. Sie hat sich also ganz bewusst einer nicht unerheblichen Gefahr ausgesetzt.«

Pfahls stand auf.

»Ja, das hat sie. Aber vergesst nicht, dass die junge Frau drogenabhängig war und daher alles andere diesem Umstand untergeordnet hat. Die Gefahr, von den Neuburger Kollegen erwischt zu werden und einen Platzverweis mit Anzeige zu bekommen, war angesichts der Aussicht auf gutes Geld für sie vertretbar. Geld für Drogen ist für solche Leute alles.«

»Diese Gefahr meinte ich nicht. Sondern jene, von irgendwelchen Kriminellen erpresst und ausgenutzt zu werden. Oder eben einem kranken Perversen über den Weg zu laufen, wie es dann ja augenscheinlich geschehen ist.«

»Ach so?«

Pfahls überlegte kurz. Dann:

»Das bringt den Raistinger aber dann doch wieder ins Spiel. Wenn er gewusst hat, dass Jaqueline sich in Neuburg prostituiert, könnte er sie als Konkurrenz betrachtet und ausgeschaltet haben. Oder ausschalten haben lassen.«

»Nein, das glaube ich nicht. Er hat sie ja selbst nicht bei sich arbeiten lassen, weil sie schon so heruntergekommen war. Er hat sie nicht als Konkurrenz betrachtet. Und selbst wenn, hätte ein kleiner Tipp an unsere Neuburger Kollegen gereicht, um sie eine Zeit lang aus dem Verkehr zu ziehen. Einen Mord hätte der wegen so was nicht riskiert.«

Brauner schaltete sich wieder ein.

»Wisst ihr was, Leute? Ich glaube, ihr habt mit eurer Kritik auf der Hinfahrt – im Nachhinein betrachtet – ebenfalls recht gehabt. Die ganze Aktion kam verfrüht. Wir hätten vielleicht doch die ersten Ergebnisse der Rechtsmedizin abwarten sollen. Und genau das werden wir jetzt auch tun. Ich rufe gleich um acht den Heinrichs an. Vielleicht hat er schon was für uns. Am besten den ungefähren Todeszeitpunkt von Jaqueline. Wenn das der Fall sein sollte, müssen wir uns Frau Bernauer und den Förster noch mal vornehmen. Sie, weil sie sich bei der Benachrichtigung vom Tod ihrer Tochter so kalt verhalten hat. Ihn, weil er sich in dieser gottverlassenen Gegend fast als Einziger gut auskennt – siehe den verfallenen Friedhof. Den Waldarbeiter können wir, glaube ich, ausschließen, denn der war wirklich mit seinen Nerven am Ende. Ich traue ihm beim besten Willen keinen kaltblütigen Mord zu.

Dann noch Frau Linartz, weil sie die Letzte war, die Jaqueline lebend gesehen und außerdem eine Zeit lang mit ihr zusammengelebt hat. Und was den Raistinger betrifft, so sollten wir erst mal die Ergebnisse der Rechtsmedizin und der Spusi abwarten. Er ist zwar ein Mistkerl, aber wie

Max sehe ich kein Motiv für einen Mord bei ihm. Außerdem hat er Bewährung und müsste lebenslang ins Gefängnis, wenn er darin verstrickt wäre. Dennoch dürfen wir ihn nicht ganz aus den Augen verlieren.«

»Richtig«, sagte Ingram. »Und wie sieht es mit diesem Zeichen aus? Ich meine, wenn wir wissen würden, was es bedeutet, hätten wir ein wichtiges Indiz mehr.«

»Schon. Aber das ist sehr schwierig zu ermitteln. Ich weiß nicht, wie viele Schriftzeichen und -arten es auf der Welt gibt. Es würde sehr lange dauern, wenn wir uns über das Internet schlaumachen müssten – kennt nicht einer von euch jemanden, der sich in Sprachen und Schriftzeichen auskennt?«

Pfahls und Ingram schüttelten beide mit dem Kopf.

»Gut. Dann werden wir einen Semiotiker engagieren müssen.«

»Einen was?«, fragte Ingram.

»Na, einen Schriftzeichengelehrten. Hoffentlich gibt es so jemanden überhaupt in Ingolstadt. Sonst noch was?«

»Nein.«

»Gut. Wir haben sonst keine weiteren Verdächtigen. Bis jetzt, zumindest. Ich persönlich glaube, dass sich der Täter oder die Täterin unter den von mir genannten Personen befindet.«

»Hoffentlich hast du recht. Ansonsten haben wir ein Problem«, sagte Pfahls.

»Ja. Aber wir sind hier, um genau diese Probleme zu lösen. Ihr könnt jetzt heimgehen. Bis später. Ich kümmere mich um das Ermittlungsprotokoll und lege es euch nachher vor. Vielleicht fällt euch auch noch was dazu ein.«

Pfahls räusperte sich kurz.

»Genau, noch was zum Protokoll – lass am besten deine Auseinandersetzung mit dem Raistinger weg. Wenn der eine Anzeige stellen sollte, decken wir dich. Aber nur dieses eine Mal, in Ordnung? Noch einmal darf so etwas nicht mehr passieren.«

Brauner nickte. Ingram, der sich gerade anzog, blinzelte ihm kurz zu.

»Und die Finte mit den angeblichen Fingerabdrücken auf der Visitenkarte, mit der du den Raistinger reingelegt hast, würde ich auch draußen lassen.«

Ein breites Grinsen war die Antwort.

»Gut. Aber was die Anzeige betrifft, so glaube ich nicht, dass er das tun wird. Wenn überhaupt, wird er einen persönlichen Rachefeldzug gegen mich starten und mir irgendeinen finsteren Kumpel von ihm auf den Hals hetzen. Reifen aufstechen, vielleicht auch eine Tracht Prügel oder so was in der Richtung. Kennt man ja von diesem Gewerbe.«

»Mag sein. Pass also auf. Man weiß bei solchen Gestalten nie, was sie im Schilde führen. Bis dann also.«

»Ja, bis dann.«

Er fühlte sich plötzlich voller Elan.

Und war selbst ein wenig irritiert deswegen. Brauner wandte sich wieder seinem PC zu und machte sich an die Arbeit.

***

5

Sprenkel von Sonnenlicht wurden durch den heruntergelassenen Rollladen auf die gegenüberliegende Wand geworfen.

Er lag im Bett und dachte selbstzufrieden über das vergangene Jahr nach. Über die erste große Ernte, die ihm beinahe vom außergewöhnlich heißen Sommer zunichtegemacht worden wäre.

Ja, es war eindeutig eine richtige Entscheidung gewesen, auf Autarkie zu setzen und sein Getreide selbst anzubauen. So war er als kleiner Biobauer und Selbstversorger unabhängig von den seiner Meinung nach giftigen Produkten der Mainstream-Landwirtschaft, weg von gesundheitsschädlichen Düngemitteln, welche meist aus der Chemieküche der Großkonzerne stammten.

So baute er in einem kleinen Rahmen Roggen an; der Ertrag reichte gerade aus, um ihn zu versorgen. Eine bescheidene Rinderzucht nannte er ebenfalls sein eigen. Die Tiere lieferten ihm nicht nur Milch, sondern auch Dünger für den Getreideanbau. Dennoch reichte es natürlich zum Leben nicht aus. Gut, dass er auch noch einen ›richtigen‹ Job hatte, der ihn in finanzieller Hinsicht abstützte. Und noch besser, dass er im Rahmen seiner Tätigkeit dort auch auf Werke – Bücher – gestoßen war, die vollkommen zu Recht der Öffentlichkeit vorenthalten blieben.

Das *Malleus Maleficarum* des verrückten Mönchs Insistoris war noch das friedlichste und auch bekannteste davon.

Doch es waren auch welche dabei, die besser niemals geschrieben worden wären. Bücher voll mit altem Wissen über die Welt in jenseitigen Dimensionen, über Geistwesen und Dämonen. Auch über deren Beschwörung und Austreibung. Er hatte diese Niederschriften mit dem vollem Interesse eines Hobbyhistorikers gelesen, sein Wissen erweitert, ja – aber *geglaubt* hatte er an das, was er dort vorfand, zu keinem Zeitpunkt. Auch nicht an den Inhalt jenes Buches, das vor allen anderen sein Interesse geweckt hatte, und welches er, wenn auch ohne Erlaubnis, mit in seine Wohnung genommen hatte, um es besser studieren zu können. Ein Werk von jemandem, der früher hier ganz in der Nähe gelebt und gearbeitet hatte, so wie er selbst.

Doch dann hatte er begonnen zu sehen.

Dann zu glauben. Schließlich zu wissen.

Und, nach den Vorgängen, die unlängst in Neuburg geschehen waren, auch zu handeln.

Seine Gesichtszüge verfinsterten sich. Sollte er nicht doch bald aufstehen? Auch ein freier Tag war keine Rechtfertigung dafür, die ganze Zeit im Bett zu liegen.

Und Gedanken zu wälzen.

Er blickte in das Zwielicht seines Schlafzimmers. Brachte er die Energie auf, demnächst aufzustehen?

Er schloss seine Augen und räkelte sich in seinem Bett. Eine angenehme Schläfrigkeit überkam ihn einmal mehr.

Plötzlich richtete er sich, auf seine Ellbogen gestützt, auf. War da nicht, in der hintersten und dunkelsten Ecke, eine Bewegung gewesen?

Er starrte angestrengt auf jenen Punkt.

Nichts.

Doch!

Die Dunkelheit begann sich zu drehen und zu winden, sich selbst eine Form zu geben, mit seltsamen Fühlern und Gliedmaßen nach ihm zu greifen. Fing es nun schon wieder an?

Er wich zurück, streckte abwehrend seine Arme gegen die Erscheinung aus.

Vade retro, Vermis, vade retro!

Es dauerte nur Sekunden.

Dann fuhr er mit einem Schrei aus seinem Bett hoch.

Jenes Ding war wieder verschwunden. Er lag erschöpft und nassgeschwitzt unter der viel zu warmen Decke. War es nur ein Albtraum gewesen, wie so oft? Oder doch ein echter Besuch einer gefährlichen Wesenheit aus dem Jenseits? Es spielte keine Rolle, ob andere Menschen diese Erscheinungen auch sahen oder nicht. Ob sie nur in *seinen* Träumen existierten oder nicht. Für *ihn* waren sie Realität. Und allein das zählte.

Schließlich stand er mit einem Ruck auf, sprang ans Fenster und zog den Rollladen nach oben. Gleißendes Sonnenlicht strömte in den Raum, füllte ihn mit Licht und Leben. Er öffnete das Fenster und lehnte sich hinaus. Kalte Novemberluft klarte seine Gedanken auf, machte ihn schnell vollständig wach.

Und geistesgegenwärtig.

Noch mal Glück gehabt.
Es war in letzter Zeit nicht mehr so oft vorgekommen. Hoffentlich blieb es auch dabei. Sein Blick streifte über die frostige, sonnendurchflutete Landschaft. Direkt vor sich sah er seine zwei kleinen Felder, die er bewirtschaftete. Das Ausbringen des Kuhdungs. Die Arbeit im Herbst. Die Roggenernte. Es war sehr anstrengend gewesen, alles mit der Sense und den Werkzeugen der Vorväter zu erledigen. Andererseits war er auch wieder stolz auf diese Art des Anbaus. Ökologischer Landbau, harte Feld- und Stallarbeit eben. Aber das war völlig in Ordnung. Denn am Ende des Tages musste er zufrieden sein und sich im Spiegel ins Gesicht schauen können. Er atmete die kalte Luft tief ein. Dann schloss er das Fenster wieder und zog sich an. Er musste in den Getreidekeller. Und noch einige andere wichtige Dinge erledigen. Planungen für die nächste Unternehmung, den nächsten Schlag, den er führen wollte. Mag sein, dass die Wahl seiner Mittel für viele Menschen verwerflich erschien. Aber eines Tages, da war er sich sicher, würden sie ihm dankbar sein. Für seine Weitsicht, seinen Einsatz.

Die Glocken vom Turm schlugen viertel nach zehn.

Ja, es war wirklich Zeit, den Tag zu beginnen.

***

6

Viertel nach acht.

Brauner hielt den Hörer des Diensttelefons an sein Ohr. Und hörte geduldig dem monotonen Tuten zu, bis der Angerufene am anderen Ende der Leitung gedachte abzunehmen.

Was nach dem gefühlten zwanzigsten Mal auch der Fall war.

Es meldete sich Dr. Heinrichs von der Rechtsmedizin Ingolstadt.

»Ja, guten Morgen, Herr Heinrichs. Brauner am Apparat. Ich wollte nur nachfragen, ob schon die ersten Erkenntnisse im Fall Jaqueline Bernauer vorliegen.«

Zunächst drang nur leichtes Schnaufen zu ihm durch.

»Ja, gut, dass Sie sich melden, Herr Brauner. Ich habe so oder so vorgehabt, Sie anzurufen. Erste Erkenntnisse? Oh, ja. Das kann man wohl sagen, die habe ich allerdings. Ich habe gestern Überstunden wegen der toten jungen Frau gemacht. Bin erst um ein Uhr nachts nach Hause gekommen. Die Autopsie ist so gut wie beendet.«

Brauner schmunzelte. Also noch einer, der gestern eine Nachtschicht hingelegt hat.

Heinrichs fuhr fort.

»Und wissen Sie, warum? Ich habe ganz außergewöhnliche Dinge gefunden.«

Jetzt wurde Hendrik hellhörig.

»Schießen Sie los, ich bin ganz Ohr.«

»Gut. Ich hoffe, Sie sind in guter Verfassung? Gewohnt sind Sie ja schon so einiges.«

»Ja, allerdings. Also?«

Heinrichs atmete vernehmbar aus. Das Telefon knackte.

»Die junge Frau wurde vor ihrem Tod systematisch gefoltert.

Wie ich bereits am Auffindeort der Leiche festgestellt hatte, waren ihre Hände mit Kabelbindern gefesselt worden. Über den gesamten Oberkörper, aber auch auf ihren Armen, sind Brandlöcher von Zigaretten verteilt. Aber es kommt noch schlimmer.«

Er schwieg für ein paar Sekunden.

»Sowohl in den Anus des Opfers als auch in die Vagina waren Paranüsse eingeführt worden. Und zwar, wie ich an den blutigen Schürfwunden ersehen konnte, als die junge Frau noch am Leben war. Eine Vergewaltigung fand aber nach meinen bisherigen Erkenntnissen nicht statt.«

Paranüsse? Brauner stutzte.

»Des Weiteren fand ich ebenfalls eine Paranuss in der oberen Speiseröhre. Wenn Sie aber glauben, dass das die Todesursache war, muss ich Sie leider enttäuschen, Herr Brauner. *Diese* Nuss wurde erst nach dem Tod dort hineingeschoben. Es wurden zwar dadurch ebenfalls Wunden verursacht, aber ohne Blutausfluss. Das Opfer wurde auf eine ganz andere Art und Weise getötet.«

»Und wie?«

»Nun – wir haben lange nichts gefunden, was den Tod herbeigeführt haben könnte. Bis mir dann eine Fleischwunde hinten am Genick auffiel. Sie ist nicht allzu groß und scheint durch eine lange rundliche Stichwaffe verursacht worden zu sein, die von hinten hineingebohrt oder gedreht wurde.«

Wie eigenartig, dachte Brauner.

»Können Sie die Tatwaffe nicht besser eingrenzen? Sind Sie sicher, dass nicht auch Würgen im Spiel war? Oder ein Messer?«

»Nein, das kann ich ausschließen. Es gibt absolut keine Spuren diesbezüglich. Es ist die einzige Wunde, die definitiv tödlich war. Das einzig Tröstliche ist, dass die Frau, abgesehen von der vorausgehenden Folter, nicht lange gelitten hat.«

Na toll.

»Und was die Tatwaffe betrifft, es könnte, wie schon gesagt, von einem Stichel über einen Schraubenzieher bis hin zur Bohrmaschine alles gewesen sein. Ein ziemlich weites Spektrum, ich weiß.«

Brauner stieß einen kurzen Pfiff aus.

Eine Bohrmaschine?

Wie verrückt. Warum kein ordinäres Messer?

»Und der Todeszeitpunkt? Konnten Sie den eindeutiger definieren?«

»Ja, allerdings, in dieser Hinsicht sieht es besser aus.

Ich bin mir nach Auswertung und Abwägung aller auf die Leiche einwirkenden inneren und äußeren Faktoren sicher, dass der Zeitpunkt des Todes entweder in der zweiten Tageshälfte des 28. Oktober oder in der ersten des 29. eintrat.«

Aha. Klasse. Das ist ja schon mal was.
»Und was macht Sie da so sicher?«
»Nun, die Verwesungsprozesse im menschlichen Körper«, antwortete Heinrichs.
»Auch wenn es um diese Jahreszeit schwieriger ist, den Tod eines Organismus zeitlich genau einzuordnen. Sehen Sie, im Sommer geht die Zersetzung organischen Materials ungleich schneller vor sich, da diese durch Faktoren wie Wärme, Sonneneinstrahlung und natürlich solche Zeitgenossen wie Fliegen und deren Larven, aber auch diverse Käferarten und Würmer begünstigt wird.«
»Die was …?«
Brauner hatte dem Redeschwall Heinrichs nur mit halbem Ohr folgen können. Er musste die ersten Anzeichen von Müdigkeit bewältigen.
Ein Uhr dreißig ist nun mal nicht deine Zeit, Alter.
»Die Zersetzung organischen Materials. Haben Sie mir nicht zugehört?«
»Doch, doch, machen Sie weiter. Und um diese Jahreszeit ist es schwieriger?«
»Ja. Denn jetzt gibt es weder Fliegen noch deren Maden, anhand deren Größe und Alter man auf den ungefähren Todeszeitpunkt schließen könnte. Dazu kommen noch die Kälte und der Nachtfrost. Alles zusammen verlangsamt die Verwesung deutlich. Sie sehen also, dass es alles andere als einfach war. Ich musste auf Fachliteratur aus den USA zurückgreifen, um nachforschen zu können. Die machen auf so genannten ›Bodyfarms‹ Experimente, bei denen Leichen von Menschen und Tieren zu unterschiedlichen Jahreszeiten und in unterschiedlichen Umgebungen aus-

gelegt werden. Die Toten haben sich natürlich schon vor ihrem Ableben freiwillig dazu verpflichtet. Es gibt also mittlerweile so etwas wie ein Raster, auf das man notfalls zurückgreifen kann. Das habe ich getan. Und das Ergebnis waren die besagten zwei Tage. Noch genauer geht es leider nicht mehr.«

»Sehr interessant«, sagte Brauner.

Schon heftig, mit was für Methoden die heute arbeiten. Faszinierend. Ohne diese neuen Entwicklungen würden wir heute manchmal vor dem Nichts stehen. Wobei – das tun wir auch so noch oft genug.

Er schüttelte seinen Kopf, um ihn wieder klarzukriegen. Die Müdigkeit machte sich immer deutlicher bemerkbar.

»Sonst noch was gefunden?«

»Ja. Und zwar Haare unter einem Fingernagel der rechten Hand.«

Brauner war jetzt wieder ganz präsent.

»Die sind wichtig! Das Opfer könnte sie während eines Kampfes dem Täter ausgerissen haben!«

»Ich weiß«, sagte Heinrichs.

»Keine Angst. Mein Mitarbeiter und ich haben sie bereits gesichert. Gleich mal zur Info: Sie sind schwarz-grau meliert.«

Also muss der Täter oder die Täterin älteren Baujahrs sein, dachte Brauner.

»Vielen Dank, Dr. Heinrichs. Eine Bitte habe ich noch: Schicken Sie doch bitte die Paranüsse und die Haare an unsere Spurensicherung. Die können bestimmt was damit anfangen.«

»In Ordnung, ist gebongt. Den endgültigen Abschlussbericht bekommen Sie morgen. Langsam bekomme ich Hunger. Sie nicht auch?«

Oh, Mann. Wie kann der überhaupt ans Essen denken, bei seiner Arbeit?

»Nein, ich esse später. Bin ziemlich müde wegen einer Ermittlung gestern Nacht. Ich glaube, ich trinke jetzt erst mal einen Kaffee. Also vielen Dank noch mal. Und denken Sie an die Paranüsse.«

Das Gespräch war beendet. Hendrik Brauner lehnte sich in seinem Bürostuhl nach hinten und massierte sich den Nacken.

Er wünschte sich in sein Bett. Am liebsten würde er jetzt einfach auf dem Tisch einschlafen. Aber was wäre, wenn andere Kollegen oder gar Hartmann ins Büro kämen? Eine Horrorvorstellung. Ging gar nicht.

Jetzt war durchhalten angesagt. Mit Herumsitzen würde die Sache nicht besser, sondern eher schlimmer werden. Also stand er auf und ging zur Kaffeemaschine. Als er nach der Schachtel mit den Pads griff, musste er allerdings feststellen, dass nur noch zwei übrig waren. Ersatz war auch keiner in Sicht.

Also durchhalten mit zwei Tassen. Bis um zwölf.

Ob das wohl klappte?

Es musste.

Während er wartete, bis die Maschine bereit war, dachte er weiter über die von Heinrichs präsentierten Fakten nach. Passten die zu Verdächtigen wie Raistinger oder Frau Linartz?

Er wog ab. Dann ging er zu seinem Schreibtisch und begann eine konkrete Namensliste aller Personen aus dem Umkreis von Jaqueline Bernauer anzufertigen.

Seine Gedanken kreisten. Warum sollte ein Zuhälter wie Raistinger ein Motiv haben, einer Prostituierten, die noch nicht einmal bei ihm arbeitete, derart umfassende Folterungen und Verletzungen zuzufügen? Und ihr Paranüsse in fast alle Körperöffnungen zu stecken?

Überhaupt, warum ausgerechnet Paranüsse? Welchen Zweck verfolgte der Täter damit?

Je eine in die Vagina und den Anus vor dem Eintritt des Todes, eine in die Kehle danach.

Das Ganze erschien ihm wie ein Ritual. Steckte vielleicht etwas Religiöses dahinter? Vielleicht eine Sekte? Oder, noch schlimmer: War dies der Beginn einer Serie, durchgeführt von einem oder mehreren Verrückten?

Obwohl, mehrere kamen dafür wohl nicht in Frage. Es sprach eher für einen Einzeltäter, der genau wusste, was er tat, und auch hundertprozentig davon überzeugt war. Und zwar vollkommen gleichgültig, ob es sich nun um den Auftakt einer Serie handelte oder nicht.

Auf den Raistinger traf das alles eher nicht zu. Er war ein Kleinkrimineller, keine Frage. Dennoch kamen bei ihm das Geschäft und seine persönliche Freiheit zuerst. Er wollte sich nach seiner Haftstrafe wieder was aufbauen. Da würde so eine Tat eher ungelegen kommen. Dieser Mord hatte etwas Abartiges. Etwas Perverses. Nein, das war nicht seine Handschrift. Außerdem – war er nicht dunkelblond? Ja, sicher. Er hatte dunkelblonde Dauerwellen. Nicht schwarzgrau melierte.

Aber das Zeichen auf der Stirn des Opfers? Genauso wie damals bei der anderen Prostituierten?

Doch dies war anscheinend eine Sackgasse. Das Zeichen

war nach Aussage des Zuhälters ein vollkommen anderes als jenes, das er verwendet hatte. Nicht japanisch.

Schauen wir mal, dachte Brauner, und ging mit ein paar Klicks auf eine Seite, die den Bushido-Ritus behandelte. Das Chu-Zeichen auf der Stirn des damaligen Gewaltopfers hatte Raistinger davon abgeleitet. Diverse japanische Schriftzeichen und die jeweiligen Übersetzungen waren dort aufgeführt.

Tatsächlich. Die sehen in ihrer ganzen Art und Weise wirklich vollkommen anders aus als das auf der Stirn von Jaqueline. Dieses ist viel dicker und scheint mehr ein Wort zu bilden, die japanischen sind eckig und viel feiner gestaltet. Der Kerl scheint also wieder recht zu haben.

Und damit immer mehr aus dem Kreis der Verdächtigen abzurücken.

Dennoch gab Brauner noch nicht ganz auf. Er notierte nur eine kurze Bemerkung unter den Namen Raistinger:

Alibiüberprüfung 28./29.10.18

Nachher würde er noch versuchen, einen Semiotiker zu finden. Sie mussten wissen, was die Schrift zu bedeuten hatte. Es wäre ein großer Schritt weiter in ihren Ermittlungen.

Die Kaffeemaschine fauchte, was anzeigte, dass sie fertig war. Er stand auf und ließ die schwarze Brühe in seine Tasse laufen.

Wie sah es eigentlich mit der Vermieterin von Jaqueline aus?

Frau Linartz war zwar eine alkoholkranke ältere Frau, die so ihre Probleme mit dem Opfer hatte und auch schon mal von ihm bestohlen worden war. Ja, gut, sie war ein Mensch,

der am Rande der Existenz wandelte und in einem schlechten Milieu verkehrte. Was kam in solchen Kreisen vor? Beschaffungskriminalität, Gewalt untereinander wegen ein paar Gramm Rauschgift mehr oder weniger, ja. Aber ein gezielter, gar ritualisierter Mord wie in diesem Fall?
Eher nicht.
Warum nicht?
Möglich wäre doch auch ein Dealer, der sein Geld nicht bekommen hat. Ist doch durchaus denkbar, dass so einer auch Folter anwendet und zu einem Mord fähig wäre. Als abschreckende Maßnahme, nicht nur gegen das Opfer, sondern auch als Zeichen gegen andere säumige »Kunden« gerichtet?!
Brauner strich sich über sein stoppeliges Kinn. Dies würde den Kreis der Verdächtigen massiv ausweiten. Wie viele Dealer gab es in Neuburg und Umgebung? Und wie viele von denen vertickten Crystal Meth?
Wenn jemand etwas in dieser Richtung mitbekommen haben könnte, dann Frau Linartz. Sie hatte selbst Probleme und stand Jaqueline zum Zeitpunkt ihres Todes am nächsten. Sie musste etwas mitbekommen haben. Und musste dementsprechend auf jeden Fall nochmals vernommen werden.
Brauner vermerkte dies unter ihrem Namen.
Apropos nahestehend. Wie sah es mit der Familie des Opfers aus?
Der Eindruck, den er von den Bernauers mitgenommen hatte, war kein guter. Die teilnahmslose, kalte Art der Mutter war verdächtig. Max hatte zwar gemeint, das eben wegen diesem Nichtverhältnis die Mutter keinen Anlass

zu einem solch brutalen Mord gehabt hätte. Nach dem, was Brauner gerade von Heinrichs erfahren hatte, musste er dieser Ansicht fast schon zustimmen – aber eben nur fast. Denn erstens konnte auch unter der eisigsten Oberfläche ein Vulkan brodeln, und zweitens kamen in mehr Mordfällen die Täter aus dem Kreis der Familie, als man allgemein annimmt. Das ist zwar überraschend, aber so war es nun mal laut Statistik.

Also ebenfalls vorladen.

Und wen noch? Ach ja – den Förster, genau. Auch dieser hatte sich in Brauners Augen durch seine forsche, besserwisserische Art verdächtig gemacht. War es denn nicht so, dass manche Täter die Nähe der Polizei ganz absichtlich suchten, um gerade dadurch nicht aufzufallen? Das hatte es alles schon gegeben.

Man sieht den Wald manchmal vor lauter Bäumen nicht, dachte Brauner.

Passt ja perfekt zu einem Förster. Den Meißner also auch noch.

Er gähnte herzhaft. Die Tür ging auf. Ein Beamter des benachbarten Kommissariats wollte sich Kaffeepads ausleihen und Max Ingram sprechen. Beides wurde ihm von Brauner abschlägig beschieden.

Er stand auf und öffnete das Fenster. Kalte Luft strömte in das stickige, zentralgeheizte Büro. Brauner atmete tief ein.

Es schien ein schöner sonniger Tag zu werden. Frost glänzte in der Morgensonne auf den Glasdächern des Busbahnhofs schräg unter ihm.

Gut. Wie viel Uhr haben wir jetzt? Halb elf. Dann werde ich mal mein Glück versuchen. Alle Verdächtigen anrufen und vorladen. Mal sehen, ob ich sie alle erwische.

Er dachte zurück an das, was erst vor ein paar Stunden in Raistingers Bordell geschehen war. Er spürte noch die stoppelige Haut des Zuhälters auf seiner rechten Hand. War das wirklich nötig gewesen?

Ja und nein, dachte Brauner.

Es war äußerst befriedigend gewesen, dem Kerl für das, was er über Emily gesagt hatte, eine reingehauen zu haben.

Und es war andererseits eine große Dummheit. Seine Kollegen hatten natürlich recht. So etwas ging nicht. Er konnte für so was in Teufels Küche geraten.

Wäre es auch passiert, wenn er keinen Alkohol getrunken hätte während der Ermittlung? Und in der Nacht zuvor?

Was ist eigentlich los mit dir, Alter?

Er wehrte sich innerlich noch dagegen, aber er wusste sehr wohl, dass er ein massives Problem hatte.

Und dass er etwas dagegen tun musste.

Für Emily, für ihn selbst. Und für seine Kollegen.

Hoffentlich hatten die noch genug Geduld mit ihm. Jene von Hartmann war, so schien es, aufgebraucht.

Was für ein Mist, das alles.

Dann kam ihm wieder die gruselige Szene auf dem verfallenen Friedhof in den Sinn.

Jaqueline. Wie sie dalag. Und wie sie gestorben war.

Wer ermordete einen Menschen auf so eine Art und Weise? Was hatte Heinrichs noch mal gemeint? Einen Stich ins Genick mit einem spitzen Gegenstand, der mehrmals herumgedreht wurde in der Wunde. Oder gleich die Verwendung einer Bohrmaschine.

Der Mörder musste sie gefesselt und dann regelrecht hingerichtet haben. Nichts daran war Zufall. Zuerst die Folter.

Dann wurden zwei der drei Paranüsse in die Körperöffnungen eingeführt. Anschließend der Mord, durch welchen Gegenstand auch immer. Dann die dritte Paranuss in die Atemröhre.

Ja, so muss es gewesen sein.

Es sprach alles zusammen gegen eine persönliche Beziehungstat. Keine Spur von kopfloser Wut und dementsprechenden Verletzungen aus dem Affekt heraus. Ganz klar – dies hier war vorsätzlich geplant und kaltblütig ausgeführt worden. Als alles vorbei war, wurde die Leiche auf diesen alten verfallenen Friedhof verbracht, den kaum ein Schwein kannte. Und in jener auffälligen Pose drapiert, in der sie dann aufgefunden wurde.

Kein Schwein, außer dem Förster.

Halt, keine voreiligen Festlegungen, dachte Brauner.

Erst alle mal befragen. Es könnte jeder der Verdächtigen gewesen sein.

Wenn das Opfer aber ohne persönlichen Bezug, ohne Hass oder eine mögliche Liebesbeziehung zuvor, getötet worden war, wofür könnte das sprechen?

Vielleicht dafür, spann Brauner den Bogen weiter, dass es einfach so ausgewählt wurde? Ohne weiteren tieferen Beweggrund? Einfach nur, weil die junge Frau verfügbar gewesen war, am Straßenrand aufgelesen? Eine Prostituierte?

Ja. Könnte auch sein. Manchmal waren die Gründe einfacher als gedacht.

Er setzte sich wieder zurück an seinen Platz.

Also los.

Er wählte die Nummer von Eva Linartz. Hoffentlich war

sie um diese Uhrzeit schon wach. Brauner ließ es lange klingeln. Dann hob jemand ab.

»Ja?«

Zu Brauners Erstaunen war es die Stimme eines Mannes.

»Äh – hier ist die Kriminalpolizei Ingolstadt, KHK Brauner. Könnte ich bitte die Frau Linartz sprechen? Ich bin bei Ihnen doch richtig?«

Er hörte ein undefinierbares Raunen im Hintergrund der Leitung. Ein verhaltenes Flüstern. Das Rascheln von Bettwäsche.

Brauner lächelte.

»Linartz?«

»Ja, guten Tag, hier ist Kriminalhauptkommissar Brauner, Kripo Ingolstadt. Wir kennen uns bereits. Ich habe Ihnen gestern den Tod Ihrer Mitbewohnerin Jaqueline Bernauer mitgeteilt. Wir würden Sie gerne wegen dieser Sache hier im Polizeipräsidium in Ingolstadt weitergehend befragen wollen. Hätten Sie heute Nachmittag Zeit dafür?«

»Muss denn das wirklich sein? Ich habe doch nichts angestellt?«

»Reine Routine, Frau Linartz. Sie brauchen keine Angst zu haben. Wie wäre es also, sagen wir, um vierzehn Uhr?«

Sie stimmte zu.

Ähnlich positiv verhielt es sich bei den anderen Verdächtigen, die Brauner zur Vernehmung lud. Lediglich Josef Meißner, der Förster aus dem Baringer Hochwald, konnte erst morgen Nachmittag kommen.

Das wäre also geschafft, dachte Brauner.

Jetzt musste er nur noch einen Semiotiker finden. Die Herkunft und Bedeutung der Schriftzeichen auf der Stirn des Opfers musste geklärt werden. Obwohl Brauner anschließend im Internet nach Leuten mit diesem Beruf im Umkreis von Ingolstadt forschte, musste er zu seiner Ernüchterung feststellen, dass es keinen einzigen davon hier gab. Der nächste war in München ansässig.

Gut. Dann eben den.

Er rief unter der angezeigten Nummer an. Doch es hob niemand ab. Der AB schaltete sich ein und teilte Brauner mit, dass der betreffende Dr. Dr. sich zurzeit im Urlaub befand.

Mist. Aber auch dafür werden wir eine Lösung finden.

Mittlerweile war es halb zwölf geworden.

Und Brauner musste immer mehr Wellen starker Müdigkeit, die in immer kürzeren Abständen heranbrandeten, abwehren.

Es wurde wirklich Zeit zum Ausruhen, als sich um zehn vor zwölf Pfahls und Ingram wieder einfanden.

Nach einer kurzen Übergabe, in welcher er den beiden Teamkollegen den bisherigen Stand der Dinge schilderte, zog er sich schließlich an und machte sich bereit zum Gehen.

»Ach ja, eines noch: Den Raistinger habe ich wegen der Überprüfung des Alibis am 28. und 29. Oktober noch nicht angerufen. Erstens, weil er um diese Uhrzeit wahrscheinlich sowieso im Bett liegt, zweitens, weil es eine schlechte Idee wäre, wenn ausgerechnet ich das tun würde. Könntet ihr euch heute Nachmittag noch darum kümmern?«

»Klar, kein Problem«, sagte Ingram.

»Jetzt mach dich auf nach Hause. Du hast es nötig. Und denke an das, was du uns versprochen hast.«

»Ja, mache ich. Also servus.«

Langsam ging Brauner die Treppen nach unten.

Die frische kalte Luft außerhalb des Präsidiums machte ihn wieder geistesgegenwärtig. In kurzen Gedankenblitzen rekapitulierte er alles, was seit heute morgen um halb zwei geschehen war.

Wir machen Fortschritte. Wenn auch nur langsam. Aber was kann man nach dieser kurzen Zeit auch erwarten? Egal, ich will nur noch ins Bett gehen.

Und genau das tat Brauner auch, als er endlich daheim angelangt war.

***

7

Sie öffnete ihre Augen.

Und konnte dennoch nichts sehen.

Es war alles eine von Schlieren durchsetzte Dunkelheit um sie herum.

Verwirrend, beängstigend.

Sie musste sie wieder schließen.

Ihr Kopf dröhnte vor Schmerzen. Sie konnte ihn kaum bewegen, und ihr war auch sehr schwindelig. Das Blut pochte in ihren Schläfen. Langsam, ganz langsam kämpfte sich ihr Bewusstsein an die Oberfläche zurück.

Wo war sie hier?

Es war kalt und roch muffig. Die Luft schien feucht zu sein.

Wieder öffnete sie ihre Augen. Auch jetzt war noch vieles nicht zu erkennen, nur verschwommen, als ob sie kurzsichtig wäre.

Was ... was ist passiert?

Sie versuchte sich zu erinnern. Doch da war gar nichts, absolut nichts.

Ihr Gedächtnis schien wie ausgelöscht. Dann bemerkte sie, dass sie sich kaum bewegen konnte. Ihre Hände und Füße schienen taub, wie eingeschlafen.

Warum geht das nicht ...?

Ein diffuses Gefühl von Panik beschlich sie. Und es wurde immer stärker, je mehr sie wieder zu sich kam.

Mittlerweile konnten ihre Augen die Umgebung, in der sie sich befand, klarer erkennen. Es schien ein düsterer verwinkelter Raum zu sein. Vielleicht ein Keller? Links von ihr beleuchtete ein trübes Licht die Szenerie.

Ein Leuchtturm der Rettung in tiefster Not und Finsternis.

Nach und nach konnte sie immer mehr Einzelheiten ausmachen. Das Licht befand sich ein ganzes Stück weiter weg von ihr, als sie gedacht hatte. Es war eine alte Stehlampe. An der sehr rustikal wirkenden Natursteinwand dahinter hingen mehrere Bilder, die ebenfalls sehr alt zu sein schienen. Auch alles mögliche andere Zeugs aus vergangenen Jahrhunderten stand und lag hier herum, alte Säbel und Schwerter hingen ihr direkt gegenüber, und eine dunkle eisenbeschlagene Holztruhe stand rechts von ihr im Halbdunkel. Sie versuchte vorsichtig, ihren Kopf hin und her zu drehen. Das funktionierte zwar, aber dennoch konnte sie weder aufstehen noch sonst etwas tun. Sie war an einen Gegenstand gefesselt, vielleicht an einen Stuhl oder Sessel, und auch ihr Hals und ihre Füße waren mit irgendetwas, das sich kalt-metallisch anfühlte, fixiert worden, sodass sie nur in aufrechter Haltung sitzen konnte.

Warum? Wo bin ich hier?

Fast krampfhaft bemühte sie erneut ihr Erinnerungsvermögen. Was war vorhin geschehen?

Ja – ein paar Gesichter tauchten auf. Junge Frauen, etwa so alt wie sie. Und sie waren ihr bekannt – doch woher nur? Die Umgebung schien an ein Café zu erinnern.

Sie strengte sich an, ihre Gedanken zu ordnen. Doch vergebens, es gelang ihr einfach nicht.

Dann, ganz leise und verstohlen, ein Rascheln.

Es schien aus der Richtung der alten Truhe zu kommen.

Und erinnerte sie an das Schlürfen eines langen Kleides auf dem Boden.

Sie drehte ihren Kopf, so weit sie konnte.

Aber sie sah nichts.

Oder doch? Bewegte sich, ganz im rechten Augenwinkel, nicht ein Schemen im Zwielicht, unter einem uralten Gewölbebogen?

Sie spürte, wie eine Angst in ihr hochkroch, die sie bis jetzt noch nie gekannt hatte. Lähmend, ja sogar knebelnd – sie konnte nicht schreien, obwohl sie es wollte. Stattdessen brachte sie nur ein leises Krächzen zustande.

Es war eine schwarz gekleidete Gestalt, die langsam und gemessenen Schrittes auf sie zukam. Sie erinnerte an einen Mönch. Als sie direkt vor ihr stand, konnte sie unter der Kutte einen Teil des Gesichts erkennen.

Es zeigte ein diabolisches Lächeln …

Hast du Angst im dunklen Wald?

Diese Frage stellte sich Meißner, als er sich seinen Weg durch das Unterholz bahnte. Und konnte sie ganz klar mit *nein* beantworten. Schließlich handelte es sich um seinen fast alltäglichen Arbeitsplatz.

Er hatte in den letzten Tagen weiterhin den Baringer Hochwald um den verfallenen Friedhof herum vom Totholz gesäubert. Und zwar alleine, denn sein Mitarbeiter Anton Felgenhauer war aufgrund der Vorkommnisse letzten Mittwoch bis auf Weiteres krankgeschrieben und in psychologischer Behandlung.

Was Meißner ihm nicht verdenken konnte. Der Leichenfund musste traumatisch für den armen Kerl gewesen sein.

Die Umgebung war jetzt wieder einigermaßen begehbar. Heute war er hier, um auch die kleineren Reste noch zu beseitigen und auf größere Haufen zu schichten, damit sie später abtransportiert werden konnten. Er näherte sich dem kleinen Friedhof. Es war eigentümlich ruhig an diesem Tag, an diesem Ort. Kein Windhauch ging. Es war zwar kalt und neblig, aber ab und zu warf die Sonne einige spärliche Strahlen durch das Dickicht der Baumkronen und Sträucher.

Kein guter Platz hier, dachte sich Meißner. Konnte es auch gar nicht sein bei all den Verrückten, die hier begraben lagen. War das überhaupt geweihter Boden? Egal, er musste die Arbeit, die von Felgenhauer am Mittwoch liegen gelassen worden war, beenden. Er hob ein Absperrband der Polizei, welches zwischen zwei Bäumen gespannt war, hoch und betrat den alten Gottesacker.

Ich weiß nicht, ob das in Ordnung ist. Aber wen kümmert es wirklich?

Er beugte sich über einen Grabstein, der halb in der Erde versunken war. Entziffern konnte er auf dem Epitaph aber gar nichts mehr.

Plötzlich fuhr er herum.

Da war doch was gewesen, oder? Ein Schatten, ganz am Rand seines Gesichtsfeldes?

Er fühlte sich nicht wohl. Irgendwie ... beobachtet.

Meißner war stehen geblieben und sah sich, mal diese,

mal jene Ecke des Waldes fixierend, um. Ja – er war sich hundertprozentig sicher, dass da jemand war. Er konnte die Anwesenheit einer anderen Person förmlich riechen.

Vorsichtig ging er einen Schritt zurück.

Oder war es doch nur Einbildung, beeinflusst von dem, was hier geschehen war? Ja, schon möglich. So *musste* es sein.

Egal, dachte sich Meißner. Nur noch das bisschen Strauchwerk und Reisig wegbringen, und dann nichts wie weg von diesem verfluchten Ort. Er begann mit seiner Arbeit.

Erinnerungen drängten sich währenddessen dennoch in sein Gehirn. Das Mädchen! Wie es dalag …

Nein, jetzt nicht. Weg damit.

Die bläulich-weiß verfärbte Haut. Der Geruch, der von der Leiche ausging.

Schluss jetzt. Aus!

Schließlich gelang es ihm, die ungesunden Bilder im Kopf zu verdrängen. Das Grab, wo sie von Felgenhauer aufgefunden worden war, lag nur ein paar Schritte entfernt, war aber durch einen buschigen Haselnussstrauch nicht gut einzusehen.

Hier verlief auch der Rest der einstigen Friedhofsmauer, ein mit Moos und Farnen überwucherter Schutthügel von vielleicht dreißig bis vierzig Zentimetern Höhe. Er musste aufpassen, dass er nicht darüber stolperte. Mit einem Haufen Reisig unter dem Arm ging er nun an jenem Haselnussstrauch vorbei.

Bald bin ich fertig. Gott sei Dank. Sein Blick fiel auf den alten Grabstein. Er blieb wie erstarrt stehen.

Das Reisig fiel zu Boden. Speichel lief ihm aus dem vor

Entsetzen und Überraschung geöffneten Mund in seinen gestutzten Vollbart. Seine Augen blickten glanzlos, wie idiotisch, ins Nichts.

Hast du *jetzt* Angst im dunklen Wald?

***

8

Sie beugte sich im Bett über ihn, um ihn zu küssen. Doch kurz bevor es so weit war, löste sich ihr Gesicht in Nichts auf. Dann kam für eine kurze Zeit nur pure Schwärze.

Hendrik Brauner merkte, dass er wieder wach war. Und nur geträumt hatte.

Er sah auf seinen Wecker. Überrascht stellte er fest, dass er nur etwas mehr als eine Stunde lang geschlafen hatte. Es war erst halb drei. Und dass er von einem Geräusch wach geworden war.

Wie zur Bestätigung seiner These kamen vom Badezimmer gleich mehrere Laute. Türenschließen, das Aufdrehen des Wasserhahns.

Emily.

Brauner stellte fest, dass er zwar hundemüde war, aber dennoch nicht mehr weiterschlafen konnte. Also stand er mit schweren Beinen und einem noch schwereren Kopf auf und zog den Rollladen hoch. Die Strahlen der Nachmittagssonne fluteten sein Schlafzimmer. Der Tag war immer noch frostig-schön.

Er kippte das Fenster.

Mal sehen, was sie so macht.

Brauner zog seinen Morgenmantel an und öffnete die Schlafzimmertür.

Emily duschte jetzt. Unüberhörbar.

Auch recht, dachte er und schlurfte weiter in die Küche. Er hatte Durst. Es war noch ein wenig Orangensaft im Kühlschrank, ansonsten aber nur noch stilles Mineralwasser. Er konnte das Zeug eigentlich überhaupt nicht leiden, aber Emily trank es fast ausschließlich. Also war er diesen Kompromiss eben eingegangen. War auch okay, bestand denn nicht fast das gesamte Leben aus vielen kleinen Kompromissen? Ja, zweifellos, dachte Brauner.

Aber ich darf jetzt keine mehr machen. Zumindest, was das Thema Alkohol betrifft.

Er erinnerte sich an die letzten beiden Tage. Die peinliche Situation mit Hartmann. Der Schlag, den er Raistinger verpasst hatte. Der Anpfiff seiner Kollegen.

Am liebsten hätte er jetzt eine geraucht. Aber mit dem Rauchen hatte er ja aufgehört, vor einem Jahr schon. Rückfällig zu werden würde sein angeschlagenes Selbstwertgefühl nur noch weiter schmälern.

Nein. Das ist es nicht wert.

Die Dusche war aus. In der plötzlichen Stille hörte er, wie die Badezimmertür aufging und leise Schritte über den Flur trippelten. Sie war auf dem Weg in ihr Zimmer, um sich anzuziehen.

»Morgen«, rief Brauner aus der Küche, um auf sich aufmerksam zu machen.

Ein leises *Hi* kam zurück.

Sie würde gleich hier sein.

Eigentlich seltsam, die Sache mit dem Traum von vorhin, dachte er sich, als er den Orangensaft in sein Glas schüttete.

Einerseits war es eine völlig unbekannte hübsche Blondine, die sich vor ihm räkelte und die er schließlich küssen wollte. Dann, von einem Moment auf den andern, trug sie plötzlich die Gesichtszüge seiner Exfrau.

War es vielleicht auch diese Szene gewesen, die ihn aufgeweckt hatte? Und was hatte dieser Traum zu bedeuten? Dass er, auch nach Jahren der Trennung und vollzogenen Scheidung, immer noch an ihr hing?

Quatsch. Träume sind Schäume. Das weiß doch jedes Kind.

Und wenn nicht?

Käse.

Emilys Zimmertür ging auf. Als sie um die Ecke bog, blieb Brauner die Spucke weg.

Ihr T-Shirt war mehr als nur eng. Und der Minirock, den sie trug, war ein Hauch von Nichts.

»Hi Bro, auch schon wach? Ich treffe mich nachher noch mit der Anna, gemeinsam lernen. Passt doch, oder brauchst du mich noch?«

Er schluckte kurz.

»Glaubst du wirklich, dein Outfit ist passend? Ich meine: Wir haben November, und zum Lernen musst du dich ja wirklich nicht so anziehen, oder?«

»Ach Mann, geht das schon wieder los? Ich muss nicht in Sack und Asche herumlaufen wie eine Tussi, die eine miese Figur und ein Gesicht wie ein Steinbeißer hat. So was habe ich nicht nötig.«

»Das habe ich auch nicht gesagt. Dein Stil wirkt nur

sehr – sagen wir mal – kompromittierend. Auf den männlichen Teil unserer Gesellschaft, meine ich.«

Sie blitzte ihn böse an.

»Vielleicht, ja. Was man von deinem Kleidungsstil umgekehrt nicht gerade behaupten kann.«

Damit drehte sie sich um und ging zur Wohnungstür.

»He, halt mal, was soll das heißen?«

Brauner kam hinter ihr her.

»Das soll heißen, dass du manchmal ziemlich gruftig daherkommst. Nicht so wie die Gothics, natürlich. Sondern eher wie einer aus dem letzten Jahrhundert. Achtziger Jahre. Voll outgesourct.«

»Outgesourct?«

Ihm blieb vor Überraschung der Mund offen stehen. Emily hatte ihre Winterjacke angezogen und gab ihm einen schnellen Kuss auf die Wange.

»Bis heute Abend. Und keine Angst, ich werde über keinen Typen herfallen. Außer er ist süß.«

»Ja, Moment mal, so …«

Schon war sie weg. Die Tür fiel hinter ihr ins Schloss. Brauner stand ein wenig verwirrt da. Dann ging er kopfschüttelnd zurück in die Küche.

Vergebliche Liebesmüh, dachte er.

Bringt eh nichts, Alter. Sie macht so oder so, was sie will. Pubertätsmonster.

Er goss sich eine weitere Tasse Kaffee ein.

Mal sehen, was ich mit dem Tag noch anstelle. Vielleicht rufe ich nachher kurz mal im Büro an. Würde schon gerne wissen wollen, was die Vernehmungen so machen.

Obwohl er eigentlich ausspannen wollte, kreisten

seine Gedanken schon wieder um den Fall Jaqueline Bernauer.

Nein. Jetzt nicht.

Er setzte sich ins Wohnzimmer aufs Sofa. Nahm die Fernbedienung in die Hand und zappte sich kurz durch sämtliche Programme, ließ es dann aber doch sein und schaltete den TV wieder aus. Er wollte jetzt nicht fernsehen. Selbstablenkung vorerst gescheitert.

Warum wurde sie in dieser Pose dort abgelegt? Auf einem alten aufgelassenen Friedhof, dazu noch direkt auf einem Grab?

Verdammter Mist. Ich komme da nicht weiter. Aber die Lösung liegt irgendwo dort draußen begraben. Im wahrsten Sinn des Wortes.

Und eine jener Personen, die sie heute und morgen weitergehend befragen wollten, wusste mehr, als sie vorgab. Das war so sicher wie Sonnenschein nach dem Regen.

Brauner wurde neugierig. Wie viel Uhr war es eigentlich?

Kurz vor halb vier. Sie waren also mitten in den Vernehmungen. Er würde später, gegen achtzehn Uhr, anrufen. Da lagen dann hoffentlich schon die ersten Ergebnisse vor.

Er machte es sich auf seinem Sofa bequem und sah fern. Die Doku über alte Hypokausten-Fußbodenheizungen der Römer war aber so sperrig, dass er schließlich darüber wieder einschlief.

Er träumte wirres Zeug. Da war Hartmann, der ihm kalt lächelnd eine Abmahnung zusteckte; er wurde aber kurz darauf von einem römischen Zenturio festgenommen. Was eindeutig von der immer noch laufenden Doku im Fernsehen beeinflusst war. Andere Traumsequenzen waren

Schlaglichter aus seiner Kindheit, seiner Jugend. Die erste verschämte Liebe ...

Dann stand er plötzlich wieder auf dem Friedhof im Baringer Hochwald.

Vor ihm lag Jaqueline auf dem alten Grab. Regen pladderte auf ihre zunehmend verwesende Haut. Brauner überkam eine unbestimmte, aber stetig wachsende Furcht.

Dann öffnete sie die Augen. Blickte ihn an. Richtete sich auf. Und zeigte mit der rechten Hand auf ihre Stirn. Das Zeichen!

Sie lächelte dabei die ganze Zeit. Winkte Brauner zu, lockend, aber auch unterschwellig drohend. Der drehte sich um und rannte davon.

Es war schon halb sieben, als er kurz darauf aufwachte. Draußen war es dunkel geworden.

Es ist das Zeichen. Dieses verdammte Ding ist die Lösung. Oder ein wichtiger Teil davon.

Er stand auf und knipste die Stehlampe hinter dem Sofa an. Im Fernsehen liefen die Nachrichten.

Es gab nichts Neues. Zumindest nichts von Belang. Er schaltete aus und griff nach dem Handy, welches auf dem Wohnzimmertisch lag.

Zeit, dass ich mich melde. Bin schon ganz gespannt.

Er tippte die Durchwahl von Pfahls ein. Kurz darauf wurde am anderen Ende abgenommen.

»Hallo, ich bin's, Hendrik. Und, wie sieht es aus? Habt ihr schon was erreicht?«

»Na ja, wenn man nach der Ausschlussmethode arbeitet, dann schon«, erwiderte Dominik Pfahls.

»Die Mutter ist zwar unsympathisch, hat aber ein hieb-

und stichfestes Alibi. Sie gab an, während des betreffenden Zeitpunkts auf der Dauerparty irgendeines reichen Schnösels gewesen zu sein. Seibold hieß er, genau. Wir haben alles überprüft, und es scheint zu stimmen.«

»Was, die kennt den Seibold? Hätte ich jetzt nicht gedacht.«

»Warum, ist der so wichtig?«

»Ja, schon. Ist hier in Ingolstadt in der Lebensmittelbranche tätig, genauer gesagt: Er macht in Sachen Delikatessen. Darüber hinaus hat er einen Haufen Geld und zeigt das auch gerne.«

»Aha. Nie von dem gehört.«

Man merkte dem Brandenburger an, dass er nur wenig über die hiesigen Verhältnisse wusste. Und schon gar nichts über die allgegenwärtig anzutreffende typische Spezlwirtschaft.

»Gut. Und wie sieht es mit der Frau Linartz aus?«

»Mehr oder weniger genauso. Wir können ihr nichts nachweisen, vermutlich, weil es da auch gar nichts nachzuweisen gibt. Sie hat außerdem ein gutes Alibi – während des besagten Zeitraums war sie hier in Ingolstadt in der Entzugsklinik.«

»Ich denke, die nimmt keine Drogen.«

Brauner war etwas verwirrt. Die Linartz hatte doch der Jaqueline genau das vorgeworfen!

»Das tut sie auch nicht. Sie hat dafür ein massives Alkoholproblem. Wie ihr ja bereits vor Ort festgestellt habt.«

»Stimmt. Ich wusste aber nicht, dass es so schlimm um sie steht. Gab es sonst noch was?«

»Ja. Sie hat noch so einiges über das Opfer erzählt. Die

Frau Bernauer hatte es wirklich nicht leicht in ihrem kurzen Leben. Anscheinend hat sie die Schule geschmissen, weil sie dort massiv gemobbt wurde. Da sie eher ein Außenseitertyp war, kann ich mir das auch gut vorstellen. Und da war noch ein anderes Problem, das mir Dr. Heinrichs gerade vorhin erst durchgegeben hat.«

Kurze Pause.

»Mach's nicht so spannend, Dominik. Was hat er gesagt?

»Nun – die Frau Bernauer war schwanger. Und zwar im zweiten Monat.«

Ach du liebe Zeit. Das auch noch. Sie hat wirklich ein Talent in Sachen Problemanhäufung gehabt. Wie schlimm.

»Was bedeutet, dass sich der Kreis der Verdächtigen sogar noch erweitern könnte. Ich denke, wir sollten mal zusammen mit unseren Kollegen aus Neuburg die dortige Drogenszene unter die Lupe nehmen. Auch dort könnte unser Täter zu finden sein.«

»Schon. Ich denke, ich weiß auch, was du meinst. Übrigens, was den Raistinger betrifft, so haben wir den noch nicht erreicht. Max und ich nehmen ihn uns heute Abend vor, wie besprochen. Mal sehen, was da noch herauskommt.«

»Gut. Wobei ich mir in diesem Punkt keine allzu großen Hoffnungen mache. Würde vorschlagen, wir sehen uns morgen früh wieder. Wenn was sein sollte, könnt ihr euch natürlich bei mir melden.«

Brauner legte auf. Und sich anschließend auf dem Sofa lang.

Was für eine kranke Welt, in der wir leben, dachte er.

Die Sache mit der Schwangerschaft wirft ein ganz anderes

Licht auf den Fall. Es tun sich wirklich etliche neue Möglichkeiten auf. Ein Junkie oder Dealer schwängert die junge Frau und will dann keine Verantwortung übernehmen. Oder einer ihrer gutsituierten und vielleicht verheirateten Kunden, der einiges zu verlieren hat, bekommt nasse Füße und ermordet sie. Und die Folterung? Nun, könnte ja sein, dass Jaqueline den mutmaßlichen Erzeuger erpresst hat. Welcher deshalb ziemlich sauer auf sie war.

Alles mögliche Szenarien. Oder auch nicht. Er musste das morgen mit seinem Team noch mal durchgehen. Und dann die weitere Vorgehensweise festlegen.

Er stand auf und ging in die Küche. Seine Kehle war trocken. Aus dem Kühlschrank nahm er sich einen Orangensaft. Da er das Küchenlicht nicht angemacht hatte, konnte er die dunkle Straße und den dahinterliegenden kleinen Park gut erkennen. Plötzlich wurde seine Aufmerksamkeit auf eine Person gelenkt, die sich dort hinter einem Busch zu verstecken schien. Und die den Eindruck erweckte, ihn direkt anzustarren.

War das nur Einbildung? Konnte es nicht auch etwas ganz anderes sein? Fantasie und Schattenwurf konnten jeden Menschen zum Narren halten, auch einen altgedienten und erfahrenen Kriminalpolizisten wie ihn. Doch nein – jetzt hatte sich die Gestalt bewegt. Sie schien sich rückwärts geduckt in Richtung eines Baumes zu schleichen. Hatte sie ihn gesehen?

Jetzt war sie vollends in der Deckung verschwunden. Wie eigenartig, dachte Brauner.

Werde ich beobachtet? Und wenn ja, von wem? Oder ...? Ach was, das bildest du dir nur ein. Du bist überspannt.

Vielleicht war es nur ein Obdachloser, der sich eine Bleibe für die Nacht gesucht hat.

Brauner spähte weiter durch das Fenster, doch die Gestalt blieb verschwunden.

Er verließ die Küche wieder. Er wollte jetzt noch kurz duschen, eine Kleinigkeit essen und danach gleich wieder ins Bett gehen, um für den nächsten Tag fit zu sein.

Als er wenig später das warme Wasser auf sich pladdern ließ, machte er sich plötzlich Sorgen um Emily. Was, wenn die unheimliche Gestalt ein Vergewaltiger war, der es auf sie abgesehen hatte? Er musste sie nachher unbedingt auf ihrem Handy anrufen oder anschreiben. Sie musste gewarnt werden. Uwe Raistingers freche Drohung kam ihm wieder in den Sinn.

Aber machte er sich nicht zu viele Sorgen um sie?

Egal, er musste was tun. Aber anrufen würde er sie nicht. Sondern einfach eine kurze Nachricht schreiben. Das war weniger aufdringlich und nicht so dramatisch.

Genauso handelte Brauner auch nach dem Duschen. Dann ging er, nachdem er noch ein Aufbackbaguette mit nur geringem Appetit verzehrt hatte, ins Bett. Doch der Schlaf wollte einfach nicht kommen. Die Gedanken um Jaqueline, ihr ungeborenes totes Kind und die dunkle Gestalt im Park geisterten noch lange in seinem Gehirn herum. Der Jetlag, den er aufgrund der nächtlichen Ermittlung immer noch hatte, machte es auch nicht einfacher. Brauner warf sich mal auf diese, mal auf jene Seite seines Betts. Schließlich, nach Stunden, fiel er doch in den erlösenden Schlummer.

Nächster Morgen.

»Und? Wie war es gestern noch im Laden vom Raistinger?« Brauner stellte diese Frage Max Ingram, der gerade gekommen war und seinen Wintermantel an die Garderobenstange im Büro hängte.

Brauner war heute überpünktlich, wenn auch nicht ganz ausgeschlafen, zum Dienst erschienen. Und zwar noch vor allen anderen. Emily war gestern spät, aber wohlbehalten nach Hause gekommen; er hatte dies nur im Dämmerzustand des Halbschlafs bemerkt. Danach schlief er beruhigt zweieinhalb Stunden lang. Das war zwar immer noch zu wenig, aber genug, um jetzt einigermaßen geistesgegenwärtig sein zu können.

»Na, was glaubst du? Wie wohl?«, antwortete Ingram.

»Begeistert war er über unser erneutes Auftauchen nicht. Und natürlich hat er für den besagten Zeitraum ein sicheres Alibi. Er war in seinem Laden, seine ›Angestellten‹ können es bezeugen.«

Ingram hatte das Wort »Angestellte« langsam und deutlich, mit ironischem Unterton ausgesprochen.

»Hat er noch was wegen dem Vorfall mit mir gesagt?«

»Nein, da kam nichts. Er war insgesamt eigentlich recht zugänglich und hat viel geredet. Er besteht darauf, mit dem Mord nichts zu tun zu haben.«

»Na, mal sehen«, warf Pfahls ein. Dieser war zwischenzeitlich auch erschienen und hatte sich an seinen Platz gesetzt.

»Wir haben gestern von allen Vernommenen Fingerabdrücke und DNA-Abstriche genommen. Außer von diesem Raistinger, die liegen bekanntlich bereits vor. Karrierebedingt, sozusagen. Wenn er wirklich unschuldig ist, wird sich das schon bald erweisen.«

»Ja, das sehe ich auch so. Um wie viel Uhr ist heute noch mal der Termin mit dem Förster vom Baringer Hochwald?«

Ingram sah kurz auf seinen Tischkalender.

»Um elf. Mal sehen, was der zu sagen hat. Nach ihm kommt niemand mehr.«

»Stimmt. Wenn wir keinen festnageln können, wird es schwierig«, sagte Brauner. »Aber vielleicht ergibt sich durch die Schwangerschaft der Frau Bernauer eine neue Spur. Wenn auch eine ziemlich vage. Denn wer der Vater des Kindes ist, wird sich nur sehr schwer ermitteln lassen. Und genau dieser Kerl wäre unbedingt tatverdächtig. Es könnte einer ihrer Kunden gewesen sein. Oder ein Dealer. Ein Junkie aus ihrem Bekanntenkreis. Was weiß ich, eine ganze Menge Leute auf jeden Fall. Die berühmte Nadel im Heuhaufen wartet auf uns, meine Freunde.«

Es herrschte kurz betretenes Schweigen.

Mitten hinein klingelte Ingrams Telefon. Er hob ab.

Während des Telefonats veränderte sich merklich sein Gesichtsausdruck. Ungläubiges Staunen zeichnete sich darauf ab. Er stammelte kurze Sätze in sich hinein.

»Was? Wie? Unglaublich. Furchtbar, ja. Ich gebe es weiter. Und wir kommen, sicher.«

Brauner und Pfahls sahen sich an.

Ingram legte auf.

»Das war der Meißner.«

»Und? Was wollte er? Doch wohl nicht den Termin absagen?«

»Doch, genau das. Aber du ahnst nicht, aus welchem Grund.«
»Sage es uns.«
Genau das tat Max Ingram dann auch.
Und zwar ausführlich.

***

9

Brauner sah versteinert auf das bleiche Antlitz der toten Frau. Sie war blond, hatte schön geschnittene Gesichtszüge und lag mit weit auseinander gestreckten Armen vor ihm.

Auf demselben Grab wie Jaqueline Bernauer zuvor. Auf jenem Friedhof im Baringer Hochwald.

Dominik Pfahls hüstelte neben ihm. Es war sehr kalt an diesem Freitagmorgen.

»Das ist unglaublich.«

»Ja«, flüsterte Brauner.

Es war ein Déjà-vu. Und ein sehr übles. Die Wiederholung eines Albtraums.

»Und nicht nur das«, fuhr er fort. »Es ist eine Tragödie. Eine Provokation. Und, jetzt auch ziemlich sicher: eine Serie. Wir haben einen Serienmörder im Neuburger Raum.«

Um sie herum wimmelten die Leute von Wengerer. Er selbst kniete über der Leiche und hatte ihre Geldbörse in der Hand.

Nach ein wenig Herumnesteln brachte er den Personalausweis des Opfers zum Vorschein.

»Rebecca Winterberg. Zweiundzwanzig Jahre alt. Ist in Neuburg gemeldet, in der Münchner Straße.«

»Wir werden ihre Verwandten ermitteln. Was halten Sie von der ganzen Sache?«

Wengerer zögerte mit der Antwort.

»Nun – so wie das aussieht, haben wir einen Serientäter. Und obendrein noch einen, der nach einem bestimmten Ritus vorgeht. Sehen Sie?«

Er wies auf das Signum, welches die Tote auf ihrer Stirn trug.

»Genau das Gleiche wie beim ersten Opfer. Auch wenn es sich, nach meinem ersten Eindruck, um ein anderes Zeichen handelt. Dann die Zigarettenbrandlöcher. Fesselspuren an den Handgelenken. Die Handtasche wurde ebenfalls neben dem Opfer drapiert. Die ausgebreiteten Arme. Mehr kann ich nicht sagen, bin ja nicht der Rechtsmediziner – aber es gilt: gleiche Vorgehensweise, gleiche Zielgruppe, sogar gleicher Ort – derselbe Täter.«

»Ja«, sagte Brauner. »Es handelt sich offensichtlich um denselben Mistkerl. Und zwar um jemanden, der Menschen gerne quält und tötet. Einen ausgesprochenen Sadisten. Vielleicht auch um einen Frauenfeind. Und um jemanden, der großen Spaß daran hat, die Polizei zu ärgern. Sonst hätte er die Leiche nicht wieder auf diesem Friedhof und sogar noch auf demselben Grab abgelegt.«

Damit zog er seine Handschuhe an und kniete sich neben den Kopf der Toten. Langsam hob er diesen an, um sich das Genick anzusehen.

»Da, seht ihr? Die gleiche ominöse Genickwunde wie bei Frau Bernauer.«

Pfahls und Wengerer besahen sich kurz die Stelle. Sie nickten zustimmend.

»Wo ist eigentlich der Meißner? Den bräuchten wir mal dringend.«

»Ist laut einem Neuburger Kollegen im Forsthaus. Und in keinem guten Zustand. Seelisch betrachtet, natürlich.«

»So? Gut. Max, kümmerst du dich bitte um die Benachrichtigung der Verwandten des Mädchens? Nimm noch einen Kollegen aus Neuburg mit. Ist besser so.«

Ingram nickte. Er hatte sich bis jetzt im Hintergrund gehalten. Er machte einen traurigen Eindruck.

Brauner marschierte durch das kleine Laubwäldchen in Richtung des Hauses. Für ihn war Meißner nicht nur jemand, der das Opfer aufgefunden hatte.

Sondern ein Tatverdächtiger.

Oben angekommen, stellte er fest, dass der Förster gerade noch dabei war, ein Protokoll der Neuburger Polizei auszufüllen. Er wirkte diesmal sehr zurückhaltend, wenn nicht sogar ängstlich.

Brauner setzte sich zu ihm an den Tisch.

»Guten Tag, Herr Meißner. Wir kennen uns ja bereits. Sie haben das neuerliche Opfer heute Morgen aufgefunden?«

»Ja.«

»Gut. Ich würde Sie bitten, mit mir und meinem Kollegen nach Ingolstadt ins Polizeipräsidium zu fahren. Wir haben ein paar Fragen an Sie.«

»Jetzt gleich?«

»Ja, sofort.«

Meißner machte einen überraschten Eindruck. Die Angelegenheit schien ihm nicht in den Kram zu passen.

»Aber die Arbeit – die bleibt dann ja liegen. Und mein

Waldarbeiter ist immer noch krankgeschrieben, Sie wissen ja ...«

»Ich weiß. Aber eine Vernehmung ist unausweichlich. Sie hätten doch heute so oder so einen Termin bei uns gehabt, oder?«

Meißner nickte zustimmend. Er unterschrieb noch das Protokoll für die Neuburger Polizei und machte sich dann fertig.

»Das ist aber keine Festnahme jetzt, oder? Ich bin doch nicht verdächtig?«

»Nein, eine Festnahme ist das nicht. Aber verdächtig, da bin ich ganz ehrlich, sind Sie sehr wohl. Wir müssen jeder möglichen Spur nachgehen. Das verstehen Sie doch, oder?«

»Ja, schon. Ich komme mit. Es ist so furchtbar, das alles.«

Als sie wenig später das Forsthaus verließen, kam ihnen schon Dominik Pfahls entgegen.

»Die Rechtsmedizin ist jetzt angekommen und nimmt das Opfer mit. Heinrichs hat in diesen Tagen viel zu tun, scheint es.«

»Ja, leider«, erwiderte Brauner.

Es schneite leicht.

Ist der November nicht der Totenmonat?, dachte Brauner. *Wie wahr.*

Sie stiegen in den Wagen, Brauner vorn, Meißner und Pfahls hinten.

Die Fahrt zurück nach Ingolstadt führte sie durch Neuburg auf die B 16. Meißner sah mit einem bedrückten Gesichtsausdruck aus dem Fenster und mied eine Unterhaltung mit den beiden Kriminalpolizisten.

Als das Neuburger Schloss in Sicht kam, schien er jedoch kurz aus seiner Lethargie zu erwachen.

»Hier bin ich aufgewachsen«, sagte er langsam.

»Das ist meine Heimat. Ich könnte mir nie vorstellen, irgendwo anders zu leben. Hier wurde ich geboren, ging zur Schule, habe gelernt und schließlich gearbeitet. Auch meine Eltern habe ich hier zu Grabe getragen.«

Pfahls nickte. Es schien ihn nicht wirklich zu interessieren.

Plötzlich sprach ihn Meißner direkt an.

»Und Sie?«

»Wie ›und Sie?‹«, antwortete Pfahls.

»Na, wo kommen Sie her? Haben Sie auch eine Heimat?«

Pfahls stutzte ein wenig.

»Na klar. Bin aus Brandenburg an der Havel.«

Meißner verzog seinen Mund leicht. Es wirkte bitter.

»Ach so, aus Preußen, oder? Na, dann wundert mich gar nichts mehr.«

»Wie meinen Sie denn das?«

Doch es kam keine Antwort. Der Förster drehte sich wieder um und sah weiter aus dem Fenster.

Brauner konnte sich am Steuer ein Auflachen nur schwer verkneifen. Sie fuhren gerade die Donauwörther Straße Richtung B 16 hoch. Rechts von ihnen lag das Studienseminar St. Ursula.

»Ist das nicht Ihre Arbeitsstelle als Seminarförster?«

»Ja«, sagte Meißner.

»Seit fünfzehn Jahren schon. Es ist ein schöner Beruf, aber manchmal auch ziemlich anstrengend. Ich habe genug Azubis und gestandene Waldarbeiter erlebt, die irgendwann keine Lust mehr auf den Job hatten. Es ist eben nicht nur immer der schöne Wald und die freie Natur, die es hier zu bewundern gilt. Es ist auch eine dreckige und manchmal nasskalte Arbeit. Nicht jedermanns Sache.«

Tja, da haben wir was gemeinsam, dachte Brauner.

Der Rest der Fahrt verlief schweigend.

»So, jetzt kommen wir mal zur Sache, Herr Meißner. Sie sind, wie wir bereits wissen, der Seminarförster im Baringer Hochwald. Und das schon seit geraumer Zeit. Sie kennen sich also bestens in jenem Waldgebiet aus, nicht wahr?«

Der Förster saß Brauner direkt gegenüber. Dominik Pfahls stand am Fenster des kleinen Verhörzimmers und blickte angestrengt hinaus.

»Ja, schon«, antwortete Meißner.

»Auch den kleinen alten Friedhof?«

»Ja, sicherlich.«

»Wie stehen Sie zu der Tatsache, dass genau dort innerhalb weniger Tage zwei tote junge Frauen gefunden wurden, und das auch noch auf dem gleichen Grab?«

Meißner blickte Brauner skeptisch an.

»Wie sollte ich wohl dazu stehen? Das ist einfach furchtbar.

Ich werde diesen Anblick wohl nie wieder vergessen können. Ich verstehe das einfach nicht.«

»Jetzt reden wir mal Klartext. Sie sind für uns tatverdächtig, Herr Meißner. Sie kennen sich, wie schon gesagt, bestens in diesem Wald aus. Wie nur wenig andere. Ihr Waldarbeiter findet die erste Leiche, Sie selbst jetzt die zweite. Und beide wurden an der gleichen Stelle, auf einem

Grab in jenem gottverlassenen Friedhof, abgelegt. Haben Sie eine Erklärung dafür?«

»Nein ... ich ... weiß nicht, was ...«

Pfahls wandte sich um.

»Wir auch nicht. Können Sie uns eigentlich sagen, was Sie am Abend des 28. Oktober und den darauffolgenden Vormittag getan haben? Und wo Sie waren?«

Der Förster wirkte sehr verunsichert.

»Ich ... nun ... was war denn das für ein Tag? Ich weiß das heute nicht mehr so genau!«

Er nestelte an seiner Hose herum. Rieb seine Hände ineinander.

Werden wir nervös?, dachte Brauner.

»Das war die Nacht von Samstag auf Sonntag«, sagte Pfahls freundlich.

»Vor zwei Wochen«, ergänzte Brauner.

Meißner schwieg. Er schien nachzudenken.

»Nun, da hatte ich frei«, sagte er schließlich.

»Ich habe gemeinsam mit meiner Familie einen Ausflug ins Urdonautal gemacht. Wir blieben dort auch über die Nacht auf Sonntag.«

»Ach ja? Und wo?«

»In einem Hotel natürlich. Bei Wellheim.«

»Können Sie das belegen?«

»Ja, ich glaube schon. Meine Frau dürfte die Rechnung noch haben.«

Mist. Wenn das stimmt, haben wir ein Problem.

Brauner lehnte sich in seinem Bürostuhl entspannt nach hinten.

»Mal eine andere Frage: Was, glauben Sie, geht in einem

Täter vor, der seine Opfer ausgerechnet in diesem alten verfallenen Friedhof ablegt, in ihrem Sprengel? Warum könnte er so etwas tun?«

»Keine Ahnung. Vielleicht, weil er wahnsinnig ist? Oder mir was unterschieben will?«

Brauner bewegte seinen Kopf abwägend hin und her.

»Hm, ja, schon möglich. Ich will aber auf etwas ganz anderes hinaus. Wie alt ist der Friedhof überhaupt, und warum liegt er so abgelegen in der Wildnis?«

Meißner sah ihn verdutzt an. Pfahls ebenso.

»Also – der Friedhof ist schon ziemlich alt. Er wurde meines Wissens in den 1840er Jahren angelegt. Und er stand ursprünglich auch nicht so isoliert da wie heute. Er gehörte zum sogenannten Forsthof. Das war ein ziemlich großer, U-förmiger Gebäudekomplex, der heute aber nicht mehr steht. Das Forsthaus ist ein letzter winziger Rest davon.«

»War das ein Gutshof oder so was Ähnliches?«

»Nicht ganz. Zumindest war er die meiste Zeit seiner Existenz nicht selbständig, sondern gehörte zum Kloster Heilig Kreuz in Baring. Die haben da Schafe und Ziegen gezüchtet und eine größere Landwirtschaft betrieben. Wissen Sie, der Baringer Hochwald war im Mittelalter viel kleiner. Die ganze Umgebung wurde für Weide- und Viehwirtschaft genutzt.«

»Das ist ja interessant! Dann war der Friedhof also ursprünglich nicht mit Wald umgeben. Sind dort Nonnen oder Mönche beerdigt?«

»Nein. Denn in den 1840er Jahren, als der Gottesacker entstand, gab es das Kloster schon gar nicht mehr. Es wurde unter Napoleon säkularisiert. Ganz im Gegenteil:

Der Friedhof wurde von einer seltsamen Sekte aus dem Norden angelegt.«

Brauner spitzte die Ohren.

»Von einer Sekte? Und von welcher?«

»Ich glaube, die nannten sich Mennoniten. So was Protestantisches, aber ziemlich extrem. Lehnen den Fortschritt ab und so. Die haben sogar spezielle Friedhofserde verwendet. Ist Ihnen aufgefallen, dass auf dem Gelände vollkommen andere Pflanzen wachsen als drum herum?«

»Nein, als ich das letzte Mal dort war, hatte ich keinen Blick für so was. Und, was passierte mit diesen Leuten?«

»Die lebten im Forsthof, bis er verfallen war. Dann verschwanden sie plötzlich. Die Gebäude wurden fast alle abgerissen.«

»Hm.«

Brauner klopfte mit der Spitze seines Kugelschreibers leise auf den Tisch.

»Sehr interessant, das Ganze. Aber nun zum zweiten Opfer.

Was haben Sie gestern Abend getan?«

Der schnelle Wechsel des Themas brachte den Förster sichtlich aus dem Tritt.

»Äh – gestern?«

»Gestern.«

»Nun – ich war daheim. Natürlich.«

Es wirkte nicht echt.

»Sind Sie sich da ganz sicher?«

Meißner atmete laut aus. Und blickte betreten auf den Boden.

»Nein. Bin ich nicht. Ach, alles Quatsch. Es stimmt nicht. Ich war nicht bei meiner Familie. Sondern – woanders.«

Pfahls setzte sich nun mit an den Tisch.

»Soso. Und wo, wenn ich fragen darf?«

»Muss ich das sagen?«

»Nein. Aber wenn es sich um etwas Entlastendes handelt, wäre es ausgesprochen dumm, wenn Sie schweigen würden.«

Meißner sah mit einem angespannten Gesichtsausdruck auf den Tisch. Es arbeitete in ihm.

»Also?«

»Nun – Sie kennen das vielleicht auch. Wenn nach langjähriger Ehe alles nur noch zur Gewohnheit wird. Wenn die Luft raus ist. Und einen am anderen absolut nichts mehr reizt.«

»Worauf wollen Sie hinaus?«

Brauner hatte eine Ahnung, was nun kommen würde.

»Ich betrüge meine Frau. Ich habe eine Geliebte in Neuburg. Bitte sagen Sie ihr das nicht weiter, es wäre das Ende für mich.«

»Nun, eine derartige Entscheidung werden Sie schon uns überlassen müssen. Wenn es für die Ermittlungen wichtig ist, werden wir auch Ihre Frau in Kenntnis setzen und befragen. Wo waren Sie also gestern Abend?«

Dem Förster war das Gesicht zusammengefallen. Er sah plötzlich alt und verbraucht aus.

»Na, bei meiner Freundin. Ich bin erst spätnachts, gegen ein Uhr, heimgekommen.«

»Und Ihre Frau macht das mit?«, schaltete sich Pfahls ein.

»Der habe ich erzählt, dass ich noch was Wichtiges im

Büro in St. Ursula zu erledigen habe. Aber meine Freundin wird Ihnen alles bestätigen können.«

»Sicher?«

»Ja, sicher. Ich bin kein Mörder, Herr Brauner.«

»Das hat hier auch niemand behauptet. Wir müssen aber jede mögliche Spur abklopfen. Wie heißt Ihre Geliebte, und wo wohnt Sie?«

»Erika ist ihr Name. Erika Zeiselberger. Sie wohnt in der Amalienstraße in der oberen Neuburger Altstadt.«

Brauner blickte Meißner kurz in die Augen.

»Aha. Das ist meines Wissens nicht weit vom Seminar entfernt. Wie praktisch. Sie brauchen nur durch das Stadttor zu gehen und sind da.«

Er lächelte. Der Förster wurde rot und blickte abermals betreten zu Boden.

Nachdem die Polizisten die Personalien als auch die Fingerabdrücke aufgenommen hatten, durfte Meißner wieder gehen.

»Wird schwierig. Wenn die Frau Zeiselberger das Alibi bestätigen kann, ist er auch aus dem Spiel«, konstatierte Brauner.

»Ja«, sagte Pfahls.

»Ich habe von keinem, den wir bis jetzt vernommen haben, den Eindruck gehabt, dass er etwas damit zu tun haben könnte. Gut, der Raistinger ist ein Mistkerl, aber auch ein Mörder? Und, was soll das eigentlich gerade gewesen sein mit dem Friedhof?«

»Ach so? Zum einen wollte ich ihn auf vermeintlich sicheres Terrain locken, um dann durch einen plötzlichen, unvermuteten Themawechsel Unsicherheit zu erzeugen.

Zum anderen wollte ich wirklich wissen, was das für ein Friedhof ist und wer ihn angelegt hat. Auch das könnte eine Rolle spielen, wenn der Täter nach einem bestimmten Ritual handelt. Was offensichtlich der Fall ist, so wie bei vielen anderen Serienmördern auch. Vielleicht ist es ein Angehöriger dieser Sekte? Oder ein total Verrückter, der trotzdem mehr weiß als wir?«

Die Tür öffnete sich. Herein kam Hartmann. Er setzte sich auf den Platz, den gerade eben noch Meißner eingenommen hatte.

»Es ist Katastrophe, meine Herren. Zwei tote junge Frauen in diesem gottverlassenen Wald, und das innerhalb von drei Tagen. Schon beim Auffinden der Frau Bernauer hatte die Presse alles aufgemischt. Was glauben Sie, was los ist, wenn heute Nachmittag auch noch die Sache mit dem zweiten Opfer durch die Medien geht? Die werden massiven Druck auf uns ausüben. Das Bulletin ist schon fertig.«

»Ich weiß«, erwiderte Brauner. »Aber was erwarten diese Leute von uns? Natürlich haben sie ein Recht darauf, in Sicherheit zu leben – oder besser auf die Illusion, dass dies so ist. Denn hundertprozentige Sicherheit gab und gibt es nicht. Nirgends.«

»Richtig«, sagte Pfahls. »Und wir lassen uns nicht hetzen. Die Folge wäre womöglich schlampige Polizeiarbeit, und nichts ist schlimmer als das. Durch die ganzen Fernsehkrimis glauben viele Menschen, dass bei uns alles schnell, schnell geht. Das ist aber nicht so, und es wird auch nie so sein.«

»Ich weiß, meine Herren, ich weiß. KHK Brauner, könnten Sie bitte in mein Büro kommen? Ich habe mit Ihnen noch etwas zu besprechen.«

Brauner sah kurz auf.

Was will er denn jetzt noch?

Er folgte Hartmann durch die dunklen Gänge des Polizeipräsidiums Oberbayern-Nord in dessen Büro. Dort angekommen, setzte er sich auf den Stuhl seinem Vorgesetzten gegenüber.

»Ich habe es gerade schon angedeutet, Herr Brauner«, begann Hartmann ohne Umschweife.

»Dies alles entwickelt sich zu einem sehr schwierigen und belastenden Fall. Es wird viel Druck ausgeübt werden, sei es von den Verwandten der ermordeten Mädchen, sei es von der Presse, sei es von Seiten der Politik.«

»Ja. Und?«

»Nun – ich habe mir da so meine Gedanken gemacht. Kurzum, ich weiß nicht, ob Sie gegenwärtig der richtige Mann für die Lösung dieses Falles sind.«

Brauner schluckte kurz.

Jetzt reicht es aber langsam.

»Und wie kommen Sie zu diesem Schluss?«

»Wir haben uns schon am Mittwoch über Verschiedenes, Ihre Person betreffend, unterhalten. Ich habe dem nichts hinzuzufügen.«

Brauner schwieg für ein paar Sekunden. Dann erklärte er langsam und deutlich:

»Aha. Sie wissen also nicht, ob ich dieser großen Aufgabe gewachsen bin? Nun, wer würde denn an meiner Stelle in Frage kommen? Und wie wäre es, wenn ich mich aufgrund meiner gegenwärtigen Unfähigkeit für, sagen wir mal, vier bis sechs Wochen krankmelden würde?«

Hartmanns Gesicht gefror.

Brauner fuhr fort. Er kam langsam in Form.

»Ich glaube nicht, dass es so schnell möglich wäre, jemanden zu finden, der sich in diesen Fall einarbeiten kann. Außerdem: Sie haben mich selbst mit der Angelegenheit beauftragt. Das war nach unserem schwierigen Gespräch. Und jetzt, zwei Tage später, verhält es sich plötzlich ganz anders? Konsequent sieht das nicht aus.«

Hartmann schwieg. Vielleicht, weil er keine passende Antwort auf Brauners Verteidigung hatte. Vielleicht auch, weil bis jetzt noch niemand so mit ihm gesprochen hatte.

»Um eines klarzustellen: Ich will diesen Fall lösen. Schon allein wegen der jungen Frauen und ihren Familien. Ob das alles so klappt, wie ich es mir vorstelle, kann ich nicht versprechen. Es sind noch zu viele Unbekannte in der Gleichung. Aber wir arbeiten daran.«

Hartmann schwieg immer noch.

Bin ich zu weit gegangen?, dachte Brauner.

Den Fall bin ich los. Wahrscheinlich.

»Gut. Sie arbeiten daran? Das will ich auch hoffen. Wenn es Neuigkeiten gibt, dann teilen Sie mir diese unverzüglich mit. Haben wir uns verstanden?«

»Ja, natürlich.«

»Gut. Dann machen Sie weiter.«

Brauner stand auf und ging mit gerader Haltung aus Hartmanns Büro.

Wer hätte das gedacht? Ich habe gewonnen. Eins zu null. Aber warum hat er mich überhaupt in Frage gestellt?

Er dachte nach. Vielleicht war es nur ein Spielchen, um klarzustellen, wer hier der Chef war. Aber hatte Brauner ihm jemals einen Grund dafür gegeben?

Ja, das hast du. Durch dein häufiges Zuspätkommen. Auch dadurch wird Autorität unterschwellig herausgefordert.

Er betrat das Kommissariat.

Max Ingram war in der Zwischenzeit zurückgekehrt und unterhielt sich gerade mit Pfahls.

»Ah, gut, dass du auch kommst. Es gibt einiges zu berichten.«

Brauner setzte sich erst mal wieder an seinen Platz.

»Also? Schieß los.«

»Es war ziemlich traurig. Die Eltern von dem Mädchen sind zutiefst geschockt. Sie war ein Einzelkind.«

Es dürfte mir wirklich nichts mehr ausmachen. Tut es aber.

»Und das ist nicht das Einzige. Für uns relevant ist, dass sie auf dieselbe Schule gegangen ist wie die Jaqueline Bernauer.«

»Was? Das ist ja interessant! Der Fall könnte sich in eine völlig neue Richtung entwickeln.«

Er stützte sein Kinn auf seine zusammengefalteten Hände. Alle möglichen Szenarien gingen ihm durch den Kopf.

»Das erweitert den Kreis, in dem unser Täter zu suchen ist, um ein Vielfaches. Es könnte ein Schüler sein, der aus irgendwelchen Gründen zum Mörder wurde. Eine Art Amoklauf, nur verzögert und nicht ganz so offen, wie wir es aus den USA und leider auch von hier kennen.«

»Ja, oder ein Lehrer, der seine perversen Triebe nicht mehr unter Kontrolle hat. Oder der etwas vertuschen will. Oder, oder, oder … es tut sich vieles auf jetzt«, erwiderte Pfahls.

»Machen wir ein Brainstorming. Was ist passiert, was

haben wir bisher an Vermutungen und Indizien, in welche Richtungen sollten wir weiter ermitteln?«

Damit stand Brauner wieder auf und ging zum Flipchart. Und begann, Namen, Kreise und Verbindungslinien aufzuzeichnen.

Ganz oben standen die Namen der beiden Opfer. Von dem ersten, Jaqueline, gingen mehrere Verbindungslinien nach unten zu verschiedenen Namen. Raistinger, Linartz, dem ihrer Mutter. Vom danebenstehenden Namen, Rebecca, führte nur eine einzige Linie nach unten: die zu ihren Eltern.

»Was hast du sonst noch herausgefunden, Max?«

Ingram räusperte sich kurz.

»Nein, leider nicht mehr viel. Die Rebecca war mehr eine Einzelgängerin. Sofern sie nicht in der Schule war, hat sie ihre Zeit sehr viel mit Lesen und Surfen im Internet verbracht. Ziemlich zurückgezogen für ihr Alter. Ihre Mutter hat gemeint, es wären ihr keine engeren Freunde oder gar eine Beziehung bekannt gewesen. Und das, obwohl sie wirklich nicht schlecht aussah.«

Brauner nickte kurz.

»Ja, sicher. Aber kommen wir nun zu dieser ...«

Er wurde durch das Öffnen der Bürotür jäh unterbrochen.

Hartmann und drei weitere Beamte kamen herein.

»So, wie sich der Fall für uns nun darstellt«, begann er, »habe ich beschlossen, Ihnen, meine Herren, Unterstützung zu geben. Ich habe dafür vom K 4 und K 8 einige Leute abgezogen. Das hier sind die Kriminalkommissare Ebeling, Amberger und Licht.«

Licht? Vielleicht geht uns ja demnächst eins auf, dachte Brauner.

»Ab jetzt ist dies eine Sonderkommission, die mit höchster Dringlichkeit und Ausschließlichkeit ermitteln wird«, fuhr Hartmann fort.

»Sie trägt den Namen ›Signum‹. Warum das so ist, können Sie sich ja denken. Arbeiten Sie bitte die Leute ein. Und schauen S', dass Sie baldigst Erfolge vorweisen können. Die Pressekonferenz heute leite ich.«

Er wandte sich zum Gehen. Und blickte Brauner dabei fest in die Augen.

Dieser lächelte nur.

Nach einer kurzen Vorstellung und Einführung in die Problematik des Falls knüpfte er an das bisherige Brainstorming an.

»Also, wo waren wir stehengeblieben? Ja, bei dir, Max. Ich habe nur den Faden ein wenig verloren. Halt ... richtig. Ich weiß es jetzt wieder. Rebecca ging auf dieselbe Schule wie das erste Opfer. Welche war das nun genau?«

Ingram schaltete sich wieder ein.

»Das Institut für Sozialpädagogik in Neuburg. Liegt in der Monheimer Straße stadtauswärts, Richtung Rennertshofen. Ich habe da schon ein wenig recherchiert. Die Bezeichnung hört sich ziemlich hochtrabend an. Dahinter verbirgt sich aber nicht etwa eine universitäre Einrichtung, sondern lediglich eine Schule für Heilerziehungspfleger, Altenpfleger, Erzieher und so weiter. Wobei ich um Gottes willen solche Berufe nicht abwerten mag. Diese Leute leisten definitiv mehr als so mancher studierte Wasserkopf.«

Brauner grinste breit.

Typisch Max. Ganz der Bodenständige.

»Mag sein. Auf jeden Fall gibt es hier eine auffällige Übereinstimmung.«

Damit zog er von den beiden Namen jeweils einen Strich in die Mitte. Und schrieb INSTITUT darunter.

»Richtig. Da unsere bisherigen Nachforschungen im Verwandten- und Bekanntenkreis nichts erbracht haben, schlage ich vor, in dieser Schule vorstellig zu werden. Es ist, im Vergleich zu vorher, eine ziemlich warme Spur.«

»Warm?«

»Na, kalt – warm – heiß. Kennst du das nicht mehr vom Osternestsuchen?«

»Doch.«

Ingram stand auf.

»Also, worauf warten wir noch? Los geht's!«

Brauner verneinte jedoch mit einer stummen Kopfbewegung.

»Wir haben jetzt schon Freitagnachmittag, Max. Um diese Zeit hat keine Schule mehr auf, auch diese wahrscheinlich nicht. Wir können ja mal anrufen, glaube aber nicht, dass wir Erfolg haben.«

»Mist. Das hatte ich ganz vergessen. Und jetzt?«

Brauner sah auf das Flipchart und strich sich über sein Kinn.

»Wir können nur hoffen, dass der Täter vor Montag nicht mehr zuschlägt«, sagte Pfahls.

Brauner blickte ihn erschrocken an.

»Das geht nicht, wir müssen vorher schon aktiv werden.«

»Und wie willst du das machen? Alle Schüler auf dieser Schule warnen? Die sind jetzt zu Hause oder sonst wo. Die

Lehrer aus ihrem wohlverdienten Wochenende holen? Wir müssten deren Namen erst mal ermitteln. Bis wir das erledigt haben, ist eh schon wieder Montag.«

»Wir schauen im Internet nach. Die werden ja auch eine Seite haben, auf der die Ansprechpartner vermerkt sind. Dann können wir uns durchfragen.«

Ingram lehnte sich nach hinten.

»Na, das hört sich ja nach einem arbeitsreichen Wochenende an. Aber wir haben ja Verstärkung, gell?«

Er lächelte den drei zugeteilten Beamten zu.

»Gut, dass du es ansprichst. Das Frei am Samstag und Sonntag klappt natürlich nicht.«

»War ja klar«, antwortete Pfahls.

Dass es den drei Beamten nicht so klar war, merkte Brauner an deren verwirrt-überraschtem Blick.

Tja, so ist das nun mal bei uns. Hätten wir was Gescheites gelernt, bräuchten wir jetzt nicht zu leiden.

»Gut, dann fangen wir an. Ermitteln wir die Schulleitung.«

Ingram war bereits am Suchen.

»Die Seite habe ich gefunden. Mal sehen ... ja, da ist das Organigramm von denen. Ich hab's. Die Institutsleiterin ist eine gewisse Dr. Wibke Oldenburg. Ihre Privatnummer ist hier natürlich nicht aufgeführt, aber die können wir recht schnell herausfinden, denke ich.«

»Dann macht das mal. Und wir, meine Herren, schauen uns noch mal die Fotos vom Tatort und den Opfern an. Vielleicht fällt Ihnen noch was dazu ein.«

Brauner versammelte die drei um seinen Schreibtisch und rief auf seinem PC die Bilder der Spurensicherung auf.

Sie waren am schnellsten von allen Ergebnissen verfügbar gewesen.

Moderne Zeiten eben, dachte er.

Nichts mehr mit von wegen »erst mal entwickeln und dann per Hauspost zuschicken«.

Ein kurzes Ping zeigte ihm an, dass eine neue Nachricht eingegangen war. Sie kam von der Rechtsmedizin. Es war der abschließende Obduktionsbericht über Jaqueline Bernauer.

Brauner öffnete die Datei. Nun konnte er genau nachlesen, was der jungen Frau in körperlicher Hinsicht so alles widerfahren war. Interessiert blickten ihm auch Licht und Amberger über die Schulter.

»Schlimm«, bemerkte Amberger. Er wurde sich der ganzen Tragik erst jetzt, als er über ihre Schwangerschaft und die ihrem grausamen Tod vorausgegangenen Folterungen las, voll und ganz bewusst.

»Welcher Mensch tut einem anderen so etwas an?«

»Um das herauszufinden, sind wir hier«, antwortete Brauner.

Aufgrund der Hinweise, die er von Dr. Heinrichs schon vorher zugeschanzt bekommen hatte, war er weniger betroffen als die drei neuen Mitglieder der Soko. Dennoch gab es ein paar Details, die auch für ihn neu waren.

So wurde festgestellt, dass Jaquelines Leber stark vergrößert war, vermutlich wegen Alkohol- und Drogenmissbrauchs.

Und das in diesem Alter, dachte Brauner.

Wie man sich selbst nur so zurichten kann. Da muss schon einiges schiefgelaufen sein.

Auch über die eigentliche tödliche Wunde am Genick stolperte er abermals. Was kann sie nur verursacht haben? Es kam selten vor, dass die Todesursache, genauer gesagt die Tatwaffe, in einem Mordfall so lange undefinierbar blieb. Die Antwort darauf, schloss er, wird wahrscheinlich erst bei der Verhaftung des Täters erfolgen.

»Was meinen Sie? Könnten es nicht auch mehrere Täter gewesen sein?«, fragte Licht.

Brauner dachte kurz nach.

»Grundsätzlich müssen wir natürlich davon ausgehen, dass es auch so gewesen sein könnte. Aber in der Regel sind Serienmörder Einzeltäter. Es fällt schwer, jemanden zu finden, der die eigenen Wahnvorstellungen und Verrücktheiten teilt. Und dazu noch bereit und in der Lage ist, solche grausamen Verbrechen zu begehen. Ich persönlich glaube, es ist nur einer. Ein einsamer Wolf, wie man so sagt.«

Licht nickte.

Ingram war mittlerweile erfolgreich gewesen.

»Ich habe die Nummer von Frau Oldenburg herausgefunden und sie auch erreicht. Sie kommt um fünf aufs Präsidium.«

»War sie verärgert?«

»Weniger. Eher ziemlich geschockt über die Nachricht. Was ich ihr nicht verdenken kann.«

»Klar. Bin schon gespannt, was sie so zu sagen hat.«

»Viel wird das nicht sein«, erwiderte Pfahls. »Als Schulleitung wird sie nur über das Große und Ganze im Bilde sein. Kennt ja nicht jeden Schüler persönlich. Interessanter wäre es, wenn wir zum Beispiel einen Klassenlehrer – wenn die so was haben – oder am besten gleich ein paar Mitschüler interviewen könnten. Da würde sicherlich mehr herauskommen.«

Brauner bewegte seinen Kopf abwägend hin und her.

»Kommt Zeit, kommt Rat. Erst mal hören, was die Vernehmung ergibt. Vor Montag kommen wir außerdem an die Schüler eh nicht ran.«

»Auch wieder wahr. Ich mache jetzt mal Pause. Bin in einer Stunde wieder da. Bis gleich.«

»Halt, warte noch. Wir müssen noch besprechen, wie wir das Wochenende einteilen.«

Dominik Pfahls setzte sich wieder. Erst nachdem die unfreiwilligen, aber nötigen Dienstzeiten festgelegt worden waren, verabschiedete er sich.

»Wird auch heute wieder länger werden«, sagte Brauner.

»Ja. Aber je mehr Arbeit und Zeit wir hineinstecken, desto eher finden wir auch den Täter.«

Wenigstens einer, der mal so richtig positiv denkt, dachte Brauner.

Wie aufbauend in diesen Zeiten.

***

10

Er schlug die Augen auf.

Seine Träume waren dunkel und rätselhaft gewesen. Dann hatte er wieder diese Stimmen gehört, die ihm oft während des nebulösen Übergangs zwischen Schlaf und Erwachen begegneten. Zuerst hatte er sie kaum verstanden; sie flüsterten durcheinander, klangen mal weit entfernt, dann wieder sehr nahe an seinem Ohr. Und sie jagten ihm jedes Mal einen kalten Schauer über den Rücken.

Benommen richtete er sich langsam in seinem Bett auf. Sah sich im Zimmer um. Doch da war nichts. Hatte er ernsthaft geglaubt, die Besitzer der Stimmen zu sehen? Das war noch nie der Fall gewesen. So auch jetzt nicht. Immerhin – er hatte diesmal das eigenartige Kauderwelsch kaum voneinander unterscheiden können. Ein gutes Zeichen? Vielleicht. Er hoffte es. Denn wenn er ihre wirren Botschaften verstanden hätte, müsste er wieder beunruhigt sein. Wie schon so oft zuvor. Denn meistens hatte es sich um Ankündigungen der dunkelsten Art gehandelt.

Er stand auf und ging ins Badezimmer. Zeit, sich frisch zu machen für den neuen Tag.

Gestern erst hatte er wieder Dinge tun müssen, die zwar nicht schön, aber unvermeidbar gewesen waren. Es hatte wieder alles geklappt. Wie vorgesehen. Fast schon zu gut. Denn im Gegensatz zur vorhergegangenen Auslöschung einer feindlichen Wesenheit war es diesmal sehr schnell gegangen. Es gab kaum Widerstand, daher war es auch nicht nötig gewesen, die peinliche Befragung weiter auszudehnen. So könnte es immer sein. Die Erste hatte sich heftig gewehrt. Aber kein Wunder, die war ja auch schon uralt gewesen und hatte die Kraft von Jahrhunderten, wenn nicht Jahrtausenden gespeichert. Dennoch war sein Werk gelungen. Einmal mehr war die Welt von einer weiteren Bestie befreit worden.

Gut, dass ich über den Glauben zu einem Wächter geworden bin. Nein: zu einem solchen bestimmt wurde.

Auch wenn es in seinem früheren Leben ganz und gar nicht danach ausgesehen hatte. Denn ohne den allumfassenden Willen Gottes passiert hier gar nichts. Sollen die Schafe weiter schlafen. Er und vielleicht noch einige andere werden die Herde vor den höllischen Wölfen bewahren. So wie es der schlafende Mann im Wald schon damals gepredigt und gewollt hatte. Er war nur nicht verstanden worden. Ein Prophet vor seiner Zeit. Eigentlich schade.

Er fuhr sich mit kaltem Wasser über sein Gesicht. Es machte ihn wacher. Die Gedanken wurden klarer.

Plötzlich schreckte er hoch. Und blickte sein mit Tropfen benetztes Gesicht im Spiegel an. *Hatte Gott jemals von ihm verlangt, zu töten?*

So genau konnte er das gar nicht sagen. Denn er hatte ja niemals direkt zu ihm gesprochen. Nur über seine Botschafter. Jene Heiligen und Engel, die er seit geraumer Zeit immer häufiger gesehen hatte. Es waren aber auch Dämonen und andere Gestalten jenseits aller menschlichen Vorstellungskraft dabei gewesen. Wie konnte er sich also hinstellen und behaupten, es geschähe hier Gottes Wille und nicht der des Teufels?

Ach Quatsch, so ein Unsinn! Würde es nicht nach dem Willen des Allmächtigen gehen, so hätte er ihn dies schon längst spüren lassen. Ganz im Gegenteil – diese Moralduselei gerade eben, die kam ganz bestimmt aus dem Reich Luzifers. Geschickt, um ihn unter dem Deckmantel einer falsch verstandenen Humanität zu schwächen und in die Irre zu führen.

Ja, so war es. So musste es sein. *Finitum.*

Er griff nach dem Handtuch und trocknete sich ab. Er brauchte jetzt einen Kaffee.

Später, im Wohnzimmer.

Er saß auf dem Sofa und sah fern. Doch seine Gedanken schweiften ständig von dem so oder so belanglosen Vormittagsprogramm ab. Wie sollte er jetzt nun weiter verfahren? Die Zeitung hatte zwar über den Mordfall Jaqueline groß und breit berichtet, aber über die Zeichen oder die möglichen Beweggründe absolut nichts vermeldet. Vielleicht, so dachte er, machten sie es deshalb, um die laufenden Ermittlungen nicht zu behindern. Aber wahrscheinlich war der Grund viel lapidarer, einfacher:

Sie *verstanden* sie schlicht und ergreifend nicht. Er erhob sich, verschränkte die Arme vor seiner Brust und blickte aus dem Fenster. Es war innen beschlagen.

Vielleicht sollte ich denen ein bisschen nachhelfen und unter die Schriftsteller gehen?

Ein hämisches Lächeln zeichnete sich auf seinem Gesicht ab. Er setzte sich wieder auf sein Sofa, dachte nach, wie er das wohl am besten anstellen sollte. Da kam das gegenüber an der Wand hängende bunte Batiktuch in sein Blickfeld. Hatte sich dort nicht gerade etwas bewegt? Er sah genauer hin. Die Farben schienen sich in Mäandern zu winden und zu verschmelzen. Er rieb sich die Augen. Ging es etwa schon wieder los? Nein – bitte nicht jetzt.

Doch es war zu spät. Überall auf dem Tuch erkannte er Gesichter, die ihn ansahen. Mal freundlich lächelnd, mal mit verstörtem Gesichtsausdruck, mal mit einer hassverzerrten Fratze. Und die Farben verwandelten sich in immer größer werdende, ineinandergreifende Ranken, die nun eindeutig Schlangen immer ähnlicher wurden. Und jetzt formten sie auch reptilienhafte Köpfe, die ihn bösartig mit kalten Augen anstarrten.

Sie können mir nichts tun. Sie sind in dem alten Hippieding gefangen.

So dachte er zumindest.

Doch schon wenige Augenblicke später fuhren die drachenähnlichen Wesen mit ihren langen Hälsen aus dem Tuch heraus, fauchten ihn an und züngelten prüfend nach ihm.

Erst jetzt fand er die Kraft, aufzustehen und aus dem Zimmer zu fliehen. Doch der Boden erwies sich als schwankend; er konnte sich kaum auf den Beinen halten. Nur mit äußerster Konzentration erreichte er die Küche.

Wann hören diese Sachen auf? Wann ist dein Wille erfüllt?

Ein gequälter Laut entfuhr seiner Kehle. Dann schlug er

seinen Kopf gegen die Wand. Immer wieder und wieder, so lange, bis er besinnungslos auf den Küchenboden sank.

Die Mittagssonne fiel durch das Küchenfenster auf sein Gesicht. Er schlug blinzelnd die Augen auf. Es war wieder alles so, wie es sein sollte. Eine weitere Prüfung war überstanden worden. So glaubte er zumindest.
Entschlossen stand er auf und ging in sein kleines Arbeitszimmer unter dem Dachboden. Zeit zu handeln.

***

11

»Ich bin schockiert. Ehrlich, das müssen Sie mir glauben.«

»Das glaube ich Ihnen gut und gerne. Es tut uns auch leid, Ihnen eine solch traurige Mitteilung machen zu müssen. Aber es gehört, wie Sie wissen, zu unserer Arbeit, Fragen zu stellen.«

Wibke Oldenburg saß Brauner gegenüber an dessen Schreibtisch. Sie hatte Verstärkung in Form des stellvertretenden Schulleiters mitgebracht. Der korpulente Mann mit Vollbart hockte neben ihr auf einem Bürostuhl, die Umgebung mit einem arrogant-verächtlichem Blick musternd.

Komischer Kauz, dachte Brauner.

»Ich weiß. Und natürlich stehe ich Ihnen dafür auch voll und ganz zur Verfügung.«

»Gut, das hören wir gerne! Noch mal zu Ihrer Person: Sie sind die Schulleiterin des Sozialpädagogischen Instituts in Neuburg an der Donau. Geboren am 22.03.76 in Fuhlsbüttel, seit acht Jahren in dieser Position.«

Sie nickte.

»Verheiratet?«

»Ja, und zwei Kinder. Wir wohnen in Heinrichsheim. Das gehört zu Neuburg.«

»Wissen wir.«

Pfahls trug am nächsten Schreibtisch alles ins Vernehmungsprotokoll ein.

»Also, fangen wir an, Frau Oldenburg. Wie gut war Ihnen die Schülerin Rebecca Winterberg denn bekannt?«

»Nur vom Vorstellungsgespräch und später vom Sehen her. Wir haben an die 350 Schüler auf unserem Institut, das ist eine ganze Menge, verstehen Sie?«

»Ja, natürlich. Welchen Ausbildungsgang belegte sie denn?«

Die Schulleiterin runzelte die Stirn.

»Meines Wissens war sie im ersten Jahr unseres Altenpflegerkurses. Aber ist das so wichtig?«

Brauner blickte ihr kurz, aber eindringlich in die Augen.

»Es könnte wichtig werden. Über den Fall Jaqueline Bernauer sind Sie doch informiert, oder?«

»Ja. Auch das hat mich zutiefst getroffen. Wir mussten ihre Ausbildung abbrechen, weil sie sich als ungeeignet für einen sozialen Beruf erwiesen hat. Leider. Dabei hatten wir bei ihr sehr wohl ein Auge zugedrückt, wenn sie mal wieder zu spät kam. Oder auch gar nicht. Langfristig hat das aber keinen Sinn gemacht. Sie war zu problembeladen.«

»Das sehen wir auch so. Kurzum: Wir glauben, dass es zwischen Jaqueline und Rebecca eine Verbindung gibt. Und diese hängt mit der Schule zusammen. Sehen Sie, wir haben einen brutalen Serientäter, und es wäre schon ein eigenartiger Zufall, wenn der sich nur Schülerinnen Ihres Instituts herausgreifen würde. Es muss einen Grund dafür geben. Und den wollen wir herausfinden.«

Gerade als Frau Oldenburg zur Antwort ansetzen wollte, wurde sie von ihrem Stellvertreter unterbrochen.

»Was meinen Sie mit ›Grund‹? Soll das etwa bedeuten, dass Sie in den Reihen der Schüler oder gar der Lehrerschaft den Täter vermuten?«

»Wir müssen in alle Richtungen ermitteln, wie Sie sich vorstellen können. Und ja, auch diese Möglichkeit kalkulieren wir mit ein, Herr ... wie heißen Sie noch mal?«

»Wiedmark. Johannes Wiedmark. Sie müssen bedenken, was mögliche Ermittlungen für uns bedeuten könnten.«

»So, was denn?«, sagte Ingram. Er saß auf seinem Platz schräg gegenüber und hatte sich bis jetzt ruhig verhalten.

Wiedmark wandte sich um.

»Na, was glauben Sie denn, was passiert, wenn die Presse davon Wind bekommt? Und das wird sie wohl, so wie die Dinge stehen! Unser Ruf würde immens geschädigt werden, und zwar auf Jahre hinaus. Neuburg ist nur eine Kleinstadt, da halten sich solche blutigen Ereignisse eine halbe Ewigkeit. Ein perverser Serienmörder bei denen, pfui! Sagen Sie« – und damit wandte er sich wieder an Brauner – »wäre es nicht möglich, da ein wenig den Deckel draufzuhalten?«

»Ehrlich gesagt nein. Wenn wir keinen schnellen Erfolg erzielen, werden wir gezwungen sein, nicht nur Sie, sondern auch die Schüler zu befragen. Und die Lehrer. In den Medien ist das sofort, auch wenn wir kein extra Bulletin veröffentlichen oder keine Pressekonferenz dazu abhalten. Spätestens ab heute ist der Fall auch ein Politikum. Wir stehen unter Druck. Vergessen Sie das bitte nicht.«

Wiedmark blickte sichtlich genervt auf den Boden.

»Wir sollten zusammenarbeiten, nicht gegeneinander«, sagte die Schulleiterin und brach damit das Schweigen.

»Richtig«, konstatierte Brauner. »Wo, meinen Sie, könnte

es eine Verbindung zwischen den beiden Opfern geben? Kannten sie sich? Waren sie vielleicht sogar befreundet?«

Frau Oldenburg schien angestrengt nachzudenken.

»Mir fällt da auf Anhieb nichts ein. Sie waren, wenn ich mir die beiden noch mal vor Augen führe, sogar ziemlich unterschiedlich. Jaqueline nahm ihre Ausbildung nicht gerade ernst, wie Sie ja wissen. Die Rebecca hingegen schon. Sie war eher eine gute Schülerin, die sich Mühe gegeben hat.«

»Ich dachte, sie kannten das Opfer nur oberflächlich?«

»Ja – nein, so war das vorhin nicht gemeint.«

»So, wie denn dann?«

Die Frau wurde nervös und blickte hilfesuchend Wiedmark an.

Doch der blieb still.

»Damit meinte ich, dass ich über die privaten Belange und auch die einzelnen Noten der Schüler nur in Einzelfällen im Bilde bin. Als Leitung habe ich vollkommen andere Aufgaben als ein Lehrer oder Fachbereichsleiter.«

»Na, bei der Jaqueline haben Sie aber auch ganz gut Bescheid gewusst, oder?«, insistierte Brauner.

»Ja, aber das war auch ein Sonderfall, der immer wieder Gegenstand der Lehrerkonferenz war. Die Frau Winterberg dagegen nie. Sie erregte kaum Aufmerksamkeit.«

»Hm. Gab es vielleicht Querverbindungen eher privater Art? Zum Beispiel irgendwelche Beziehungskisten? Ein Schüler, der unglücklich in eine der beiden verliebt war? Eine mögliche Dreiecksbeziehung? Oder gar eine Schüler-Lehrer-Affäre?«

Johannes Wiedmark fuhr aus seinem Stuhl hoch.

»Jetzt reißen Sie sich mal zusammen! Das ist eine unhaltbare Unterstellung! So was gibt es bei uns nicht!«

»Beruhigen Sie sich und setzen Sie sich wieder hin!«, sagte Brauner.

Auch das noch. Ein Choleriker.

»Entschuldigen Sie meinen Kollegen. Es war eine harte Woche, und seine Frau hat ihn vor Kurzem verlassen«, sagte Frau Oldenburg beruhigend.

»Schon gut. Woher wollen Sie denn wissen, dass es so etwas in Ihrem Institut nicht gibt? Überall kommt das vor, und ausgerechnet bei Ihnen nicht?«

»Nun, wir sind eine katholische Einrichtung. Auf dieser ethischen und religiösen Grundlage gestalten wir unseren Unterrichtsplan und auch die Inhalte. Wir gehen davon aus, dass unsere Lehrkräfte dies auch verinnerlicht haben. Affären oder gar einseitige Übergriffe von Seiten der Lehrerschaft halte ich daher tatsächlich für ausgeschlossen«, sagte die Schulleiterin. »Aber genauso klar ist, dass es unter den Schülern durchaus zu Beziehungen und Verhältnissen kommt. Darauf haben wir keinen Einfluss. Größtenteils handelt es sich ja um erwachsene Menschen, die wissen, was sie tun.«

Wiedmark hatte sich zwischenzeitlich wieder gesetzt und gab brummelnd seine Zustimmung kund. Er wischte sich einige dicke Schweißtropfen von der Stirn.

»Frau Oldenburg, wir würden dann gleich am Montagmorgen bei Ihnen vorstellig werden und einzelne Schüler und Lehrer befragen wollen, die etwas mit der Sache zu tun haben könnten. Noch mal: Fällt Ihnen irgendjemand ein, der die beiden näher kannte? Ansonsten lassen wir alle antreten, einen nach dem anderen. Die Schwere des Verbrechens rechtfertigt eine solche Vorgehensweise. Denken Sie an die beiden Mädchen. Und an die ungewollte Aufmerksamkeit, die Ihrer Einrichtung bei einer solchen Aktion zukommen würde.«

Frau Oldenburg ging ein leichtes Zucken über das Gesicht.

»Ja – wenn Sie mich jetzt so fragen, fällt mir da schon jemand ein. Der Daniel kannte doch die Jaqueline ganz gut«, sagte sie, leicht zu Wiedmark gewandt. Der nickte.

»Daniel und wie noch?«

»Poluntschik. Daniel Poluntschik, Herr Brauner. Ein auffälliger junger Mann. Er gehört, glaube ich, zu diesen Leuten, die sich gerne schwarz anziehen. Sie wissen schon, was ich meine.«

»Ein Dark Waver? Oder Gothic?«

»Ja, so nennt man die. Ist nicht meine Welt.«

»Das muss es ja auch nicht. Und warum benennen Sie den jungen Mann?«

»Na, weil ich den immer wieder mal mit Jaqueline gesehen habe. Nicht nur in der Schule, wohlgemerkt. Sondern auch privat, in der Stadt. Neuburg ist ja nicht gerade groß.«

»Ja. Stimmt. Und was haben die beiden gemacht?«

»Na ja, die trieben sich immer am Schrannenplatz herum. Saßen dort auf den Parkbänken. Oder waren im Café Zeitloch.«

»Aha. Und fällt Ihnen zur Rebecca Winterberg noch was ein? Kommen Sie, denken Sie nach.«

Sie hatte einen nachdenklichen Gesichtsausdruck.

Wiedmark schaltete sich dazwischen.

»Also, ich habe da noch was. Der Daniel hat sich hin und wieder auch mit der Rebecca getroffen. Ich habe beide mal zufällig abends im ›Murphy's Law‹ gesehen, fällt mir gerade ein.«

So? Gerade erst jetzt?, dachte Brauner.

Was ein Wink mit schlechter Presse doch bewirken kann.

»Gut, das war's so weit. Wir werden natürlich den Herren Poluntschik genauso befragen wie Sie. Wissen Sie zufällig seine Anschrift?«

»Nein, die haben wir im Augenblick nicht parat. Wollen Sie ihn denn gleich befragen? Das hat doch noch Zeit bis Montag?«

»Nein, hat es nicht. Das müsste Ihnen doch eigentlich ganz recht sein, oder? Es bedeutet keinen Polizeibesuch auf der Schule, wenn sich alles so klären ließe.«

»Ja, stimmt. Das wäre ganz in unserem Sinne. Ist gut«, sagte Frau Oldenburg. Sie wirkte unsicher.

Johannes Wiedmark stand auf.

»Können wir jetzt gehen? Meine Kollegin und ich haben Familie, und es ist Wochenende.«

»Ja, natürlich. Ich wünsche Ihnen ein paar schöne freie Tage. Auf Wiedersehen. Und denken Sie daran – wir kommen wieder auf Sie zu, wenn wir nichts finden.«

Brauner war so auffallend freundlich, dass Pfahls schmunzeln musste.

Kaum war die Tür zugegangen, blickten sich die drei schweigend an.

»Seltsame Vorstellung, das Ganze«, sagte Pfahls.

»Das kann man wohl sagen. Die beiden sind mir nicht

ganz geheuer. Vor allem dieser Wiedmark nicht. Unsympathischer Typ«, antwortete Max Ingram.

Brauner lächelte.

»Ja, da ist was im Busch. Habt ihr vorhin bemerkt, wie die Frau Oldenburg kurz zusammengezuckt ist? Ihr feiner Herr Stellvertreter hat sie kurz mit dem Fuß unter dem Tisch ans Bein gekickt. Damit sie sich nicht verplappert und etwas Falsches sagt. Oder zu viel. Hat anscheinend gedacht, ich würde das nicht merken.«

»Nein, ist mir nicht aufgefallen. War mit dem Schreiben beschäftigt. Aber sehr interessante Nuance. Was meinst du, sind die beiden verdächtig?«

»Nicht wirklich. Aber sie wissen mehr, als sie zugeben. Das liegt klar auf der Hand. Die Frage ist: Was wissen sie noch, und warum sagen sie es uns nicht?«

»Vielleicht decken sie jemanden. Einen Kollegen. Anders wäre ihr Verhalten nicht zu erklären. Sie haben ja ziemlich auffällig auf diesen Schüler hingewiesen«, sagte Ingram.

»Schon. Aber das könnte auch nur Ablenkung sein. Obwohl – als ich die beiden in Kenntnis davon setzte, dass wir den Herren Poluntschik schon morgen vernehmen werden, wurden sie nervös. Das hat denen nicht gepasst. Also werden wir zur Tat schreiten. Könntest du schauen, wo der gemeldet ist?«

»Klar, mache ich gleich. Was meinst, sind wir auf der richtigen Spur?«

»Sieht auf jeden Fall besser aus als zuvor. Irgendetwas geht auf dieser Schule vor sich. Und wir werden das herausfinden, koste es, was es wolle.«

Pfahls blickte skeptisch.

»Immer mit der Ruhe, Hendrik. Mit Pathos gewinnt man in unserem Job nicht viel. Langsam und mit Bedacht an die Sache herangehen. Deine eigenen Worte.«

Stimmt, dachte Brauner.

»Trotzdem. Auch Emotionen müssen manchmal sein. Vor allem dann, wenn man mal ein Erfolgserlebnis hat, oder?«

»Aber das haben wir noch nicht.«

Typisch Dominik, einmal mehr. Knochentrocken. Wenn sie den mal beerdigen, brauchen sie das Grab wenigstens nicht zu gießen. Sinnlose Wasserverschwendung.

»Okay, jetzt ist halb sieben. Machen wir Schluss für heute und sehen morgen weiter. Mal sehen, was der junge Mann so zu sagen hat.«

»Ich habe gerade die Adresse gefunden. Er wohnt in Rennertshofen, Usselstraße 6. Bei seinen Eltern«, sagte Ingram.

Brauner wirkte kurz nachdenklich.

»Hendrik?«

»Äh, ja, alles in Ordnung. Bin nur mal kurz in Gedanken abgedriftet. Ich hatte dort vor einer halben Ewigkeit mal eine Jugendliebe.«

»Was? Du? Eine Freundin? Echt?«, feixte Ingram.

»Unverschämtheit! Warum nicht? Bin ich hässlich, oder was?«, pflaumte Brauner im Spaß zurück.

Später, auf dem Heimweg, kamen sie wieder. Erinnerungen an früher, wie vergilbte Fotos aus der Vergangenheit. Und doch noch erstaunlich frisch.

Rennertshofen. Die Marion. Mensch, ist das lange her. Hätte ich damals gewusst, was noch alles kommen würde. Ja – was wäre dann gewesen?

Er ging an jenem beleuchteten Kiosk vorbei, der am Südende des Busbahnhofs lag. Sein Blick fiel auf die aufdringlich großen Schlagzeilen des Ingolstädter Tagblatts.

DER SCHLÄCHTER VOM BARINGER FORST – SCHON DAS ZWEITE OPFER!

Darunter war ein Bild von Rebecca zu sehen. Und eine andere, kleiner gehaltene Schlagzeile.

»Polizei tappt weiterhin im Dunkeln.«

So, tut das die Polizei?, dachte Brauner.

Diese Schmierfinken. Das wird Hartmann freuen. Der hat doch heute die Pressekonferenz geleitet. War ja anscheinend ein durchschlagender Erfolg.

Sie hatten eine gute Spur jetzt. Morgen würden sie mehr herausfinden. Ganz sicher.

***

12

Es war wieder herbstlich neblig an diesem Samstagmorgen.

Brauner fuhr. Neben ihm saß Dominik Pfahls und auf der Rückbank der ihnen neu zugeteilte Beamte Gregor Licht.

»Beim Markttor musst du nach links abbiegen«, sagte Pfahls leise, gerade so, als ob er den Nebel in seinen stillen Wallungen nicht stören wollte. Brauner bog ab.

Sie befanden sich nun in jener Ecke Rennertshofens, welche in der Nähe der Ussel lag, eines kleinen Flüsschens, das unweit von hier in die Donau mündete.

»Ich glaube, hier ist es. Usselstraße 4 ... 5 ... da ist die Nummer 6. Parken wir hier.«

Die drei Kriminalpolizisten stiegen aus. Es war richtig kalt hier, kälter als in Ingolstadt.

Einfach weniger Wärmeemissionen, dachte Brauner.

Die Nummer 6 war ein kleines Einfamilienhaus, weiß getüncht und auf der Wetterseite mit Schieferschindeln versehen. Wie tausend andere Häuser auch. Brauner klingelte. Als die Tür geöffnet wurde, erblickte er eine kleine verhutzelte Frau – Daniels Mutter. Sie wirkte erschrocken, als Pfahls ihr erklärte, wer sie seien und warum sie hier wären. Auf die Frage, ob ihr Sohn zu sprechen wäre, gab sie zur Antwort, dass dieser nicht hier sei, sondern mal wieder zur Gruftkapelle der Grafen von Moy auf dem Antoniberg bei Steppberg gefahren wäre.

»Wieso ›mal wieder‹, Frau Poluntschik?«, wollte Brauner wissen.

»Na, er geht immer dorthin, wenn er seine Ruhe braucht. Sagt er zumindest. Ich verstehe das ja auch nicht. Wenn ich Entspannung suche, nehme ich mir eine Decke und lege mich vor dem Fernseher auf das Sofa. Ganz bestimmt gehe ich nicht zu den Toten. In dem Land, aus dem ich komme, gilt das als schlechtes Omen. Und dann diese schwarzen Klamotten die ganze Zeit, ich finde das furchtbar! Aber auf mich hört er ja nicht. Und auf seinen Vater genauso wenig.«

»Woher kommen Sie denn, Frau Poluntschik?«, fragte Licht.

»Aus der Ukraine. Genauer gesagt aus Galizien. Przemysl sagt Ihnen was?«

Licht verneinte.

»Das denke ich mir. Hat früher mal zu Österreich gehört, die Stadt. Jetzt sind wir hier, schon seit fünfundzwanzig Jahren. Mein Junge spricht kaum mehr Polnisch oder Russisch.

Ja, die Zeiten ändern sich.«

»Wo liegt der Antoniberg?«, fragte Pfahls ungeduldig. »Ich denke, wir sollten dorthin fahren. Mit dem Warten verplempern wir nur unsere wertvolle Zeit.«

»Ja, das stimmt«, sagte Brauner. »Ich weiß, wo das ist. War mit meiner Jugendliebe mal dort. Glaube schon, dass ich den Ort wiederfinde, auch nach so vielen Jahren.« Dann, an Frau Poluntschik gewandt:

»Für den Fall, dass Ihr Sohn zwischenzeitlich wieder hier auftauchen sollte, geben Sie ihm bitte Bescheid. Er soll sich dringend melden. Sie wissen jetzt ja, warum. Hier ist unsere Karte.«

»Aber er hat doch nichts angestellt?«

»Genau das wollen wir herausfinden. Auf jeden Fall weiß er Dinge, die wir auch gerne erfahren würden.«

Sie verabschiedeten sich so schnell wie möglich und fuhren in das östlich von Rennertshofen gelegene Steppberg. Ein kleiner Ort, der an der Mündung der schon genannten Ussel in die Donau lag. Kurz nach dem Schloss erblickten sie rechter Hand einen Hügel, der von einem grauen kirchenartigen Bau und einer kleineren, schmutziggelben Kapelle gekrönt wurde.

»Da ist es ja«, sagte Brauner. »Das graue Ding ist die Gruftkapelle. Sie ist die Grablege der Grafen von Moy, denen auch das kleine Schloss, welches wir gerade gesehen haben, immer noch gehört. Wir müssen hier parken. Hochfahren ist nicht.«

»Was du nicht alles weißt«, bemerkte Pfahls. »An dir ist anscheinend ein Lokalhistoriker verloren gegangen. Müssen wir jetzt wirklich da hoch?«

Mit einem bekümmerten Gesichtsausdruck wies er auf einen mit langen Holzlatten notdürftig gesicherten Pfad, der am Steilufer der Donau entlang durch eine Allee mit uralten verkrüppelten Laubbäumen nach oben führte. Die Gruftkapelle lag, mystisch in Nebel gehüllt, über ihnen.

Brauner marschierte den Pfad regelrecht nach oben, während Pfahls schnaufend hinter ihm her keuchte. Licht hingegen schlenderte eher, gerade so, als hätte er mit der ganzen Sache nichts zu tun.

Oben angekommen, verweilte Brauner kurz und betrachtete das unheimlich wirkende Gebäude.

Schöne Bleibe für die Ewigkeit, dachte er.

Ist doch was anderes als ein Reihengrab in der Friedhofssektion 08/15.

Dann ging er direkt auf den Eingang zu. Und öffnete die Tür. Sie ging quietschend auf. Ein muffiger Geruch von altem Holz, vermischt mit einer Note Weihrauch, schlug ihm entgegen. Es war eigenartig still.

Er bekreuzigte sich kurz und ging dann über einen verschlissenen Teppich nach vorn zum Altar.

Dort saß, auf der vordersten Bank, eine Gestalt.

»Daniel?«

Der Angesprochene wandte sich langsam um.

Er wirkte mit seinem langen schwarzen Ledermantel, seinen langen, eindeutig schwarz gefärbten Haaren und dem schwarzen Eyeliner unter den Augen wie der Hauptdarsteller eines Vampirfilms.

Und er war alles andere als erstaunt.

»Ja, der bin ich. Und wer sind Sie?«

Damit wandte er sich wieder mit verklärtem Blick dem Altar zu.

»Hendrik Brauner, Kriminalpolizei Ingolstadt. Wir würden gerne mit Ihnen reden.«

Keine Reaktion.

Mittlerweile waren auch Pfahls und Licht, etwas außer Atem, angekommen.

Es folgten weitere Sekunden gespannten Schweigens.

Brauner ging schließlich um die Bank herum und setzte sich neben Daniel.

»Ähem. Macht es Ihnen was aus, wenn wir gleich hier reden, oder wollen Sie mitkommen aufs Präsidium?«

»Wir können hier reden. Was haben Sie für Fragen? Und bleiben wir bitte beim Du. Ich mag das Gesieze nicht.«

Er sagte dies langsam und bedächtig, ohne den Kopf umzuwenden.

»Wir bleiben aber beim Sie. Es geht um die Morde an Jaqueline und Rebecca. Sie sind im Bilde, oder?«

Jetzt wandte er sich endlich Brauner zu.

»Rebecca auch?«

Er wirkte lethargisch.

»Ja, sie auch.«

»Seit wann?«

»Wir haben sie gestern im Wald bei Baring gefunden. An der gleichen Stelle, an der auch Jaqueline gefunden wurde. Finden Sie das nicht seltsam?«

Er schwieg.

»Sie scheint das aber weder zu überraschen, noch scheinen Sie zu trauern.«

Daniel blickte wieder starr auf den Altar.

»Warum sollte ich?«

Brauner stutzte. Pfahls raunte Licht ganz leise etwas zu.

»Jetzt erklären S' mir das mal, Herr Poluntschik. Oder Daniel, wie auch immer.«

Er sah kurz auf den Boden. Dann begann er ganz langsam und ruhig zu sprechen.

»Da gibt es nicht viel zu erklären. Warum sollte ich traurig sein, Herr Brauner? Dort, wo Jacky und Rebecca jetzt sind, geht es ihnen viel besser als auf dieser sich selbst zerstörenden Welt. Das Jenseits ist Realität, ob Sie das nun glauben oder nicht.«

Brauner glaubte, nicht richtig gehört zu haben.

»Wie darf ich das auffassen? Begrüßen Sie den Tod der beiden Mädchen etwa?«

Ein leichtes Lächeln umspielte seine Lippen.

»Begrüßen? Nein. Aber ich bedauere ihn auch nicht. Wie schon gesagt, dort wo sie jetzt sind, geht es ihnen besser. Ich weiß, dass Sie mir die Morde anhängen wollen. Aber ich war es nicht. Und wenn Sie mich noch so sehr versuchen auszuquetschen.«

»Ihre Schulleiterin scheint da aber anderer Ansicht zu sein. Wir haben den Tipp, dass Sie mit der Sache was zu tun haben könnten, nämlich von ihr bekommen.«

Daniel Poluntschik lachte leise in sich hinein.

»So? Hat sie das? Wie amüsant. Wahrscheinlich will sie nur von sich selbst und diesem Widerling Wiedmark ablenken. Aber was soll das Gerede, überprüfen Sie doch einfach mein Alibi.«

Brauner wechselte kurz einen Blick mit Pfahls und Licht.

»Ich glaube, das reicht jetzt. Würden Sie bitte mitkommen aufs Präsidium nach Ingolstadt?«

»Ja, gerne. Muss nur noch meiner Mutter Bescheid sagen. Wenn Sie gestatten?«

Damit holte er sein Smartphone aus der Tasche und begann zu tippen.

Pfahls trat auf Brauner zu.

»So was Freches habe ich selten erlebt. Er verhält sich mit seinen Aussagen höchst verdächtig. Mal sehen, was dabei herauskommt. Wir haben schon ganz andere weichgekriegt.«

»Ja, das stimmt. Aber da gibt es ein Problem.«

»Und das wäre?«

»Er scheint wirklich zu glauben, was er sagt.«

»Meinst du? Das könnten doch auch nur pubertäre Flausen sein. Viele in dem Alter rutschen für ein paar Jahre in die Gothic-Szene rein. Und wie alt ist der Kerl? Höchstens zwanzig, denke ich mal.«

»Nein, nicht ganz richtig. Ich bin neunzehn. Und nun? Fahren wir endlich?«

Die beiden Polizisten sahen sich auf diesen unerwarteten Einwurf Daniels verdutzt an.

Der scheint ja richtig scharf auf ein Verhör zu sein, dachte Brauner.

»Ja, das tun wir jetzt. Darf ich bitten?«

Daniel Poluntschik ging würdevoll, in seinen langen schwarzen Ledermantel gehüllt, an ihnen vorbei zum Eingang der Gruftkapelle.

Später, in Ingolstadt.

»Zum wievielten Mal noch?«, sagte Daniel entnervt. Er stützte seinen Kopf auf die rechte Hand. Und wirkte längst nicht mehr so zuversichtlich wie auf dem Antoniberg.

»Ich kannte die beiden, ja. Ist auch kein Kunststück, wir sind alle auf derselben Schule und lernen einen sozialen Beruf. Und mit der Jacky bin ich gut zurechtgekommen. Wir haben uns auch immer wieder mal gedatet in Neuburg. Was ist daran so schlimm?«

»Gar nichts«, erwiderte Ingram, der die Befragung zusammen mit Brauner führte.

»Aber wenn man ein paar Indizien zusammenzählt, werden Sie für uns eben, sagen wir mal, interessant. Sie kannten die beiden jungen Frauen von der Schule. Eines der Opfer sogar besser. Sie bedauern den Tod der beiden, laut Ihrer eigenen Aussage, nicht. Und Ihr gesamtes Auftreten ist, ehrlich gesagt, auch nicht gerade förderlich für eine Unschuldsvermutung. Also noch mal: Wo waren Sie vorgestern Abend? Für den 28. und 29. Oktober haben Sie ein Alibi, wie Sie sagen. Wobei das noch bestätigt werden muss von Ihren zwei Kumpels, mit denen Sie angeblich unterwegs waren im ›Rockhammer‹ in Augsburg. Mal sehen. Aber wo waren Sie vorgestern Abend? Was soll das Schweigen?«

Daniel fixierte mit seinem Blick den Boden des Verhörzimmers.

»Das kann ich Ihnen nicht sagen.«

Brauner, der bis jetzt geschwiegen hatte, wandte sich nun leise an ihn.

»Warum denn nicht, Herr Poluntschik? Ist es was Peinliches? Hat es vielleicht mit diesem Fall gar nichts zu tun? Wenn Sie uns nicht helfen, müssen wir Sie in U-Haft nehmen. Was glauben Sie, was dann die anderen von Ihnen denken?«

»Die anderen interessieren mich nicht.«

»So etwas könnte aber schlechte Auswirkungen auf Ihre Ausbildung haben. Geben Sie sich einen Ruck. Und uns wenigstens einen kleinen Tipp.«

Daniel atmete sichtlich genervt aus.

»Das geht nicht. Dann kommt alles raus.«

Ingram schlug mit der flachen Hand auf den Tisch.

»Gut, dann nehmen wir Sie eben in U-Haft. Wir lassen dir sofort ein hübsches kleines Zimmerchen für die Nacht herrichten. Oder vielleicht auch für mehrere, wenn es nötig sein sollte.«

Daniels Augen weiteten sich.

»Okay, okay, vielleicht kann ich doch was dazu sagen. Warten Sie bitte.«

Brauner lächelte.

»Also. Was gibt es?«

»Gut, ich habe ein Alibi. Ich war mit meiner Freundin unterwegs am Donnerstagabend. Und die zwei Nächte davor war sie bei mir.«

»Na also, geht doch. Und was war so schlimm daran?«

Daniel schwieg wieder.

»Könnten wir bitte Namen, Adresse und Telefonnummer Ihrer Freundin haben? Wir möchten das Alibi gern bestätigt wissen.«

»Muss das sein?«

»Ja, das muss sein. Also?«

Er blickte auf den Boden.

»Okay, Sie kriegen es ja sowieso irgendwann heraus. Ihr Name ist Regina. Regina Oldenburg.«

Brauner und Ingram sahen sich an. Breit grinsend.

»Ach, das ist also das große Geheimnis? Sie sind mit der Tochter der Schulleiterin zusammen?«

»Ja«, brummelte Daniel in sich hinein. »Bitte sagen Sie ihrer Mutter nichts weiter. Unsere Beziehung ist geheim. Keiner weiß davon. Okay, meine Mutter schon. Aber sonst niemand.«

»Und warum?«

»Die alte Oldenburg kann mich nicht leiden. So oder so nicht. Wenn die erfährt, dass ich mit der Regina zusammen bin, kann ich meine Ausbildung wirklich den Hasen geben.«

»So einfach geht das nicht«, sagte Ingram.

»Die können Sie nicht wegen einer privaten Angelegenheit von der Schule werfen. Zumindest mal nicht wegen so etwas. Liebe ist schließlich kein Verbrechen.«

»In den Augen der Oldenburg schon. Zumindest, was ihre Tochter betrifft. Die hütet sie wie ihren Augapfel. Glauben Sie mir, die findet Mittel und Wege, uns auseinanderzubringen. Und mich von der Schule zu schmeißen.«

Brauner bewegte seinen Kopf abwägend hin und her.

»Hm. Warum wurden Sie eigentlich überhaupt erst zur Ausbildung angenommen, wenn die Frau Oldenburg persönlich etwas gegen Sie hat?«

»Damals war ich noch nicht so drauf wie jetzt. Habe auch anders ausgesehen.«

»Gut«, sagte Ingram schließlich. »Wir brauchen die Bestätigung Ihres Alibis trotzdem. Könnte Ihre Freundin nicht herkommen und für Sie aussagen? Sozusagen im Geheimen?«

Daniel Poluntschik überlegte kurz.

»Ja, das dürfte gehen. Muss sie nur kurz anschreiben.«

»Dann tun Sie das.«

Während er sein Handy aus der Tasche nahm und tippte, steckten Brauner und Ingram die Köpfe zusammen.

»An seiner Aussage könnte was dran sein. Die Frau Oldenburg und der Wiedmark haben uns ja fast schon zu offensichtlich auf den Poluntschik hingewiesen. Möglich, dass die die gegenwärtige Situation nutzen wollten, um ihn loszuwerden. Von wegen Hilfe für uns«, flüsterte Brauner.

»Ja. Sehe ich auch so. Und sie haben uns von einer Befragung der Schüler und Lehrer vor Ort abbringen wollen. Da liegt der wahre Hund begraben, hundertprozentig.«

»Hendrik, der Bericht der Spurensicherung ist da. Ich schicke ihn dir rüber auf deinen PC«, bemerkte Pfahls, der in der Tür stand.

»Danke, Dominik. Wir haben aber hier noch zu tun. Und, wie sieht es aus, wann kann deine Freundin kommen?«

»Jetzt gleich. Sie kommt so schnell wie möglich. Gut, dass ihre Alte gerade nicht da ist. Ich soll hier warten.«

»Womit wir kein Problem haben. Sie können uns übrigens gerne weiter von Ihnen und ihr erzählen. Wie lange geht das schon?«

Daniel blickte Brauner kurz böse an.

»Seit einem halben Jahr. Wir haben uns eines Abends im ›Zeitloch‹ kennengelernt. Dass sie die Tochter der Schulleiterin ist, habe ich erst später herausgefunden. Aber ist das jetzt wichtig?«

»Ja, das ist es. Das Umfeld von Verdächtigen ist immer wichtig. Mal eine ganz andere Frage: Was hat es eigentlich mit Ihrem Look auf sich? Sind Sie aus innerer Überzeugung ein Dark Waver, oder Gothic, wie das jetzt heißt, oder nur, weil Sie Anschluss an eine Clique suchen?«

»Das geht Sie nichts an. Ist zu persönlich.«

»War ja nur eine Frage.«

Er schwieg wieder.

Dann blickte er Brauner direkt an.

»Ich bin aus tiefster Überzeugung der geworden, der ich jetzt bin. Seitdem ich weiß, dass es ein Jenseits gibt, hat sich alles für mich verändert. Mein Blick auf die Menschheit, die Welt, auf alle diese Nichtigkeiten ist jetzt ein anderer als früher.«

»Aha. Und warum glauben Sie nun, dass es ein Leben nach dem Tod gibt?«

»Ich bin Zeuge verschiedener Ereignisse gewesen.«

»Was für Ereignisse?«

»Mann, Sie sind vielleicht begriffsstutzig! Übernatürlicher Ereignisse natürlich, was denn sonst?«

»Ja, schon gut. Sie haben also die Geister von Toten gesehen?«

Brauner setzte ein spitzbübisches Grinsen auf.

»Ja. Das habe ich. Und ich weiß nicht, was daran so witzig sein soll.«

»Gar nichts. Sie befassen sich also mit der Welt der Toten. Ihre Freundin auch?«

»Nein, Regina hat damit nichts zu tun. Sie glaubt auch nicht so recht daran. Sie sagt immer, wenn es ein Jenseits gibt, dann wird sie davon erfahren, wenn es Zeit ist.«

Gesunde Einstellung, dachte Brauner.

Dann wurde er plötzlich wieder sehr ernst.

»So weit, so gut, Herr Poluntschik. Kann ich bitte mal Ihr Handy haben?«

»Warum denn das?«

»Sie haben doch vorher Ihrer Freundin geschrieben, oder? Wir wollen nur sicherstellen, dass Sie sie nicht geimpft haben, wie wir sagen. Also?«

Daniel blickte Brauner verständnislos an.

»Kommen Sie, es ist besser so«, sagte Ingram, der während der Befragung ruhig am Tisch gesessen hatte.

»Okay, von mir aus.«

Er kramte das Handy aus seiner Manteltasche und schubste es auf dem Tisch in Brauners Richtung.

Nach einer kurzen Überprüfung der letzten Nachrichten stellte dieser fest, dass es nichts Verdächtiges zu finden gab. Die Nachricht an Poluntschiks Freundin Regina war eine normal abgefasste Frage, ohne versteckte Warnungen oder Bemerkungen.

Er gab das Handy zurück.

»So, das war's im Großen und Ganzen. Wir sind fertig.«

»Kann ich jetzt gehen?«

»Theoretisch ja«, sagte Ingram. »Aber praktisch nicht. Sie sollten auf Ihre Freundin warten. Oder wollen Sie sie alleine lassen mit uns?«

Er schüttelte den Kopf und ging nach draußen auf den Flur. Dort setzte er sich auf eine Bank und wartete.

Brauner und Ingram grinsten sich an.

»Ich wette, dass das noch nicht alles war, Hendrik. Da steckt noch mehr dahinter. Der weiß etwas. Vielleicht ist seine Freundin redseliger als er.«

»Ja, ich habe auch so ein Gefühl, dass da noch was kommt. Aber es dauert noch, bis sie hier ist. Mal sehen, was die Spurensicherung so alles geschrieben hat.«

Er ging den Flur entlang ins Büro, setzte sich an seinen Platz und klickte auf den Anhang der Mail, die ihm Wengerer geschrieben hatte.

Es handelte sich um die Ergebnisse der Untersuchung

auf dem verfallenen Friedhof im Baringer Hochwald. Und zwar erst mal nur Jaqueline Bernauer betreffend.

Brauner stand noch einmal kurz auf und holte sich einen Kaffee aus der kleinen Büroküche. Schwarz und heiß. Dann begann er zu lesen.

Es war kein Blut in der näheren Umgebung des Friedhofs gefunden worden, außer direkt unter dem Fundort der Leiche von Jaqueline. Wohin es, wie schon Dr. Heinrichs bemerkt hatte, im Laufe des Verwesungsprozesses gelaufen war. Auch nach Fingerabdrücken war vergeblich gesucht worden. Das Auffallendste war, dass auch keine Schuhabdrücke gefunden wurden. Und Reifenspuren genauso wenig.

Eigenartig, dachte Brauner.

Sind die geflogen?

Des Weiteren wurde noch vermeldet, dass auch keine Tatwaffe gefunden worden war. Was ihn nicht wunderte – er und sein Team gingen so oder so davon aus, dass der Tatort ganz woanders lag. Abermals ging Brauner die finale tödliche Wunde in Jackys Genick durch den Kopf. Was, in aller Welt, könnte etwas Derartiges verursacht haben? Wenn nicht einmal Dr. Heinrichs genau bestimmen konnte, was es war, wie sollten *sie* dahinterkommen?

Alles in allem ein ernüchternder Bericht. So gut wie keine Spuren.

Besser gesagt: gar keine.

Die Tür ging auf. Herein kamen Pfahls und ein Azubi, der die Post brachte und in das betreffende Fach legte.

»Du scheinst nicht sonderlich erfreut über den Bericht zu sein. Was schreiben die denn so?«

»Ziemlich viel und gar nichts. Es gibt so gut wie keine Ergebnisse, die uns weiterhelfen könnten. Gerade so, als wäre ein Hubschrauber aufgekreuzt und hätte Jaquelines Leiche von oben herab auf dem Grab abgesetzt.«

»Möglich. Ein Hubschrauber. Oder ein Engel.«

»Ja. Ein dunkler Engel.«

Brauner legte sich in seinem Stuhl nach hinten und raufte sich die Haare. Dann stand er auf und lief im Büro herum.

»So ein Mist. Wir haben nichts in der Hand. Nichts außer Vermutungen. Und einen Verdächtigen, der mit den Toten spricht und wahrscheinlich ein Alibi hat. Meinst du nicht auch, dass das alles ziemlich haarig ist?«

»Immer mit der Ruhe«, konterte Pfahls.

»Wir haben auch schon problematischere Fälle gehabt. Dieser hier ist, zugegebenermaßen, auch ziemlich schwer zu knacken. Aber wir wissen zumindest, dass es sich um einen ritualisierten Serienmörder handelt. Es ist also nur eine Frage der Zeit, bis wir ihn haben. Denn er wird leichtsinnig werden und Fehler machen. Wie alle Serienmörder.«

»Ja, so wie sie alle. Außer Jack the Ripper.«

»Auch der wäre mit unseren heutigen Methoden und Mitteln zu überführen gewesen. Es gibt keine perfekten Mörder. Und dementsprechend auch keinen perfekten Mord.«

Brauner stand hinter seinem Bürostuhl und stützte sich mit seinen Händen auf dessen Lehne. Er beruhigte sich langsam wieder.

»Gut. Warten wir also noch die Untersuchungsergebnisse in puncto Rebecca Winterberg ab. Vielleicht kommt da noch was raus. Etwas, das bis jetzt übersehen wurde.«

»Na also, das hört sich doch schon positiver an. Jetzt setz

dich wieder hin, du machst mich ganz nervös mit deiner Herumlauferei.«

Brauner blickte Pfahls kurz an und setzte sich tatsächlich wieder auf seinen Stuhl. Er griff nach der Post, die der Auszubildende vorhin in eines der Tischfächer gelegt hatte. Sein Urlaubsantrag war dabei. Offenbar war er bewilligt worden. Dann nahm er einen großen braunen A4-Umschlag in die Hand. Er war an ihn persönlich adressiert.

»Was ist denn das?«, fragte Max Ingram.

»Werden wir gleich sehen. Eine Rohrbombe scheint es ja nicht zu sein.«

Er öffnete die Klebelasche und holte ein einzelnes Blatt heraus.

»Also, was ist?«, drängelte Ingram ungeduldig.

»Gleich.«

Brauner verzog keine Miene.

Dann blickte er Ingram und Pfahls ernst an.

Und begann laut zu lachen.

»Da, lest es selbst.«

Damit drückte er seinem Kollegen den Brief in die Hand und lachte weiter.

Hallo, ich bin es!

Jäck!

Musste die beiden Weibehr töten, wie ich es damals schon gemacht habe. Bin Wiedergeburt des Mannes vom East End. Und zurück gekommen, um meine Mission weiter zu machen. Handle im höheren Auftrag, die Politick muss sich ändern hier! Klar? Sonst mach ich weiter!

Gruß, Jäck the Riper

»Das kann doch gar nicht sein! Gerade hatten wir das Thema, und jetzt dieser Brief! Hast du telepathische Fähigkeiten?«

»Nein, die habe ich nicht«, antwortete Brauner mit sichtlicher Anstrengung.

»Aber jetzt mal im Ernst: Das hier hat ein Trittbrettfahrer geschrieben. Es ist nichts, aber auch gar nichts erwähnt, was den Schreiberling mit den beiden Taten in Verbindung bringen könnte. Unser Täter kennt sich bestens mit den Örtlichkeiten im Baringer Hochwald aus, ist gut organisiert und auch sehr provokant, da er die beiden Opfer an derselben Stelle abgelegt hat. Das hier ist einfach nur ein Wisch, der geschrieben wurde, um Aufmerksamkeit zu erregen, offenbar von einer nur mäßig gebildeten Person.«

»Bist du da sicher?«, meinte Pfahls. »Nicht dass wir eine wichtige Spur übersehen, obwohl sie direkt vor uns auf dem Tisch liegt.«

Brauner machte eine wegwerfende Handbewegung.

»Ach was. Wir kennen das doch, oder? Es gibt immer Spinner und krude Weltverbesserer, die sich an solch schlimme und mysteriöse Mordfälle anhängen, um, wie schon gesagt, Aufmerksamkeit zu bekommen. Aber wie ihr wollt, wir können ja trotzdem versuchen, den Autor zu ermitteln. Da der Brief keine Marke hat, wurde er wohl direkt bei uns in den Kasten geworfen. Wir sollten einfach die Kameras im Eingangsbereich überprüfen, dann werden wir schon sehen, wer es war.«

»Gut. Das könnten ja der Kollege Licht und die anderen neu zugeteilten Kräfte übernehmen. Ich kümmere mich gleich darum.«

Wie gut, dass es auch Leute gibt, die man für die anstrengenderen Arbeiten einspannen kann, dachte Brauner.

Und begann wieder zu lachen.

Diese Rechtschreibfehler! Der echte Jack the Ripper rotiert wahrscheinlich in seinem Grab, wo immer es auch sein mag.

»Jetzt krieg dich mal wieder ein«, sagte Pfahls.

Es klopfte an der Bürotür.

»Ja, herein.«

Sie öffnete sich langsam. Daniel Poluntschik steckte seinen bleichen Kopf herein.

»Regina kommt gerade. Wollen Sie sie gleich sprechen?«

»Natürlich«, antwortete Pfahls.

Eine hübsche, etwas mollige junge Frau mit roten Haaren betrat das Büro.

Brauner fing sich augenblicklich wieder und lächelte sie freundlich an.

»Grüß Gott, Sie sind die Frau Oldenburg, oder?«

Sie nickte lächelnd. Es wirkte unsicher.

»Würden Sie bitte das Büro verlassen und draußen warten?«, sagte Max Ingram sehr bestimmt zu Daniel Poluntschik, der wie selbstverständlich seine Freundin hineinbegleitet hatte. Er blickte etwas genervt, drehte sich aber dann kommentarlos um und schloss die Tür wieder hinter sich.

»Setzen Sie sich ruhig. Wir machen erst mal das Formelle, dann kommen die Fragen«, sagte Dominik Pfahls.

»Sie brauchen keine Angst vor uns zu haben. Waren Sie schon mal wegen irgendeiner Sache mit der Polizei in Kontakt?«

Sie verneinte wieder, ohne ein Wort zu sagen, mit einer Kopfbewegung.

Na, das kann ja heiter werden, dachte Brauner.

Wie war das vorhin? ›Vielleicht ist sie redseliger‹? Von wegen!

Nach der üblichen Aufnahme der Personalien, bei der von Regina Oldenburgs Seite abermals kein Wort fiel, begann er mit der Befragung.

»Also, ganz unumwunden, Frau Oldenburg: Es geht um das Alibi, das Ihr Freund für den letzten Donnerstag angeblich haben will. Er hat angegeben, bei Ihnen gewesen zu sein. Stimmt das?«

Sie blickte in sich gekehrt aus dem Fenster.

»Frau Oldenburg!?«

Sie schreckte hoch.

»Ja? Was ist denn?«

»Na, endlich geben Sie mal einen Ton von sich! Was ist eigentlich los mit Ihnen, stehen Sie unter Drogen? Wir können sofort einen Test durchführen.«

»Nein, nein, es ist alles in Ordnung. Ich nehme keine Drogen. Ich bin nur – es ist alles so schwierig!«

Sie brach in Tränen aus.

»Was ist schwierig?«

»Alles. Die ganze Situation. Ich weiß nicht, was Daniel Ihnen schon erzählt hat, aber unsere Beziehung wird von meiner Mutter nicht toleriert. Wenn Sie auch nur das Geringste von uns erfährt, schmeißt sie mich raus.«

»Wir wissen von dieser Angelegenheit«, warf Pfahls ruhig ein.

»Es muss nicht sein, dass sie davon erfährt, wenn Sie uns jetzt sofort die Wahrheit sagen. War Daniel an jenem Tag mit Ihnen unterwegs oder nicht?«

Sie zögerte kurz. Dann:

»Ja, das war er. Wir haben uns um sechs in der Donau-Lounge in Neuburg getroffen. Waren dann noch ein wenig bummeln in der Stadt und sind dann zu ihm gefahren. Bei mir zu Hause können wir uns weder gemeinsam zeigen noch ungestört sein, wenn Sie wissen, was ich meine.«

»Klar. Und wann sind Sie wieder gefahren?«

»So gegen zwei. Meine Mutter war noch wach, als ich gekommen bin. Hat einen ausgesprochenen Überwachungstick, den sie als Sorge um mich ausgibt.«

»Hm. Verstehe ich aber irgendwie. Sie sind ja auch sehr spät nach Hause gekommen. Ich würde mir da auch Sorgen machen, als Vater.«

»Sie verstehen gar nichts. Die überwacht mich ständig. Schauen Sie her.«

Sie holte ihr Handy aus der Handtasche und machte es an. Dann zeigte sie es Brauner.

Auf einer allseits bekannten Kommunikationsplattform war eine ganze Latte von unbeantworteten Nachrichten zu sehen. Und alle ausnahmslos von Reginas Mutter.

»Da, lesen Sie sich mal das Ganze durch. Wo bist du, was machst du, sei um soundso viel Uhr zurück, vergiss dies und das nicht beim Einkaufen. Jeden Tag geht das so. Die ist doch verrückt.«

»Kann ich mal sehen?«

Pfahls stand auf und ging kurz die Nachrichten durch.

»Na ja, normal ist es jedenfalls nicht. Haben Sie eigentlich schon mal überlegt, auszuziehen?«

»Klar. Aber wo soll ich denn hin? Zu Daniel vielleicht,

okay. Aber ich weiß nicht, ob das gut geht, so eng aufeinander. Und ob seine Eltern das tolerieren würden.«

»Mag sein«, warf Brauner ein. »Und die beiden Nächte zuvor waren Sie bei Ihrem Freund?«

»Ja.«

»Das war für Ihre Mutter aber seltsamerweise in Ordnung? Sie widersprechen sich gerade.«

»Nein, das tue ich nicht. Wenn ich so etwas mache, lüge ich meine Mutter an. Ich sage, ich wäre bei der Sofia. Die ist aber eingeweiht. Für den Fall, dass meine Mutter bei ihr anruft, bestätigt sie das.«

Der gute alte Trick, dachte Brauner.

Kenne ich noch von früher. Hat die Andrea wegen mir damals auch immer gemacht.

»Schön und gut. Ich hoffe, dass Sie uns jetzt nicht auch anlügen, Frau Oldenburg.«

»Nein, das mache ich bestimmt nicht.«

»Gut. Dann können Sie gehen. Wenn Ihnen doch noch was einfällt, können Sie uns gerne anrufen.«

Er gab ihr eine Visitenkarte.

»Okay, war es das schon?«

»Ja. Außer, Sie haben jetzt plötzlich eine Idee.«

»Nein.«

Sie stand auf und ging zur Tür. Ingram öffnete sie ihr, ganz der Gentleman. Daniel Poluntschik wartete schon draußen. Er flüsterte ihr unter der Tür etwas zu.

Regina Oldenburg wendete sich nochmals kurz um und warf den Beamten einen kurzen Blick zu. Als ob sie noch etwas sagen wollte.

Doch es kam nichts mehr.

Später, zu Hause, ließ Hendrik Brauner den Tag vor dem Fernseher noch mal Revue passieren. Außer der Tatsache, dass sie eine heimliche Beziehung aufgedeckt hatten, waren er und sein Team keinen Schritt weitergekommen.

Aber ich weiß nicht. Der Blick von Regina, kurz bevor sie ging. Ich bin sicher, dass sie noch etwas sagen wollte. Und was hat ihr Daniel noch zugeflüstert?

Dann kam noch der Licht! Er hatte in der Zwischenzeit mit einem anderen Kollegen die Kameraaufnahmen vom Eingangsbereich gecheckt. Es dauerte nicht allzu lange, weil ja nur die Nacht zuvor untersucht werden musste. Tatsächlich fanden sie auch etwas. Er hatte sich dann gemeinsam mit Licht den Auszug auf dem PC angesehen. Unglaublich war es, was dort zu sehen war. Nämlich eine ältere Dame in klassischem Seniorenoutfit, die den betreffenden Umschlag in den Briefschlitz warf. Und die, sofern man das auf dem grobkörnigen Schwarzweißbild erkennen konnte, auch noch diebisch lächelte, als sie sich so schnell wie möglich wieder vom Acker machte.

Jäck the Riper. Alles klar, Oma.

Später hatte er dann noch eine Versammlung der gesamten Sonderkommission für den nächsten Tag anberaumt und war kurz danach heimgegangen. Pfahls und Ingram blieben ein wenig länger. Für den Fall, dass sich doch noch was tun sollte.

Brauner räkelte sich auf dem Sofa. Es war halb zwölf. Zeit, ins Bett zu gehen. Er schaltete den Fernseher aus und ging ins Schlafzimmer. Schon nach kurzer Zeit war er ins Reich der Träume abgestiegen.

Aber nicht für lange.

Er wachte auf, weil er einen trockenen Hals hatte. Und einen heftigen Durst.

Überrascht stellte er fest, dass es erst halb eins war. Also hatte er gerade mal eine ganze Stunde lang geschlafen, obwohl es ihm wie eine Ewigkeit vorgekommen war.

Nach einer kurzen Bedenkzeit kämpfte er sich aus dem Bett und ging geradewegs in die Küche. Der Novembermond schien so hell, dass Hendrik kein Licht benötigte.

Er holte ein Wasserglas aus dem Küchenschrank und ließ es mit Leitungswasser volllaufen. Während er trank, blickte er durch das Fenster auf die Straße und die gegenüberliegenden Häuser. Die Szenerie wirkte verlassen.

Sie *wirkte.*

Denn in jener kleinen Grünfläche mit Bäumen schräg unter ihm bewegte sich etwas.

Brauner stellte sein Glas auf die Anrichte und versuchte so gut wie möglich zu erkennen, was dort vor sich ging. War es schon wieder der Kerl vom letzten Mal?

Ein Schatten bewegte sich durch das Gebüsch. Verhielt kurz. Dann kam er aus seiner schützenden Deckung heraus und stellte sich neben einen der Bäume. Ein Mann, soweit Hendrik es erkennen konnte.

Und er fixierte eindeutig etwas auf der anderen Seite der Straße. Etwas, das auf der Höhe von Brauners Wohnung lag.

Was will der Typ? Mich? Ist es doch einer der Schläger vom Raistinger?

Dann sah er etwas, da ihn zutiefst erstaunte. Nämlich Flimmerlicht aus der Ecke, an der das Wohnzimmer lag.

War der Fernseher noch an?, dachte Brauner.

Komisch. Den habe ich doch vorhin ausgemacht.

Er ging leise zu der Tür, welche die Küche mit dem Wohnzimmer verband. Und horchte.

Ja, tatsächlich – der Fernseher war an, wenn auch ziemlich leise.

Emily?

Er öffnete die Tür und schlich sich hinein. Das Wohnzimmer war in bläulich-weißes Flimmerlicht getaucht. Irgendein Krimi lief gerade.

Und auf dem Sofa lag, eingehüllt in gleich mehrere Decken, Emily.

Sie drehte schlaftrunken ihren Kopf in Richtung ihres Vaters.

»Hallo? Was machst du so spät noch hier vor dem Fernseher?«

»Na, ich schau mir Medical Criminalists an. Du weißt schon, die Sendung, in der es um die Aufklärung ... von grausamen Morden ... geht.«

Sie musste zwischendurch gähnen.

»Ja, die kenne ich sehr wohl. Aber darf ich dich daran erinnern, dass du morgen Schule hast?«

Sie richtete sich auf.

»Ich weiß. Aber ich mache das eigentlich fast jede Nacht so. Zumindest schon seit ein paar Wochen. Bekomme immer Hunger auf geile Käse-Schinken-Sandwiches. Ich mache mir dann ein paar und sehe nebenher fern. Außerdem kann ich den Preißl nicht leiden. Unterricht bei dem ist einfach nur hirnzersetzend.«

Wie bitte? Hirnzersetzend?

Brauner entdeckte auf dem Wohnzimmertisch tatsächlich die Reste ihres sehr späten Abendessens.

»Bleib mal bitte noch kurz auf dem Sofa. Ich muss was nachsehen.«

Damit ging er geduckt an das große Doppelfenster. Mit einem Ruck riss er es auf.

Unten stand noch immer die Gestalt und blickte ihm jetzt voll ins Gesicht.

»Verschwinde! Los! Oder ich komme runter!«

Schnell drehte sich der Mann um und verschwand im Gebüsch.

Brauner überlegte sich kurz, ob er wirklich nach unten rennen und ihn verfolgen sollte.

Doch er ließ es sein.

Stattdessen drehte er sich um und wandte sich wieder an Emily.

»So, und du gehst jetzt bitte ins Bett.«

»Was ist denn los? Wen hast du gerade angeblafft?«

Er überlegte kurz, ob er ihr die Wahrheit sagen sollte.

»Gut, pass auf: Schon seit ein paar Tagen treibt sich unten im Gebüsch auf der anderen Straßenseite ein Kerl herum. Er beobachtet unsere Wohnung. Was er will, weiß ich nicht, und daher halte ich es für besser, wenn du in Zukunft nachts auch wirklich in deinem Zimmer bist und nicht bis in die frühen Morgenstunden fernsiehst.«

Emily schien wenig beeindruckt.

»Hey, krass! Voll die Reality-Show! Hast recht, dann brauche ich ja gar keine Krimis mehr zu gucken!«

Brauner verdrehte die Augen.

Nicht schimpfen. Ist einfach nur die Pubertät. Alles halb so wild.

Sie richtete die Sofadecken einigermaßen ordentlich hin und verzog sich dann in ihr Zimmer.

Brauner nahm die Fernbedienung und schaltete den Fernseher aus. Dann ging er nochmals zum Fenster und warf einen prüfenden Blick auf jene baumbestandene Grünfläche.

Nichts.

Er wurde müde. Zeit, ins Bett zu gehen, dachte er.

Könnte wieder ein harter Tag werden.

Langsam ging er durch die dunkle Wohnung, die durch das trübe Licht der Straßenlaternen in schemenhaftes Halbdunkel getaucht war, in sein Schlafzimmer zurück.

Draußen, gut hinter einem Baum versteckt, beobachtete eine Gestalt weiterhin die Wohnung.

***

13

Hallo, ihr Versager! Kuckuck!

Wisst ihr, wer ich bin? Nein, natürlich nicht, woher auch?
Ich schreibe euch aus einer Welt, die euch vollkommen fremd ist und die ihr auch niemals kennenlernen werdet.
Ich schreibe euch aus dem morastigen Boden des Baringer Hochwalds. Ihr werdet mich nicht hören.
Ich stehe hinter euch und beobachte eure Ermittlungen. Ihr werdet mich nicht sehen.
Ich gebe euch Rätsel auf. Und ihr werdet sie nicht lösen.
Zumindest mal nicht ohne meine Hilfe.
Warum haben diese Schlampen Paranüsse in ihren sündigen Körperhöhlen? Warum liegen sie auf demselben Grab? Was haben sie denn überhaupt so Schlimmes getan, die armen Mädchen? Und mit welcher Waffe wurden sie getötet? Was sollen die seltsamen Zeichen auf der Stirn? Diese Löcher im Genick! Ha, ha! Ich finde das alles lustig. Ihr nicht auch?
Aber genug jetzt. Nur so viel verrate ich euch: Sie haben alle dieses Ende verdient. Man reißt keine Portale auf. Das Gefäß muss zerstört werden, damit die arme Seele erlöst werden kann aus dämonischer Gefangenschaft. Ich helfe diesen Geschöpfen also eigentlich. Versteht ihr das?

Nein, das tut ihr nicht. Stupides Beamtenpack. Dies ist mein 8213, mein privates SOS. Ich mache gründlich sauber. Und ich verspreche euch eines: Ich werde weitermachen. So lange, bis alle bösartigen Entitäten vernichtet sind. Und wisst ihr was? Das bereitet mir alles einen höllischen Spaß! Denn ich bin der

DIENER DARRENS

PS: Hier noch meine kleine Starthilfe: »Wüstentiere treffen auf Hyänen, Bocksgeister begegnen einander. Ja, sie (?) macht dort Rast und findet für sich einen Ruheplatz.

Brauner lief es kalt den Rücken hinunter, als er diesen Brief in den Händen hielt. Gleichzeitig standen ihm Schweißperlen auf der Stirn. Er war auf dem gleichen Stapel in seinem persönlichen Tischfach gelegen, der auch den gestrigen »Fake-Brief« enthalten hatte. Jetzt, an diesem noch dunklen Sonntagmorgen, hatte er ihn dort herausgezogen und geöffnet. Er war alleine bis um zehn Uhr; dann erst würde Pfahls kommen.

Das kann doch wohl nicht wahr sein, dachte er.

Keine Frage. Dieser Brief ist echt. Der Schreiber nennt einige Dinge, die nur der Täter wissen kann. Die Paranüsse zum Beispiel.

Brauner empfand ihn als schaurig. Frech. Anmaßend, sogar arrogant. Er stellte hier die gleichen Fragen, die sich auch Brauner und sein Team stellten. Und deren Antworten nur er, der Täter selbst, wusste.

Er las das Schreiben nochmals durch.

Der Diener Darrens?

Also sah er sich im Dienste eines Anderen. Nur, wer war dieser Darren? Und die Bezugnahme auf eine »dämonische Gefangenschaft« und angeblich erlöste Seelen ließ ihn Übles ahnen. Handelte der Täter aus religiösen Gründen?

Die Gefäße zerstören. Welche Gefäße?

Und was sollte der letzte Satz, mit dem der Täter ihnen vorgeblich helfen wollte? Wüstentiere, Hyänen, Bocksgeister … was zum Teufel sind Bocksgeister? Dieser Satz half nicht, er verwirrte ihn nur noch mehr. Und was sollte das SOS bedeuten? Ein versteckter Hilferuf? Handelte es sich um einen an Schizophrenie erkrankten Menschen, der manchmal seine lichten Momente hatte und alles bereute?

Nein, dafür war der gesamte Brief zu höhnisch und zu herablassend.

Brauner stand auf und kippte das Fenster. Die kalte Morgenluft tat seinen heißgelaufenen Gedankengängen gut. Acht Uhr. Noch zwei Stunden, bis Pfahls kam. Es wurde langsam hell draußen.

Ich mache mir noch einen Kaffee, dachte er.

Und dann werde ich mir nochmals in aller Ruhe dieses Pamphlet ansehen. Systematisch.

Gesagt, getan.

Während im Hintergrund die billige Kaffeemaschine vor sich hin fauchte und blubberte, ging Brauner den Brief nochmals durch.

Das Schriftbild war das eines gebildeten Menschen. Es war kein einziger grammatikalischer Fehler zu entdecken, zumindest nicht, soweit er dies erkennen konnte. Es war nach rechts geneigt, also handelte es sich offensichtlich auch um einen Rechtshänder. Auffallend war, dass die an sich schön geschwungene Schrift stark nach oben und unten ausgriff. Was, wie er schon mal auf einer Fortbildung in Sachen Graphologie mitbekommen hatte, auf einen sehr egoistischen und beanspruchenden Charakter hinwies.

Wie wahr.

Das Blatt war ein ganz durchschnittliches liniertes DIN-A4-Blockblatt. Brauner sah sich nun auch den Umschlag genauer an. Er war auf dem Postamt in Neuburg abgestempelt worden, und zwar erst am Freitag. Also musste der Täter dort gewesen sein. Was ein weiterer Hinweis darauf sein konnte, dass er auch aus Neuburg und Umgebung kam. Das ganze Wissen um den Baringer Hochwald und den dort versteckten Friedhof wies ebenfalls darauf hin.

Könnte aber auch falsch sein, spann Brauner den Bogen weiter. Er könnte genauso gut aus Ingolstadt oder Nürnberg kommen und sich dennoch gut in dieser Gegend auskennen. Sei es, weil er früher vielleicht einmal dort gewohnt hatte, sei es, weil er ein Freak war und sich einfach nur für die lokale Geschichte dieses Landstrichs interessierte. Und um einen Freak, wenn auch einen intelligenten und gleichzeitig mörderischen, handelte es sich auf jeden Fall, schloss Brauner.

In was für einer verrückten und bösartigen Welt lebe ich nur?

Die Kaffeemaschine gab nur noch leise Geräusche von sich. Ein Zeichen, dass sie fertig war.

Er stand auf, um sich eine Tasse einzuschenken. Ja, die lokale Zeitgeschichte. Sie hatte auch ihre Schattenseiten. Die meisten dunklen Legenden und Mythen siedeln auf dem Land, haben ihren Ursprung in unheimlichen Wäldern und tiefen Seen. Wie war das noch mal mit dieser eigenartigen Sekte, die der Meißner erwähnt hatte?

Richtig. Die Mennonisten. Mal nachsehen.

Er öffnete die Seite einer bekannten Suchmaschine und gab den Begriff ein.

Prompt erschien auch die Bezeichnung.

Mennoniten also nennen die sich. Nicht Mennonisten, dachte Brauner.

Dann begann er zu lesen und erfuhr so einiges Aufschlussreiches. So zum Beispiel, dass diese evangelische Sektierung von einem gewissen Menno Simons aus Norddeutschland im 16. Jahrhundert gegründet wurde. Sie war ein Teil der damals aufkommenden Wiedertäuferbewegung, die zwar auch protestantischen Ursprungs war, aber dennoch sowohl vom katholischen Deutschen Kaiser als auch von Martin Luther abgelehnt und verurteilt wurde, weil sie die Kindstaufe ablehnte und der Ansicht war, dass nur vom Christentum überzeugte Erwachsene sich taufen lassen sollten. Diese Gegensätze führten in der Reformationszeit auch zu militärischen Auseinandersetzungen, deren Höhepunkt vermutlich die Belagerung und blutige Eroberung Münsters war. Dort hatte sich ein gewisser Jan van Leiden zum König ausgerufen und ein religiöses Terrorregime errichtet.

Die heutigen Mennoniten seien jedoch eine friedliche Minderheit, die vor allem nach wie vor in Norddeutschland ansässig ist. In den USA existiere noch ein weiterer Zweig der Täuferbewegung, die sogenannten Amish. Diese würden die moderne Zivilisation ablehnen und ein Leben ohne

Strom, Autos und Computer führen; auch ihre Kleidung sei der Mode von vor vierhundert Jahren sehr ähnlich.

Sehr interessant, dachte Brauner.

Und wie kommen die in einen abgelegenen Wald nördlich von Neuburg? Ins tiefste Bayern?

Er hörte Schritte auf dem Flur. Kurz darauf ging die Bürotür auf. Pfahls und Licht traten ein. Brauner stutzte. Ach so, richtig – Max Ingram und die anderen der Soko sollten ja erst um zwei kommen.

»Guten Morgen, die Herren. Ich glaube, ich habe hier ein paar Neuigkeiten«, begrüßte er sie.

Nachdem sie Platz genommen hatten, zeigte er ihnen den Brief des mutmaßlichen Täters und wollte ihre Meinung dazu hören.

Pfahls musterte hinter seiner dicken Hornbrille das Schreiben. Dann legte er es zurück auf seinen Tisch und schob es ein Stück weit weg.

»Widerlich, so etwas. Eines ist klar: Das Schreiben stammt vom Mörder. Er hat sehr viel Hintergrundwissen. Nur, was ist die Intention des Ganzen?«

»Die Absicht?«, fragte Brauner.

»Ich denke, er will uns provozieren. Und klarstellen, dass er am längeren Hebel sitzt und nicht wir.«

»Sehe ich auch so«, warf Gregor Licht ein, der an der Wand hinter Pfahls stand.

»Klar, das spielt eine Rolle. Aber darüber hinaus will uns der Kerl auf eine falsche Spur führen, da bin ich mir sicher«, antwortete Pfahls.

»Nicht unbedingt«, sagte Brauner. »Was sollen die kryptischen Hinweise in puncto Bocksgeister und Ruheplatz?

Und die seltsame Nummer? Ist das eine Postleitzahl? Ich glaube schon, dass er uns auf eine richtige Spur führen will. Aber zu seinen Bedingungen natürlich, damit er alles weiter unter Kontrolle hat.«

Sie waren alle kurz still.

Dann räusperte sich Licht.

»Also, ich sehe da auch noch etwas anderes. Es gibt da einen gewissen religiösen Aspekt an der ganzen Sache.«

Brauner nickte.

»Das habe ich mir auch schon gedacht, ja.«

»Ich bin der Ansicht«, führte Licht weiter aus, »dass der Täter ganz bewusst einige Bibelstellen zitiert. Und zwar aus dem Alten Testament.«

»Sind Sie sich da sicher? Altes Testament?«

»Ja. Ganz sicher sogar. Darüber hinaus scheint er auch einen exorzistischen Ansatz zu vermitteln. Er will aber die Entitäten – also dämonischen Erscheinungen – nicht einfach nur austreiben. *Er will sie vernichten.* Die Gefäße sind Menschen.«

»Wow.«

Der Ausruf Brauners kam unvermittelt. Er war ehrlich überrascht von Lichts Deutungen des Briefinhalts.

»Woher kennen Sie sich eigentlich so gut aus?«

»Na, ich bin schon seit fünfzehn Jahren mit einer bibelfesten Frau verheiratet. Da bleibt schon so einiges hängen.«

»Bibelfest?«

Pfahls ließ seinen drögen preußischen Charme wieder spielen.

»Ja, Mathilde ist sehr gläubig. Aber nicht so, wie Sie vielleicht vermuten. Wir führen eine gute und weltoffene Ehe.«

Schön, dass es so was auch noch gibt, dachte Brauner.

Es muss ja nicht jeder ein eheliches Ruinenfeld hinterlassen wie ich.

»Schauen S'«, sagte Licht, »gerade die Stelle mit den Bocksgeistern ist sehr interessant. Denn was ruht dort und macht dort Rast? Er hat uns an dieser Stelle nur ein Fragezeichen hinterlassen.«

Pfahls sah sich die Stelle im Brief noch mal an.

»Stimmt. Was könnte damit gemeint sein?«

Brauner klatschte spontan die Hände zusammen.

»Gut, dann geben wir das Ganze doch einfach mal ein. Und zwar den gesamten Satz.«

Damit schlenderte er an seinen Platz zurück und rief wieder die besagte Suchmaschine auf; Pfahls musste ihm den Satz langsam diktieren. Und prompt erschien auch sofort ein Ergebnis.

Brauner blieb zunächst ruhig.

»Und? Was spricht das Netz?«, fragte Pfahls.

»Bände.«

»Wie meinst du das?«

»Kommt her und schaut's euch selber an.«

Gesagt, getan.

Als Licht den Artikel zu Ende gelesen hatte, zeichnete sich ein breites Grinsen auf seinem Gesicht ab.

»Jesaja 34,14. Wüstentiere treffen auf Hyänen, Bocksgeister begegnen einander. Ja, *Lilith* macht dort Rast und findet für sich einen Ruheplatz.«

Brauner blickte von seinem Platz aus über die Schulter in Richtung Pfahls, der hinter ihm stand.

»Weißt du, was das bedeuten soll? Wer zum Teufel ist Lilith?«

»Das mit dem Teufel trifft es ziemlich genau«, antwortete Gregor Licht an dessen Stelle.

»Ach so? Na dann mal los, erzähl mal!«

Er blickte Brauner mit zusammengekniffenen Augen an.

»So einfach ist das nicht zu erklären. Lilith steht auf jeden Fall für etwas urzeitlich Böses. Schon die alten Sumerer und Babylonier kannten sie als Unterweltgöttin aus dem Totenreich. Später, im Judentum und Christentum, wurde sie dann dämonisiert. Sie tritt dort als Succubus und nächtliche Kindsmörderin auf. Und aus feministischer Sicht …«

»Was ist ein Succubus? Bitte nicht so viele Fremdwörter«, unterbrach ihn Pfahls.

»Ein Succubus ist ein weiblicher Dämon, der vor allem Männern nachts ihre Energie raubt. Also eine Art Vampir.«

»Nie davon gehört«, erwiderte der Brandenburger trocken.

»Ich bin der Ansicht, dass wir uns hier in diesen ganzen religiösen Quatsch verrennen. Und auch verrennen sollen, ganz nach dem Willen des Täters. Ist doch alles Humbug.«

Brauner erhob sich von seinem Stuhl.

»Nein, Dominik, das sehe ich anders. Wie schon gesagt, ich glaube, er will uns sehr wohl auf die richtige Spur führen, aber uns dennoch immer einen Schritt voraus sein. Es ist ein Machtspiel. Typisch für psychisch gestörte Serienmörder. Man kennt dieses Verhalten von vielen Fällen aus der Vergangenheit.«

»Ja, das stimmt schon, Hendrik. Aber trotzdem. Ich weiß nicht.«

Pfahls schien die ganze Richtung, in die sich die Ermittlungen bewegten, nicht zu passen. Als gebürtiger Brandenburger kam er aus einer protestantischen, als ein in der ehemaligen DDR aufgewachsener Mensch sogar aus einer atheistischen Tradition. Für ihn war die Religion an sich ein Buch mit sieben Siegeln. Nichts weiter als das Opium des Volkes, wie Karl Marx bekanntlich schon festgestellt hatte.

»Also, wo waren wir stehen geblieben? Hattest du noch was zu sagen, Gregor?«

»Ja, aber nur noch wenig. Aus Sicht der Feministinnen ist Lilith eher ein Vorbild. Sie steht bei denen für die gebildete und starke Frau an sich. Schließlich war sie in der späteren jüdisch-christlich-islamischen Überlieferung Adams erste Frau, hat ihn aber verlassen und ist ihren eigenen Weg gegangen. Weshalb sie verstoßen und zur Dämonin wurde. Anders als die etwas dämliche Eva.«

Brauner schmunzelte.

»Darfst du das bei dir zu Hause auch so sagen?«

Licht sah ihn mit einem verständnislos wirkenden Blick an.

»Natürlich.«

»So? Na, egal. Auf jeden Fall mal ein großes Dankeschön. Ich habe heute Morgen auch noch ein wenig nachgeforscht. Die Tatsache, dass der Täter beide Leichen auf diesem Friedhof, und noch dazu auf einem bestimmten Grab, abgelegt hat, ist doch auch sehr seltsam, nicht?«

Die beiden anderen nickten, während sie sich zu ihren Arbeitsplätzen begaben.

»Ich habe mir das, was der Förster über diese Mennoniten erzählt hat, genauer angesehen. Es handelt sich bei denen um eine norddeutsche evangelische Freikirche. Und die haben den Friedhof damals angelegt. Weiter bin ich noch nicht gekommen, aber auch das hängt irgendwie mit unserem Fall zusammen. Ich weiß nur noch nicht, wie.«

Pfahls schüttelte seinen Kopf.

»Also, Mann! Schon wieder so was. Aber egal. Ich werde mal ein wenig im Internet recherchieren.«

Gute Leute muss man um sich haben, dachte Brauner. *Ich bin hier zwar der Chef, aber ohne ein fähiges Team wäre ich ganz schön aufgeschmissen.*

Auch er begann nun mit weiteren Nachforschungen. Er wollte im Netz nach weiteren Einträgen unter »Lilith« suchen; vielleicht gab es dort noch wichtige Hinweise. Auch Licht hatte sich zwischenzeitlich auf Ingrams Platz gesetzt und eingeloggt.

Es wurde ruhiger im Büro. Lediglich das leise Tackern der Tastaturen war noch zu hören.

Dann, plötzlich, ein lauter Ausruf von Pfahls. Sehr unüblich für ihn.

»Das kann doch wohl nicht wahr sein!«

»Was ist los?«, fragte Brauner.

»Na, diese Nummer. 8213. Ich weiß jetzt, was der Kerl damit meint. Es ist keine Postleitzahl. Sondern eine Hausnummer aus Des Plaines bei Chicago.«

»Hä?«

Brauner stand auf und ging zu Pfahls' Schreibtisch.

»Zeig mal her. Aha – das ... das ist ja pervers! Er beruft sich auf einen anderen Serienkiller.«

»Ja. John Wayne Gacy. Er hat in den Siebzigern 33 junge Männer ermordet und im Keller seines Hauses verscharrt. Wurde später dafür hingerichtet.«

Er las den Eintrag ganz durch. Auch Licht hatte sich mittlerweile zu ihnen gesellt.

»Hm. Ja und nein. Unser Diener Darrens erwähnt Gacy zwar in seinem Brief, aber er kopiert diesen Mann nicht. Schauts her – der Killer aus Illinois war ein triebgesteuerter Sexualstraftäter, der anscheinend nur mordete, damit niemand ihn verraten konnte. Bei unserem Täter spielt die Sexualität aber anscheinend keine Rolle. Zumindest keine bestimmende.«

Brauner nickte.

»Stimmt. Er steckt zwar in sämtliche Körperöffnungen seiner Opfer diese Paranüsse, aber das hat wohl eher einen rituellen Charakter. Und bei diesem Gacy hat Religion oder irgendein Kult gar keine Rolle gespielt.«

»Schon«, schaltete sich Pfahls ein. »Was soll aber dann dieser Querverweis, wenn wir das mal so bezeichnen wollen?«

»Vielleicht will er uns einfach nur erschrecken. Zeigen, wie boshaft er sein kann«, antwortete Brauner nach kurzem Nachdenken.

»Was er ja auch ist.«

»Stimmt. Da war doch noch was. Genau – dieses SOS. Vielleicht meint er damit auch was ganz anderes als das, was wir vermuten. Gib es doch mal ein und schreibe ›Serienkiller‹ dazu.«

Pfahls tat, wie ihm geheißen.

»Nichts ... auch nichts ...«, murmelte er vor sich hin, als er die Ergebnisliste herunterscrollte.

Dann stoppte er.

»Hier – das könnte was sein. SOS – der Son of Sam. Ein

Serienkiller aus New York, der dort ebenfalls in den siebziger Jahren sein Unwesen trieb.«

Sie lasen den Artikel durch. Brauner beugte sich dabei so nahe über Pfahls' Schulter, dass er jäh zusammenzuckte, als dieser plötzlich zu reden anfing.

»David Berkovitz also. Hat bevorzugt junge Pärchen attackiert, genauer gesagt: nur die Frauen. Und diese meist durch Kopfschuss getötet.«

»Ja«, bestätigte Brauner. »Und hat dann, als er schließlich gefasst wurde, ausgesagt, er hätte den Befehl dazu vom dämonischen Hund seines Nachbarn Sam bekommen. Absolut verrückt, der Kerl. Hier – er meinte noch, sie wären eigentlich mehrere gewesen – eine Art satanische Sekte, die sich in einer verfallenen alten Kirche am Stadtrand von New York traf. Die Namen wollte er aber nicht preisgeben.«

»Was unserem Fall insgesamt schon ein wenig näher kommt«, warf Gregor Licht ein.

»Mag sein«, antwortete Brauner. »Wobei ich aber nicht glaube, dass es dem Täter um die Nennung seiner Vorbilder geht. Denn das sind sie ja faktisch gar nicht, außer der Tatsache, dass es sich auch um Serienkiller handelt. Nein – er will damit nur bekräftigen, dass er, wie ich vorhin schon gesagt habe, brutal und konsequent ist. Und so richtig, nach seinen eigenen Worten, sauber machen will.«

Pfahls stand auf.

»Wir haben jetzt schon halb zwölf. Wer geht und holt uns ein paar Leberkäsbrötchen?«

»Dominik, wir haben Sonntag. Und es heißt immer noch Semmeln hier in Bayern.«

Er kann sich einfach nicht integrieren.

»Ach Mist, stimmt. Gut – dann rufen wir eben den Pizzadienst.«

Auch Brauner verspürte ein flaues Gefühl im Magen. Er hatte heute noch gar nichts gegessen, wie ihm jetzt einfiel.

Licht wählte die Nummer.

»Pizza Salami für alle?«

»Ja. Und für Dominik Pizzabrötchen mit Königsberger Klopsen.«

Pfahls sah Brauner entgeistert an.

»Und zwar mit besonders viel Kapern.«

»Halt! Nein! Nicht bestellen! Pizza Salami, bitte! Was fällt dir ein?«

Brauner bekam einen Lachanfall.

»Ist nur wegen deiner ewigen Brötchen, Mann.«

»Brötchen heißen nun mal Brötchen. Und alles, was damit zusammenhängt, auch. Punkt. Kannst ja mal im Duden nachschauen.«

»Jetzt spiel nicht die beleidigte Leberwurst. Du sagst ja auch Semmelknödel und nicht Brötchenknödel, oder?«

Nun war Pfahls baff.

Später – sie saßen nun beieinander und verspeisten ihre Pizza – kam Brauner wieder auf den Brief zu sprechen.

»Ich frage mich nur, was es mit diesem ›Diener Darrens‹ auf sich hat. Wenn, wie wir vorhin erfahren haben, dieser ›Son of Sam‹ seine Anweisungen angeblich von dem Hund seines Nachbarn erhalten hat, so ist es doch möglich, dass es sich in unserem Fall ganz ähnlich verhält. Wer ist also Darren?«

»Der kann alles Mögliche sein. Wir können ja gleich mal

nachsehen im Netz, aber ich glaube nicht, dass das groß was bringt. Ist in englischsprachigen Ländern ein Allerweltsname«, sagte Pfahls.

»Mag sein«, konstatierte Brauner, seine Pizza kauend.

»Ich schaue jetzt mal weiter nach dieser Lilith. Wurde vorhin schließlich unterbrochen.«

Damit stieß er sich ein wenig vom Tisch ab, an dem sie alle saßen, und rollte, ohne aufzustehen, auf seinem Bürostuhl an seinen Platz.

»Mit Bewegung hast du es wohl nicht so«, sagte Pfahls.

»Nein. Sport ist Mord. Frei nach Churchill.«

Er ging ins Internet und gab den Suchbegriff ein. Sofort erschien eine ganze Liste an Verweisen. Brauner erfuhr hier im Wesentlichen das, was ihm Licht auch schon erzählt hatte; also überflog er die Seite nur kurz. Lediglich an dem Bild des sogenannten Burney-Reliefs verweilte er länger. Es stammte aus dem 19. vorchristlichen Jahrhundert und zeigte die dämonische Gestalt in ihrer ganzen Ausprägung: eine nackte, mehrfach gehörnte und geflügelte Frau, die mit ihren zu Greifenklauen umgewandelten Füßen auf zwei Löwen stand. *Lilith. Die Königin der Nacht. Die alten Babylonier hatten auch schon eine gute Fantasie.*

Er scrollte noch ein paar Mal rauf und runter und wollte gerade wieder zurückklicken, als er noch einen kurzen Blick auf den Anfang des Artikels warf.

Und erstarrte.

Er sah es. Jetzt erst.

Ging ganz nahe an den Bildschirm.

Kann das möglich sein?

Ja. Zweifellos.

Ein Symbol. Kantig, etwa in der Form einer Nase.

Das gleiche, welches die tote Jaqueline Bernauer auf ihrer Stirn trug.

Es war die alte hebräische Bezeichnung für Lilith.

***

14

Er schüttelte sich vor Kälte.

Dieser Morgen war frostiger und unheilverkündender als die bisherigen. Der Winter nahte mit großen Schritten; dicke grauschwarze Wolken hingen am Himmel, bereit, ihre Last in Form von Regen oder auch schon Schnee abzulassen.

Doch hier, mitten im Wald, war er relativ geschützt.

Vorsichtig bewegte er sich über das mit Raureif bedeckte Unterholz.

Es knirschte und knackste unter seinen Schuhen.

Er sah sich um. Ja – da vorn deutete niedriges, mit Moos überwachsenes Gemäuer die Umfassungsmauer des alten Friedhofs an.

Mit einem Ausdruck des Ekels wischte er sich eine lange Strähne grauer verstaubter Spinnweben von seinem Anorak. *Diese Mistviecher. Typisch für alte Gemäuer.*

Er stieg über die Mauerreste und befand sich nun auf dem verfallenen Gottesacker. Er brauchte nicht lange zu suchen; zielstrebig ging er auf ein bestimmtes, schon kaum mehr erkennbares Grab zu.

Dort verweilte er für kurze Zeit. Dann kniete er nieder und ließ einen eigenartigen Singsang, nicht unähnlich einer Litanei, erklingen.

Schließlich, nach einer kurzen Pause, legte er einen Blumenstrauß auf die eiskalte Erde vor dem schräg stehenden Grabstein. Rote Rosen.

Es ist nicht nur für dich. Oder mich. Auch für sie.

Plötzlich fuhr er herum.

Das Geräusch war so unerwartet erklungen, dass es ihn bis ins Mark erschreckt hatte.

Doch es war, wie er schon nach ein paar Sekunden erleichtert feststellte, nur das ferne Hämmern eines Spechts gewesen.

Mann, bin ich nervös, dachte er.

Zeit, wieder von hier zu verschwinden. Es könnte gefährlich sein, länger hierzubleiben. Aber ich komme bald wieder.

Und er dachte dabei mitnichten an etwaige Spukgestalten.

Als er sich zum Gehen umwandte, traf sein Blick noch einmal den Rosenstrauß. Das intensive Rot war ein Fremdkörper im einheitlich graubraunen Novemberwald.

Es wirkte fast wie Blut.

***

15

»Nein, das halte ich für keine besonders gute Idee. Wirklich nicht.«

Max Ingram hatte seine Meinung. Und die war gegenüber dem Vorschlag seines Vorgesetzten eindeutig ablehnend.

»Und warum, wenn ich fragen darf?«

»Weil es an sich zwar erfolgreich sein könnte, aber nur auf Kosten eines anderen Menschen. Wir sind zu deren Schutz da und nicht, um Bauernopfer zu bringen. Außerdem haben wir und die Kollegen in Neuburg gar nicht das Personal. Du weißt ja, die Sparpolitik der letzten Jahre.«

Brauner räusperte sich.

»Ja, ja, ich weiß. War ja auch nur mal laut gedacht. Ich sehe, mein Vorschlag kommt nicht gut an. Oder?«

Er sah in die betretenen Gesichter der anderen Sokomitglieder. Die blickten entweder aus dem Fenster oder auf den Boden.

»Nein«, sagte schließlich Pfahls.

»Max hat zweifellos recht. Wir können uns nicht auf so etwas einlassen. Besser, wir machen dort weiter, wo wir aufgehört haben: uns nämlich bei den Ermittlungen auf das Sozialpädagogische Institut zu konzentrieren. Ist zwar langwieriger, aber vielleicht auch erfolgversprechender.«

Brauner hatte den Vorschlag gemacht, dass man sich die Tatsache, dass der Täter schon zwei seiner Opfer auf demselben Friedhof abgelegt hatte, doch auch zunutze machen könnte. Schließlich kündigte dieser in seinem Brief ja an, dass er auch weiterhin so verfahren würde – könnte man sich da nicht mal mehrere Nächte hintereinander auf die Lauer legen und einfach warten, bis er mit der nächsten Leiche ankam?

So logisch der Vorschlag war, so wenig durchdacht war er auch. Denn eine solche Vorgehensweise würde schließlich die Inkaufnahme eines weiteren Mordopfers voraussetzen. Und das ging natürlich nicht.

Eigentlich haben sie schon recht, dachte Brauner.

Aber wie schon gesagt, ich habe nur laut gedacht. Das wird man ja wohl noch dürfen. Obwohl – wenn Hartmann das gehört hätte, wäre er wahrscheinlich an die Decke gegangen.

Er stand auf und ging an das Flipchart, auf dem die Fotos der Opfer und vom Tatort angebracht waren.

»Gut, okay. Was haben wir also? Kurzes Brainstorming, meine Herren!«

Es folgte die Auflistung der bereits dem Ermittlerteam bekannten Tatsachen. Dazu noch die Erkenntnisse, zu denen Brauner, Licht und Pfahls am gleichen Morgen gekommen waren.

»Klar ist: Der Täter handelt, das können wir wohl jetzt so sagen, aus religiösen Gründen. Spätestens, seit wir herausbekommen haben, dass es hebräische Schriftbilder für alttestamentarische Dämonen sind, die er auf die Stirn seiner Opfer malt.«

»Richtig«, unterbrach ihn Licht. »Und zwar handelt es

sich um Lilith beim ersten Mordopfer und um Asmodäus bei Rebecca Winterberg.«

Brauner nickte bestätigend.

»Ja. Dazu kommt noch, dass der Mörder ja selbst in seinem Brief bemerkt hat, dass er ›die Gefäße zerstören‹ will. Womit, wie Kollege Licht es interpretiert, gemeint ist, dass die seiner Meinung nach von Dämonen befallenen Menschen getötet und nicht etwa exorziert werden sollen. Dazu könnte auch passen …«

Die Tür ging auf. Inspektionsleiter Hartmann kam in Begleitung einer Frau herein.

Brauner nickte ihm kurz zu und machte dann weiter.

»… ja, dazu könnte auch passen, dass der Täter die Köperöffnungen seiner Opfer mit Paranüssen verschließt. Anfangs hielten wir das für ein krudes Detail, nun aber scheint es so, dass damit die vorgeblichen Dämonen im Körper des Opfers gefangengehalten werden sollen, um mit ihm den Tod zu erleiden. Es ist total verrückt, ich weiß – aber aus Sicht des Täters leider auch logisch.«

»Darf ich kurz unterbrechen?«, sagte Hartmann gleich darauf.

»Ich habe hier ein weiteres Mitglied für die ›Soko Signum‹. Ich möchte Ihnen gerne Frau Jelinek vorstellen. Sie ist Kriminalkommissarin und hat erst vor einem Monat bei uns angefangen. Ich dachte, es wäre gut, wenn sie gleich mal bei einem schwierigen Fall mitarbeiten würde, um zu lernen, wie wir hier so vorgehen.«

Aha, dachte Brauner.

Der Wurf ins eiskalte Wasser.

Sie lächelte. Es wirkte ein wenig unsicher, was angesichts der Situation auch verständlich war.

Ingram stand von seinem Platz auf und bot ihr den Stuhl an; er selbst lehnte sich an einen Schreibtisch.

»Wie laufen die Ermittlungen? Gibt es neue Erkenntnisse?«

»Ja«, erwiderte Brauner. »Wir haben heute Morgen zur Person des Täters noch einiges ermitteln können. Er hat uns nämlich einen Brief geschickt.«

»Einen Brief? Kann ich den mal sehen?«

»Ja, gerne.«

Brauner nahm ihn von seinem Schreibtisch und gab ihn Hartmann. Dieser überflog ihn nur kurz.

»Sehr interessant, das Ganze. Und zu welchen Schlussfolgerungen sind Sie gekommen?«

»Nun, wir halten, wie Sie sehen, gerade ein Meeting diesbezüglich ab. Wir stecken mittendrin. Ich kann nur sagen, dass der Täter ein abnormes Persönlichkeitsprofil aufweist und aus religiösen Gründen handelt, wie es sich von den Zeichen auf der Stirn der Opfer ableiten lässt.«

»So?«

»Ja. Es sind hebräische Schriftzeichen, die für Dämonen stehen.«

Hartmann sah Brauner kurz und durchdringend an.

»Sie haben den Brief doch nicht erst seit heute, oder? Wir haben Sonntag.«

Er schluckte. Sein Magen wurde flau.

»Nein. Ich habe ihn heute Morgen aus einem Stapel herausgezogen, den wir schon seit gestern ...«

»... seit gestern liegen gelassen haben. Ist das korrekte und genaue Arbeit?«

Brauner merkte, wie sich in ihm Wut aufbaute.

»Und, wenn ich auch das noch anmerken darf: Wo bleibt hier die kriminalistische Fachlichkeit? Sie haben mir den Brief gerade einfach so, ohne Handschuhe, gegeben. Darf ich davon ausgehen, dass dies vorhin bei Ihrer Untersuchung genauso geschehen ist? Jetzt sind Ihre Fingerabdrücke drauf!«

Das gibt es doch einfach nicht, dachte Brauner.

Ich habe das doch tatsächlich vergessen. Und er findet punktgenau den Fehler.

»Ja, Sie haben recht. Es …«

»… es ist einfach nur menschlich, wenn auch wir manchmal Fehler machen!«

Erstaunt sahen sich sowohl Brauner als auch Hartmann um. Es war Pfahls, der diesen Einwand lieferte.

Es herrschte eine betretene Stille im Raum.

»Da unsere Fingerabdrücke sich im Gegensatz zu denen des mutmaßlichen Mörders klar zuordnen lassen, sind diese immer noch identifizierbar. Also alles halb so schlimm. Ein Fehler, ja, aber noch korrigierbar. Wir machen eine Kopie des Briefs und lassen ihn dann der Spurensicherung zukommen.«

Hartmanns Gesicht war weiß geworden. Schwer zu sagen, ob vor Wut oder etwas anderem.

Dann drehte er sich um und ging zur Tür. Gerade als er diese mit einer gewissen Wucht öffnete, sagte er nochmals, an Pfahls gewandt:

»Mit den Fehlern haben Sie recht. Die passieren leider immer wieder. Aber Sie werden hier nicht für Ihre Fehler oder ihre Menschlichkeit bezahlt, sondern für Ihre Arbeit. Ich erwarte einen schnellstmöglichen Erfolg!«

Damit fiel die Tür krachend ins Schloss.

Die anschließende Stille wirkte peinlich.

»Ähem. Ich denke, wir sollten dort weitermachen, wo wir aufgehört haben. Entschuldigen Sie den seltsamen Einstand, Frau Jelinek«, sagte Brauner leise.

Diese grinste ihn nur breit an.

»Schon in Ordnung, ich habe in beruflicher Hinsicht bereits so einiges erlebt. Auch wenn ich noch recht jung bin im Vergleich zu den hier versammelten Herrn der Schöpfung.«

Brauner blickte sie erstaunt an.

Was für eine Frechheit, dachte er.

Aber dennoch voller Esprit. Könnte uns guttun.

»Wie meinen Sie das? Sind wir hier vielleicht ein Altenheim? Also bitte, ich bin gerade 38«, antwortete Ingram mit gespieltem Beleidigtsein an Brauners Stelle.

»Alles gut. Ich bin nur manchmal ein bisschen schnippisch. Aber ich habe großes Interesse an diesem Fall. Kann mich jemand genauer einweihen?«

»Wir sind gerade dabei, die neuesten Ermittlungsergebnisse zu besprechen«, antwortete Brauner.

Damit wandte er sich an die gesamte Soko und hielt noch einmal alles zusammenfassend fest.

»Also, wir haben hier folgende Konstellation: Der Täter – ich denke, wir können von einem Mann ausgehen – wählt gezielt Schülerinnen des Sozialpädagogischen Instituts in Neuburg aus. Er tötet, wie er in seinem eigenen Bekennerbrief zugibt und erläutert, aus religiösen Gründen, weil er die Opfer von Dämonen befallen glaubt und diese nur beseitigt werden können, indem er ebendiese ›Gefäße‹, wie er sie bezeichnet, umbringt. Auch Folter wird angewendet, wie die Rechtsmedizin festgestellt hat. Die Opfer werden auf einem abgelegenen, aufgelassenen Friedhof im Baringer Hochwald, und noch dazu auf demselben Grab, abgelegt. Er nennt sich selbst den ›Diener Darrens‹.«

Pfahls nickte bestätigend.

»Ich schlage daher Folgendes vor: Wir – also Max, Dominik, ich selbst und auch Sie, Frau Jelinek – finden uns gleich morgen früh um acht Uhr am Institut ein. Wir werden sowohl die Schulleiterin als auch ihren Stellvertreter nochmals gründlich vernehmen. Bei unserem letzten Gespräch am Freitag haben wir nämlich den Eindruck bekommen, dass uns die beiden etwas verheimlichen, beziehungsweise sogar eine falsche Spur zu legen versucht haben. Wir werden auch die Klassen der beiden Opfer aufsuchen, Lehrer, Freunde und Bekannte befragen und auch Schriftproben nehmen. Der Täter war schließlich so freundlich, uns sein Geständnis handschriftlich zu hinterlassen. Und ihr« – damit deutete er auf Licht und die beiden anderen – »werdet untersuchen, ob es im Raum Ingolstadt-Neuburg in den letzten Jahren religiös motivierte Verbrechen gab. Normalerweise wird ja ein derartiger Mensch nicht von heute auf morgen zum Mörder; es muss demnach eine gewisse Vorgeschichte geben. Also, packen wir's an.«

Die anderen pochten zustimmend mit ihren Fäusten auf die Tische.

Gut gesprochen, Alter, dachte Brauner.

Das Ruder herumgerissen. Und noch besser ist, dass ich meine Wut vorhin heruntergeschluckt habe. Jetzt hat Hartmann auch Dominik im Visier.

Kurz darauf war seine Schicht zu Ende. Als er aus dem Präsidium auf die Esplanade trat, sog er gierig die kalte Luft ein. Er war erschöpft und müde. Und bekam dennoch Lust auf etwas ganz anderes ...

ACHTUNG! JEDER DRITTE WIRD ERSCHOSSEN! ZWEI WAREN HEUTE SCHON DA!

Dieser Satz ging Brauner wie eine Daueransage durch sein Hirn, als er sich auf dem Weg vom »Scharfen Eck« nach Hause befand. Er hatte ihn auf einem jener Witzschilder gelesen, die in fast jeder Kneipe angebracht sind und die schon nach spätestens dem zweiten Besuch weder witzig noch originell erschienen. Trotzdem hatte sich das Bonmot in ihm festgefressen, wahrscheinlich, weil das Schildchen die ganze Zeit am Tresen direkt vor seiner Nase hing.

Hendrik Brauner hatte ziemlich zugeschlagen an diesem Nachmittag. Es war schon halb sieben gewesen, als er sich endlich aufraffte und auf den Heimweg machte. Gut vier Stunden war er dort gewesen und hatte eine halbe Schachtel Kippen und sechs Pils vernichtet. Er ging, oder besser wankte, durch die um diese Uhrzeit bereits stockdunklen Ingolstädter Altstadtgassen nach Hause.

Wirre, nur halb geformte Gedankengänge jagten durch sein alkoholisiertes Gehirn.

Was wollte dieser Hartmann eigentlich von ihm?, dachte er. *Wahrscheinlich steht er selbst unter Druck, von ganz oben. Oder von Seiten der Presse. Die wollen der Öffentlichkeit schließlich Ergebnisse präsentieren. Egal. Das nächste Mal schlag ich ihn zusammen. Nein, schlechte Idee, dann kann das Hartmännchen mich ja rauswerfen. Bin ja auch erst seit zwanzig Jahren ein Kriminaler und habe daher von meinem Job keine Ahnung. Nicht wahr? Klugscheißer ... aber was mache ich eigentlich hier? Schon wieder gesoffen und gequalmt. Und ausgerechnet morgen ist die Schule an der Reihe. Mann, was bin ich denn für ein Depp?!*

Es war nun nicht mehr weit. Durch einen finsteren alten Durchgang schreitend, der sich unter einem Jugendstilhaus aus den Zwanzigern befand, öffnete sich vor ihm jener mit Bäumen und Sträuchern bewachsene Platz, der gegenüber seiner Wohnung lag. Manche Fenster der umgebenden Mietshäuser waren hell erleuchtet. Durch sie konnte Brauner einen Blick auf die abendlichen Szenen im Leben anderer Menschen erhaschen. Er empfand eine Mischung aus Rührseligkeit und Neid.

Die haben nicht solche Probleme wie ich. Wenn sie frei haben, haben sie frei.

Brauner erkannte die Fensterreihe, die zu seiner eigenen Wohnung gehörte. Auch sie war erleuchtet. Klar, Emily war schon längst da.

Jäh stoppte er.

Könnte es nicht sein, dass sich der seltsame Kerl, der nachts seine Wohnung beobachtete, heute hier wieder versteckte? Er drückte sich an die schlecht beleuchtete Hauswand rechts von ihm und schlich langsam vorwärts. Er hatte einen guten Einblick in die Grünfläche.

War da nicht, leicht rechts, eine Gestalt zu erkennen, die zwischen einem Baum und einem Busch hockte?

Ja. Eindeutig. Da war jemand.

Brauner befand sich direkt an einem kleinen Gusseisengeländer, das nur etwa dreißig Zentimeter hoch war und die Grünfläche einfasste, ansonsten aber keinen besonderen Zweck erfüllte.

Er stieg darüber und duckte sich sofort hinter den erstbesten Baum.

Der Kerl hat sich nicht bewegt. Sehr gut.

Er richtete sich halb auf und huschte behände über die Grasfläche zum nächsten Baum. Er war nun viel näher.

Richtig. Da ist er. Hockt da und starrt auf meine Wohnung. Auf und los?

Kaum war ihm dieser Gedanke durch den Kopf geschossen, sprang er auch schon hoch und warf sich durch das Gestrüpp auf den unheimlichen Stalker.

Der Zusammenprall mit dem Hydranten war schmerzhaft.

Brauner hatte ihn, aufgrund der Dunkelheit und seiner sowohl lebhaften als auch betrunkenen Fantasie, für einen kauernden Voyeur gehalten. So wie es aussah, hatte er sich eine Beule knapp über der linken Schläfe zugezogen.

Er fluchte.

Und war dann sehr still.

Denn nur wenige Meter vor ihm hatte er ein Geräusch vernommen. Er sah, wie eine Gestalt sich aufrichtete. Dunkel wie ein Schatten, aber diesmal eindeutig menschlich.

Brauner stieß vor Überraschung und Schreck einen kurzen, heiseren Ton aus und rappelte sich ebenfalls auf.

Wortlos standen sich die beiden gegenüber.

Aber nur für einige Sekunden.

Der unheimliche Andere wich einen Schritt zurück. Dann noch einen. Womit er in den Bereich der spärlichen Straßenbeleuchtung kam.

Jetzt erkannte Brauner, mit wem er es zu tun hatte. Sein Gegenspieler war ziemlich schlaksig, auch wenn er eine schwarze Lederjacke trug, die ihn kräftiger erscheinen ließ, als er war. Offensichtlich war auch er erschrocken über das plötzliche Auftauchen des Kriminalhauptkommissars.

Gerade mal sechzehn oder siebzehn, schätzte Brauner überschlagsmäßig.

Was macht der junge Kerl im Gebüsch?

Brauner ging mit einer bedrohlichen Körperhaltung auf ihn zu.

»Hey! Was machst du hier? Was soll das?«

Der Junge sah sich hilfesuchend um. Doch vergebens. Der richtige Zeitpunkt zur Flucht war auch schon vorbei.

»Ich – nun, ja, ich musste – nur mal kurz …«

»Du musstest was? Erst mal deinen Namen, wenn ich bitten darf.«

Er sah Brauner mit großen Augen an.

»Erik.«

»Den ganzen Namen, bitte.«

»Äh, ja, muss ich das sagen? Ich …«

»Ich bin Polizist.«

Das wirkte. Auch wenn Brauner außer Dienst war.

»Kleinhans. Erik Kleinhans.«

»Und dein Alter?«

»Fünfzehn.«

Gut getroffen, dachte er.

»Okay, Erik. Darf ich dich fragen, warum du dich im Gebüsch versteckt hast?«

»Na, ich musste mal pinkeln.«

Brauner signalisierte mit einer verneinenden Kopfbewegung seinen Unglauben.

»So? Einfach mal pinkeln. Das machst du anscheinend öfter hier, oder? Und auch mal so um drei Uhr nachts, nicht?«

Dem Jungen blieb der Mund offen stehen.

»Nein, ganz bestimmt nicht! So spät war ich noch nie hier, meine Eltern würden mich so was von zusammenpfeifen!«

»Ach ja? Würden sie? Jetzt mal was anderes: Sagt dir der Name Raistinger was?«

Erik dachte kurz nach.

»Nein, nie gehört.«

Brauner drang weiter in ihn.

»Wirklich? Ganz bestimmt nicht? Es ist besser, wenn du jetzt sagst, was du weißt. Andernfalls werde ich nämlich deine Eltern benachrichtigen.«

Dies wirkte ebenfalls.

»Nein, das wäre nicht gut. Ich – nein, Scheiße, ich … Mist!«

»Komm, lass es einfach raus. Ich bin nicht immer so böse, wie ich tue«, erwiderte Brauner in einem etwas freundlicheren Tonfall.

»Ja, gut, okay. Aber kein Wort zu meinen Eltern. Bitte.«

»Versprochen. Also?«

»Na ja, in der Wohnung da schräg gegenüber, da wohnt eine Supersahneschnitte.«

Brauner stutzte.

»Gut. Und weiter?«

»Die geht in meine Klasse. Und ich bin total geil auf die.

Habe mich aber nicht getraut, sie nach ihrer Handynummer zu fragen, ich bringe das einfach nicht. Also komme ich manchmal hierher, um … nun …«

»Um sie zu beobachten«, ergänzte Brauner.

Ihm schwante Übles.

Denn es waren die Fenster seiner Wohnung, auf die der Junge gerade gedeutet hatte.

»Heißt deine Angebetete zufällig Emily?«

Erik riss seine Augen weit auf.

»Äh, ja. Woher wissen Sie denn das?«

»Ich bin ihr Vater.«

Es herrschte eine peinliche Stille zwischen den beiden.

»Oh, nein. Stimmt, Emily hat mal erzählt, dass ihr Alter bei den Bullen ist. Scheiße.«

Brauner nickte.

»Ja.«

Erik hielt die Luft an.

»Passiert mir jetzt was?«

Brauner überlegte sich gerade eine passende Antwort, als oben das Fenster aufging.

Es war Emily, deren Gestalt in Umrissen gut erkennbar war.

»Bist du das, Papa? Was machst du da unten?«

Ihm kam diese Situation gerade recht.

»Ich unterhalte mich mit einem deiner zahlreichen Verehrer.«

»Was?«

»Ja, wirklich! Komm doch einfach mal schnell runter, dann können wir das endgültig klären.«

»Okay.«

Sie schloss das Fenster wieder. Neben Brauner war Erik merklich in sich zusammengesunken und starrte voller Scham auf die Bordsteinkante.

Kurze Zeit später öffnete sich die Haustür. Emily kam über die Straße auf die beiden zugerannt.

»Hallo, mein Schatz. Kennst du diesen jungen Mann hier?«

Sie musterte ihn, etwas außer Atem.

Dann brach sie plötzlich in lautes Lachen aus.

»Du? Was machst du denn hier?«

»Also Volltreffer. Du kennst ihn?«, fragte Brauner.

»Den? Klar, aber nur vom Sehen. Das ist doch der Kleinhans. Okay, wir nennen ihn in der Schule eigentlich immer nur Kleinschwanz.«

Sogar im Licht der Straßenlaterne war klar zu sehen, wie Erik rot anlief und einen Schweißausbruch hatte.

»Aha. Also, Erik, erzähle doch jetzt mal meiner Tochter, was du hier so machst.«

Dieser starrte weiter auf den Boden.

»Hey, ich will das jetzt wissen, klar? Also mach zu!« Emily schien sehr ungehalten.

Erik richtete seinen Blick, immer noch scheu, auf sie.

»Ja – also – äh – ich finde dich richtig toll. Habe mich aber nie getraut, dich anzusprechen. Und bin halt dann immer abends hierhergekommen und habe dich beobachtet.«

Emily sagte daraufhin gar nichts. Sie schüttelte lediglich ihren Kopf.

»Du bist ein verrückter Spanner. Wir reden morgen in der Schule, okay?«

Erik nickte.

»Und komm ja nicht auf die Idee, dich krankzumelden.«
Er nickte abermals.

»Du warst nicht nur abends hier. Sondern auch mitten in der Nacht, weit nach zwölf Uhr«, bemerkte Brauner.

»Nein und nochmals nein. Das war ich nicht. Wirklich, Herr Brauner. Bekomme ich jetzt Probleme?«

Er richtete seinen Blick flehend auf den Kriminalhauptkommissar.

»Nun ja, Stalking und Voyeurismus können durchaus zu höheren Strafen führen …«

Erik riss seine Augen auf.

»Nein, bitte nicht!«

»… aber in Anbetracht deiner Jugend werde ich es für diesmal mit einer Ermahnung und einem Platzverweis bewenden lassen. Den Rest klärst du morgen mit meiner Tochter. Verstanden?«

»Ja«, antwortete Erik eilfertig.

»Gut, dann kannst du jetzt nach Hause.«

Als sich der Schüler zum Gehen wandte, warf ihm Emily noch hinterher:

»Und wehe, du kommst morgen nicht. Ich mache dich zum Vollhonk der ganzen Schule, das sage ich dir.«

»Na, na. Bleibe bitte fair. Kein Mobbing, klar?«, wies Brauner sie zurecht.

»Kein Spannen, kein Mobbing.«

Er runzelte seine Stirn. Emily war ganz schön resolut und schlagfertig für ihr Alter.

»Genau. Wir gehen jetzt auch. Komm.«

»Wie siehst du eigentlich aus?«

Brauners heller Mantel war immer noch mit Erde und

Dornengestrüpp bedeckt; auch die Stelle, an der er sich an dem Hydranten die Schläfe aufgeschlagen hatte, war nun merklich angeschwollen und blutete ein wenig.

»Das ist schon in Ordnung. Ermittlungsarbeit eben.«

Emily blickte ihn scheel von unten an.

»Klar. Ich sehe es.«

Die beiden gingen nach oben in die Wohnung. Schon kurze Zeit später lag Brauner im Bett, während Emily noch ein wenig fernsah. Seine Gedanken drehten sich kurz vor dem Einschlafen um die toten Frauen im Baringer Forst, geflügelte Dämonen aus dem Reich der Sumerer und Hartmann.

Draußen, in den Büschen, beobachtete ein mit Hass erfülltes Augenpaar seine Wohnung.

***

16

Erinnerungen können die Pest sein.

Wie auch das Gewissen.

Und beides nagte an ihm, als er im Bett lag und mal wieder nicht einschlafen konnte. Der Novemberregen trommelte gegen seine Fensterscheiben.

So wie damals.

Da war sie wieder, die Zelle, die er sich mit einem anderen teilen musste. Sie war beige, ganz im Charme der Dreißiger, gestrichen. Zu drei Jahren hatten sie ihn verknackt. Und alles nur, weil er seine Kundschaft, in erster Linie junge Prostituierte, mit ein wenig Stoff versorgt hatte. Dumm nur, dass eine dieser Gören ihren Mund nicht halten konnte.

Deswegen saß er jetzt hier. Und sah hoch zu dem vergitterten Fenster, unerreichbar für ihn und seinen Zellengenossen. Aber er konnte zumindest hören, dass es regnete. Ta-dam, ta-dam.

Der Andere war eigentlich ganz in Ordnung. Er kam ebenfalls aus dem Milieu und war als Zuhälter tätig gewesen. Für was er genau einsaß, hatte er ihm noch nicht verraten. Aber er war natürlich unschuldig, wie alle hier.

Chiko nannte er sich.

Was für ein dämlicher Name.

Klingt nicht nach Milieu. Eher nach Tortillas, Sombreros und Pejote.

Er warf sich in seinem Bett auf die andere Seite. Zwecklos. Müder wurde er auf dieser auch nicht.

Dafür trat die Erinnerung immer klarer zu Tage.

Nach ein paar Wochen hatten sie sich ein wenig angefreundet, er und Chiko.

Anfangs war dieser noch verstockt und alles andere als redselig gewesen. Doch mit der Zeit ließ er immer wieder ein paar Sachen aus seinem Leben, oder besser: Er-leben, durchsickern. Seine frühe Drogen- und Alkoholsucht. Seine gescheiterte Ehe. Sein Abgleiten in die Zuhälterei, nachdem er durch den Suff seine Stelle als Automechaniker verloren hatte. Falsche Freunde und angebliche Kumpels.

Und nun diese Haftstrafe.

Völlig überzogen!

Wenn die Bullen nur wüssten.

Was wüssten, hatte er Chiko gefragt.

Das, was ich wirklich getan habe, hatte der geantwortet.

Sehr interessant. Doch alles Nachbohren half nichts. Chiko ließ sich, was diese rätselhafte Bemerkung betraf, nicht aus der Reserve locken.

Zumindest vorerst.

Doch dann, an einem Tag, der genauso regnerisch war wie dieser, brach alles aus ihm heraus.

Du bist kein Spitzel, hatte Chiko gefragt.

Natürlich nicht, hatte er geantwortet. *Bei meiner Gaunerehre.*

Dann ließ der Chiko alles raus. Er verschonte ihn mit keinem Detail seiner grausigen Tat.

Er sagte kein Wort, nickte nur. Was gab es da auch noch zu sagen?

Die Brutalität seines Zellengenossen erschreckte ihn. Einerseits.

Andererseits fühlte sich etwas in ihm auch davon angezogen. War es die Faszination des Bösen? Pure Neugier?

Er stellte sich diese Fragen nicht ernsthaft oder tiefer gehend. Wichtig war nur, dass er sich alles merken würde.

Denn man wusste nie warum.

Vielleicht konnte er den Chiko mal brauchen. Nein, ein Spitzel war er nicht. Nie im Leben! Aber vielleicht doch ein Mensch, der eine derartige Offenbarung für seine eigenen Zwecke ausnutzen könnte.

Er warf sich wieder auf die andere Seite seines Bettes. Dann knipste er das Licht an und setzte sich auf die Bettkante.

Er konnte nicht mehr einschlafen.

Ja, Erinnerungen sind eine Pest.

Er öffnete das Nachtschränkchen. Neben einigen Taschentuchpäckchen und Medikamenten stand dort eine Flasche Whiskey.

Irish.

Wenn es mit dem Schlafen nicht funktionierte, so half dies hier vielleicht.

Er öffnete den Verschluss und nahm einen tiefen Schluck aus der Pulle.

Dann ließ er die Flasche jäh fallen.

Denn aus ihr quollen Maden und eklige Würmer.

Er sprang hoch und übergab sich in das kleine Zimmerwaschbecken.

Doch es kamen keine Maden aus seinem Mund.
Nur Magensaft und Reste des Abendessens.
Überrascht ging er zurück zum Bett. Die Whiskeyflasche lag noch auf dem Boden. Sie war bis auf einen winzigen Rest fast ausgelaufen.
Auch hier nichts.
Das war es schon wieder, dachte er.
Es hört nicht auf. *Sie* hören nicht auf.
Er packte die Flasche und stellte sie vorsichtig auf sein Nachtschränkchen.
Er zitterte.
Ja, die Erinnerungen. Ja, das Gewissen.
Ta-dam, ta-dam.
Der Regen trommelte weiter an seine Fensterscheibe.

***

17

»Ich bin schockiert! Haben Sie nichts Besseres zu tun, als uns zu verdächtigen? Was soll der ganze Aufmarsch hier?«

Wibke Oldenburg saß hinter ihrem Bürotisch und sah Brauner verdrießlich an.

»Nun, es gibt mehr als nur einen Anlass für diesen ›Aufmarsch‹, wie sie das bezeichnen. Es geht um die beiden toten jungen Mädchen, die hier auf ihrer Schule waren. Das reicht, und das wissen Sie auch.«

»Aber wir waren doch schon bei Ihnen und sind Rede und Antwort gestanden.«

»Richtig. Und wir hatten angekündigt, dass wir wiederkommen würden, wenn es nötig ist. Nicht wahr, Dominik?«

Pfahls nickte.

»Das ist eine richtige Razzia. So was ist nicht nötig«, sagte Johannes Wiedmark, der neben Brauner stand.

»Doch. Wir werden jetzt alle Lehrer und Schüler befragen, die anwesend sind. Und auch diejenigen, die heute nicht hier sind, werden eine Vorladung bekommen. Klar?«

Wiedmark schwitzte wieder.

»Nein, so klar ist das nicht«, sagte er mit erhöhter Stimme.

»Sie lassen hier gleich Mannschaftswagen mit Blaulicht

und dem ganzen Tamtam auffahren, gerade so, als ob sich ein Serienmörder hier verstecken würde. Das ist –«

»… genau der Fall. Gut, dass Sie das auch so sehen«, unterbrach ihn Ingram.

»Das habe ich nicht gesagt«, schnaubte Wiedmark.

»Dennoch entspricht es aber wahrscheinlich den Tatsachen. Wir haben den Herrn Poluntschik noch am Freitag befragt, wie Sie sich denken können«, antwortete Brauner.

»Und?«

Diese Frage kam von Wibke Oldenburg. Sie saß immer noch an ihrem Platz. Die Farbe war aus ihrem Gesicht gewichen, und sie schien die Luft anzuhalten.

»Nun, er hat ein Alibi. Wir sehen keinen Anlass, in diese Richtung weiter zu ermitteln. Also sind wir jetzt hier.«

Irritierenderweise schien sie diese Antwort zu erleichtern.

»Ah. Ach so, ja, das ist dann ja gut für ihn. Wie gedenken Sie zu ermitteln? Es sind ja ziemlich viele Schüler und Lehrkräfte hier.«

»Wie? Nun, Sie stellen uns zwei Räume zur Verfügung, in denen wir die Vernehmungen durchführen können. Wir holen uns dann jeden Einzelnen aus dem Unterricht. Was bedeutet, dass dieser ohne große Störungen weiterlaufen kann. Die Kollegen von der Schupo sichern nur das Gelände und passen auf, dass niemand davonläuft.«

»Und deswegen machen sie so einen Aufriss? Das hätte auch ruhiger ablaufen können.«

Wiedmark hatte sich immer noch nicht beruhigt. Mit einem Taschentuch tupfte er sich dicke Schweißperlen von seiner feisten Stirn.

»Wissen Sie was?«

Brauner war nun wütend, hielt sich aber sehr gut im Zaum.

»Hä?«

»Es gibt auf dieser Erde zu viel intelligente Menschen voller Selbstzweifel und leider noch viel mehr Dummköpfe, die voller Selbstvertrauen sind.«

Wiedmark starrte ihn entgeistert an.

»Was soll das nun?«

»Denken Sie einfach darüber nach.«

Frau Jelinek, die ebenfalls anwesend war, wandte sich, ihre Hand vor das Gesicht haltend, prustend ab.

»Wollen Sie sich über mich lustig machen, Herr Brauner?«

Wiedmark wurde rot im Gesicht. Es war der pure Zorn.

»Ich? Nein, wie kommen S' denn dadrauf? Habe nur einen Klassiker zitiert.«

»Einen Klassiker?«

»Charles Bukowski«, warf Dominik Pfahls ein, der bis dahin ruhig im Hintergrund gestanden hatte.

»Würden Sie bitte aufhören? Die Situation ist zu ernst für solche Kindereien.«

Frau Oldenburg war von ihrem Platz aufgestanden und öffnete das Fenster. Dann holte sie eine Schachtel Zigaretten aus ihrer Sakkotasche.

»Also?«

Brauner verzog keine Miene.

»Wir machen es so, wie ich gesagt habe. Es wird sich schon was ergeben. Da bin ich mir sicher, Frau Oldenburg.«

Diese zuckte mit den Schultern und zog an der Zigarette, die sie sich zwischenzeitlich angesteckt hatte.

»Gut. Wie Sie meinen. Nur zu.«

Brauner glaubte ein verstecktes Lächeln in ihren Augen zu erkennen.

Nur ganz leicht, kaum bemerkbar.

Wenig später begann die Befragung, für die eigens das Lehrerzimmer und ein kleines Lager mit nicht mehr benötigten Unterrichtsutensilien bereitgestellt wurde.

Manche Schüler waren nervös, andere nicht; einige machten sich offensichtlich einen Spaß daraus. Der eine kannte Jaqueline, die andere Rebecca, manche auch beide. Doch keiner von ihnen erweckte bei den Kriminalbeamten einen ernsthaften Verdacht.

Kurz gesagt, die Ausbeute von Brauners Team war nur sehr bescheiden. Es gab auch keine besonderen Vorkommnisse während der Befragung; alles blieb ruhig. Lediglich eine hübsche junge Frau war etwas erbost über die Fragen der Beamten und verließ Türen schlagend das Zimmer; doch sie beruhigte sich wieder und beantwortete den Rest zufriedenstellend.

»Das war bis jetzt ja wohl noch nichts. Ein Fehlschlag wäre eine Katastrophe«, bemerkte Brauner gegenüber Pfahls, als sie während einer Pause kurz Luft schnappten.

»32 Schüler bis jetzt. Und kein einziger ist dabei, der uns einen Grund zum Nachbohren lassen würde. Alles Schäfchen. Es ist zum Davonlaufen.«

»Na, na«, antwortete Pfahls.

»Zuerst müssen die ganzen Angaben von denen ausgewertet werden. Wir haben ja ihre Alibis noch gar nicht überprüft. Da könnte schon noch was herauskommen.«

Könnte. Eben. Könnte.

Brauner hasste diese Möglichkeitsformulierungen.

Manchmal fragte er sich schon, was ein so ungeduldiger Mensch, der er nun mal war, überhaupt im Kriminaldienst zu suchen hatte.

Nachmittags um eins beendeten sie die Befragung. Es hatte sich nichts Besonderes ergeben. Der Tag war neblig und kalt.

Besser war auch nicht Brauners Stimmung.

Frau Oldenburg lächelte unverhohlen, als er und die anderen gingen. Ja, sie würde sich melden, wenn ihr noch was auffallen würde. Natürlich. Und Wiedmark lächelte höhnisch durch den Vollbart, welcher sein dickliches Gesicht zierte.

Was für ein selbstgefälliger Widerling.

Es war klar, dass diese ganze Aktion sich zu dem von ihm befürchteten Fehlschlag entwickelte.

Der Hartmann macht mich fertig. Versetzt mich möglicherweise. Wirft mich der Presse zum Fraß vor. Irgendjemand muss jetzt schuld sein.

»Was meinst du, kommt da heute noch was dabei raus?«

Er schrak aus seinen Gedanken hoch. Es war Ingram, der den Wagen fuhr und diese Frage gestellt hatte.

»Nein. Und du?«

»Es wird schon noch eine Zeit lang dauern, bis wir alles ausgewertet haben. Aber ehrlich gesagt, auch ich habe kein gutes Bauchgefühl.«

Sicher, dachte Brauner.

Da bist du nicht alleine.

Wenig später fand er sich auf dem altbekannten dunklen Flur des Polizeipräsidiums wieder, der zum Büro führte.

Dort breiteten sie die Formulare, welche von ihnen ausgefüllt und den Befragten unterschrieben worden waren, auf ihren Schreibtischen aus.

Es roch nach Arbeit. Viel Arbeit.

Alle genannten Verwandten, Freunde und Arbeitskollegen warteten auf einen Anruf.

Oder auch nicht.

Brauner gab einen kleinen Stoß von Befragungsformularen auch an Frau Jelinek. Sie sah ihn freundlich an.

»Sie können mir ruhig ein wenig mehr geben. Ich habe Erfahrung damit.«

»Wollte Sie nur ein wenig schonen. Sie sind ja neu bei uns«, sagte Brauner müde.

Dann begannen sie mit der mühevollen Arbeit.

Davon sieht man in den TV-Krimis nichts, dachte er.

Nur coole allwissende Ermittler und Karacho-Typen. Siehe Schimanski.

Sie waren um 18 Uhr noch nicht fertig. Auch noch nicht um 19 Uhr, als Brauner endlich ging.

Er war frustriert. Sie hatten, zumindest bis jetzt, noch keinen Anhaltspunkt gefunden, der den Verdacht auf einen oder mehrere Schüler lenken könnte.

Es war zum Haareraufen.

Brauner ging langsam durch die verregneten Altstadtgassen nach Hause. Sollte er noch ins »Scharfe Eck« und ein, zwei Bier trinken? Nein, besser nicht, entschied er nach kurzem Nachdenken.

Dann blieb er ruckartig stehen.

Warum etwas offiziell unternehmen, wenn es auch inoffiziell ging?

Und vielleicht zu einem Erfolg führte?

Der Zweck heiligt bekanntlich die Mittel. Siehe Schimanski.

Nun beschleunigte er seinen Schritt wieder. Eigentlich rannte er schon fast. Vollkommen außer Atem kam er zu Hause an. Hastete schnell die Treppe hoch.

Es konnte schiefgehen, dachte er.

Oder ein Riesenerfolg werden. Eben. Also los.

Wie verloren geisterte der Lichtstrahl von Brauners Taschenlampe durch den Baringer Hochwald. Es war ziemlich neblig; die reflektierenden Schwaden nahmen ihm zwar die Sicht, aber dämpften auch fast alle Geräusche. Leise traten seine Schuhe auf den mit Kalksteinschotter durchsetzten Waldweg.

Jetzt hatte er das alte Forsthaus erreicht.

Ja – rechts daran vorbei, über das kleine Feld und dann in das Wäldchen hinein, das den verfallenen Friedhof markierte.

Schließlich stieß er mit seinem Fuß an die Reste der alten Mauer.

Gut, dachte Brauner.

Hier werde ich es mir gemütlich machen.

Er setzte im Schein seiner Taschenlampe den Rucksack auf den Boden. Dann breitete er den Schlafsack, den er gleichfalls mitgebracht hatte, vorsichtig aus.

Er hatte vor, die ganze Nacht hierzubleiben. Zu wachen. Vielleicht auch zu schlafen, wenn die Kälte es zuließ.

So leise wie möglich schlüpfte er in seinen Schlafsack. Auch ansonsten hatte er alles Nötige dabei: eine Thermoskanne mit heißem schwarzen Kaffee, seine Dienstwaffe (verbotenerweise), ein Feuerzeug und diverse Hygieneartikel in seinem Rucksack. Und natürlich sein Smartphone.

Könnte also klappen.

Hoffentlich kommt der Kerl heute vorbei. Hoffentlich. Aber was, wenn nicht? Dann wäre ich zumindest für diese Nacht umsonst hier draußen herumgelegen. Könnte aber auch bedeuten, dass kein weiterer Mord geschehen wäre. Oder …?

Er verjagte die ständigen Grübeleien. Sie führten zu nichts, und das wusste Brauner auch.

Langsam kam er zur Ruhe. Es war vollkommen still hier. Und der Schlafsack überraschend warm.

Schließlich löschte er das Licht seiner Taschenlampe. Es wurde mit einem Schlag stockfinster. Und war immer noch so still. Fast schon wie auf einem Friedhof.

Ha, ha. Guter Witz.

Brauner wurde sich langsam der Tatsache bewusst, dass er vollkommen alleine hier draußen war. Fern jeder Hilfe. Sollte es hart auf hart kommen, konnte er nur mit seinem Handy Hilfe rufen. Die dann aber auch eine halbe Ewigkeit brauchte, bis sie hier war.

Plötzlich ein Knacken.

Brauner erschauerte.

Wieder das gleiche Geräusch. Aber nun viel näher. Etwas (jemand?) bewegte sich auf ihn zu.

Seine Hände krampften sich um die Taschenlampe. Da sie ziemlich lang war, konnte man sie auch als Schlagwerkzeug gut gebrauchen. Er hielt den Atem an.

Nochmals scharrende Geräusche. Dann ein Aufflattern und kurzes Krächzen.

Brauner atmete wieder aus.

Ein Vogel. Ein stinknormaler Vogel.

Er war als Stadtmensch einfach nicht an die Geräusche des Waldes gewohnt. Vor allem nicht an die nächtlichen.

Und je später es wurde und je länger er auf der Lauer lag, desto zahlreicher und undefinierbarer schienen diese zu werden.

Es wurde ihm zusehends unangenehm.

Was, wenn in den ganzen Legenden um die in den Wäldern verschwundenen Menschen doch ein Körnchen Wahrheit steckte?, dachte er.

Wenn es doch unbekannte Kreaturen geben sollte, die nur nachts aktiv sind? Oder gar die Geister von Toten, die …

Unsinn! So ein Quatsch! Es gibt keine Geister. Und auch keine anderen übernatürlichen Kreaturen wie den Slenderman, Skinwalker oder den Werwolf. Alles Internetlegenden. Und doch, liegst du nicht gerade mitten in der Nacht am Rande eines längst aufgegebenen obskuren Friedhofs?

Und sowohl Geister als auch Werwölfe haben mit dem Internet eigentlich nichts zu tun … ja, und Mörder auch nicht.

Oder?

Seine Sinne waren gespannt wie die Sehne eines Bogens.

Plötzlich wieder ein Geräusch ganz in der Nähe.

Ein leises Rascheln im gefallenen Herbstlaub.

Und es kam näher.

Schweiß trat ihm aus allen Poren.

Verdammt noch mal. Was, wenn es nun wirklich dieser Kerl war?

So leise es ging, richtete sich Brauner vorsichtig auf seinen Ellbogen auf.

Nichts. Also schon wieder falscher ...

Ein langgezogener durchdringender Schrei ließ ihn jäh zusammenzucken.

Sein Herz setzte für einen Moment vor Schreck aus.

Dann ließ er sich wieder zurückfallen.

Ein Kauz. Ein ganz normaler Kauz treibt mich in den Wahnsinn. Mir reicht's jetzt.

Damit stand er auf. Der Reißverschluss seines Schlafsacks surrte leise beim Öffnen. Es war ihm egal, ob der Täter nun da war und auf ihn aufmerksam wurde oder nicht.

Doch Brauner war weit davon entfernt, aufzugeben. Er wollte sich nur ein wenig umsehen und die Beine vertreten.

Die Zeit vertreiben.

Und die Angst.

Seine Taschenlampe blitzte auf. Mal sehen, was der alte Friedhof so macht, dachte er und stieg über die niedrige, von Moos überwucherte zusammengebrochene Mauer.

Vorsichtig ging er über den leicht feuchten, mit Kiefernnadeln übersäten Boden.

Hatte der Seminarförster nicht gesagt, dass es eine ganz besondere Erde wäre? Und dass auf dem Friedhofsgelände nach wie vor Pflanzen wachsen würden, die man sonst nirgends in der Umgebung findet?

Doch jetzt konnte er natürlich nichts davon entdecken. Sein Lichtstrahl streifte einen Grabstein, der längs flach auf dem Boden lag.

Wer immer hier liegen mag, eines ist sicher: Er hat wirklich seine Ruhe hier draußen.

Er musste sich jetzt ganz in der Nähe des Grabes befinden, auf dem die Leichen von Jaqueline und Rebecca gefunden worden waren. Sollte er da auch hinschauen? Nach kurzem Nachdenken entschied er sich dafür.

Er ging vorsichtig über den Waldboden. Ja, hier musste es sein.

Im Schein der Taschenlampe tauchte der isoliert stehende Grabstein auf. Und noch etwas anderes. Brauner glaubte nicht recht zu sehen.

Rosen.

Da lagen Rosen direkt auf dem Grab.

Er beugte sich über seinen Fund.

Zweifellos Rosen. Und sie waren echt.

Kopfschüttelnd richtete er sich wieder auf.

Was für ein Mensch machte so was? Vielleicht jemand, der um die beiden ermordeten Mädchen trauerte? Aber würde der- oder diejenige nicht eher auf das Begräbnis gehen?

Ein weiteres Puzzlestück in diesem Verwirrspiel.

Dann strahlte er direkt auf den Grabstein. Er hatte ihn noch nie genauer untersucht. Warum auch? Dennoch regte sich nun sein Interesse. Wer war hier eigentlich begraben? Wahrscheinlich einer der ehemaligen Bewohner des Forsthofs. *Aber warum wurden die toten Mädchen ausgerechnet auf diesem Grab abgelegt? Und auf keinem anderen? Klar, um uns herauszufordern. Logisch. Der Typ ist krank. Oder steckte doch mehr dahinter?*

Das gusseiserne Kreuz war schon stark verrostet. Auf der Vorderseite des gedrungenen Findlings war eine steinerne Tafel angebracht, auf welcher der Name des dort Ruhenden eingraviert war.

Die Schrift war durch die Verwitterung der letzten 150

Jahre fast unleserlich geworden. Brauner kauerte sich neben den Stein und fuhr mit seiner rechten Hand die Zeichen nach, während er mit der linken die Taschenlampe hielt.

U ... l ... f ...

Ulf? Ein norddeutscher Name, klar. Könnte also passen mit den Angaben des Försters.

Er machte weiter.

D ... a ... r ...

Brauner stockte der Atem. Das konnte doch nicht sein?! Einfach unglaublich.

Und doch, es war so.

Der Nachname des Toten war ...

DARREN.

***

18

Brauner bewegte sich vom Grab weg ein Stück rückwärts. Er konnte es immer noch nicht glauben.

Der Serienmörder hatte sich doch *Diener Darrens* genannt!

Seine Gedanken verdichteten sich. Ja, so musste es sein – die toten Mädchen, das Grab – es war eine Art von Ehrung. Eine Opfergabe? Wenn auch eine sehr perverse? Und wie hing das mit den dämonischen Symbolen zusammen? Mit Lilith und Asmodäus?

Wer war dieser Darren?

Er hatte, nachdem er den Namen festgestellt hatte, auch den Rest des Textes entziffern können.

So auch das Todesjahr jenes Mannes. Es war 1868. Und darunter der Satz: *Gott sei seiner Seele gnädig. Ruhe er dortselbst zu den Würmern, und ruhe er für immer.*

Beliebt war der Gute jedenfalls nicht gewesen.

Im PC hatte er am Sonntag nichts herausfinden können. Es gab sehr viele Darrens im englischsprachigen Raum, einige auch in Deutschland – aber zu keinem fanden sich Hinweise, die auf eine Verbindung zu ihrem Fall hindeuten würden.

Plötzlich ein Knacken im Gebüsch. Es kam von vorne links, noch jenseits des Friedhofs.

Und es näherte sich. Waren das nicht vorsichtige Schritte?

Schnell knipste Brauner die Taschenlampe aus und duckte sich. Ja – eindeutig, da kam jemand. Oder *etwas*.

Vielleicht ein größeres Tier?

Ein Wildschwein? Oder gar Wolf?

Schnell kauerte er sich hinter einen Busch.

Das Knacken verstummte.

Dafür blitzte jetzt eine andere Taschenlampe auf. Nur kurz, um die Umgebung auszuspähen; dann verschwand das Licht wieder.

Erneut knackte es auf dem mittlerweile frostigen Waldboden.

In der Finsternis bewegte sich etwas.

Ein Schatten, dunkler als die Nacht.

Er kam langsam auf Brauner zu.

Dann, etwa auf der Höhe des Darren-Grabes, verharrte er.

Wieder blitzte eine Taschenlampe auf.

Der Lichtkegel wanderte prüfend über den Grabstein. Plötzlich beschrieb er einen kreisförmigen Bogen.

Hat der mich gehört?

Doch nichts geschah. Mit einem leisen Klicken wurde die Taschenlampe ausgeschaltet.

Der Schatten verharrte weiter auf der Stelle.

Mist, dachte Brauner.

Meine Dienstwaffe ist im Rucksack. Und der wiederum liegt auf der anderen Seite der Mauer. Es ist zum Davonlaufen.

Dann hörte er, wie der Schatten zu reden begann.

Brauner spitzte die Ohren.

Es musste sich um eine Art Litanei oder Gebet handeln. Er konnte nur hin und wieder einige Wortfetzen erkennen.

Dir zu Ehren ... ihr Blut für dich ... Vernichtung des ewigen Feindes ... Dämonen, geschickt von der Schlange, dem Teufel ... werde sie alle zertreten ...

Ein normales Gebet war das nicht. Eher eine paranoide Kampfansage.

Brauner war verwirrt. Und doch wusste er nun, dass er zum richtigen Zeitpunkt am richtigen Ort war.

Gott sei Dank hat er mich nicht gesehen, dachte er.

Ich muss etwas machen. Das ist der Kerl, hundertprozentig. Ich muss ihn mir schnappen. Doch wie mache ich das nur am besten?

Sollte er plötzlich aus seinem Versteck herausspringen, den Mann angreifen und zu Boden ringen? Mit seiner Taschenlampe zuschlagen?

Nein, entschied Brauner. Zu gefährlich. Der Überraschungsmoment wäre zwar auf seiner Seite, aber mit nichts in der Hand könnte er keine Verhaftung durchführen, schon gar nicht bei einem so brutalen Gewalttäter. Vorsichtig, um kein unnötiges Geräusch zu machen, steckte er seine Taschenlampe in die Innenseite seiner Winterjacke.

Es blieb keine andere Lösung: Er musste schnell auf die andere Seite der Friedhofsmauer kommen, sich seine Waffe schnappen und dann den hoffentlich perplexen Täter stellen.

Und zwar sofort, bevor es sich dieser doch noch anders überlegte und im Dunkel des Baringer Hochwaldes verschwand.

Nur gut, dass sich seine Augen mittlerweile an die Dunkelheit gewohnt hatten und er einigermaßen, wenn auch nur schemenhaft, seine Umgebung erkennen konnte.

Er tastete sich geduckt, fast schon kriechend nach rechts und versuchte, möglichst wenig Geräusche zu erzeugen. Was auf dem mit alten Ästen und teils modrigem, teils vertrocknetem Laub bedecktem Waldboden nicht einfach war.

Es knackte leise.

Brauner spähte nach links, in Richtung der dunklen Gestalt. Die hatte sich nicht bewegt.

Gut so.

Weiter. Ganz vorsichtig sein. Nur keine unnötigen Geräusche. Du musst mit der Natur verwachsen. Wie ein Chamäleon. Guter Vergleich, ha, ha. Mist! Schon wieder dieses Scheißlaub! Aber er hat nichts bemerkt. Weiter.

Schließlich war er bei einem alten Baum angelangt, der scharf am ehemaligen Eingang des Friedhofs wuchs. Jetzt musste er über den zerfallenen Steinhaufen springen, der die alte Friedhofsmauer kennzeichnete, und seinen Rucksack schnappen. Eine andere Möglichkeit gab es nicht mehr. Geschwindigkeit war nun alles.

Tausend Gedanken jagten ihm durch sein Gehirn. *Jetzt!* Nein, noch nicht. Noch kurz warten. Sekunden, so lange wie Stunden. Dann hörte er ein Knacken aus der Richtung des Grabes.

War er entdeckt worden?

Jetzt aber! Los!

Brauner sprang auf. Über die alte Mauer. Stolperte prompt über einen morschen Baumstumpf, fiel der Länge nach hin. Und zwar direkt auf das kleine Lager, vor seinen Rucksack.

Ein bedrohliches Rascheln ertönte hinter ihm.

Schnell richtete er sich auf. Suchte fieberhaft nach dem Reißverschluss, fand ihn auch. Surrend öffnete er ihn und griff in den Rucksack hinein. Fand seine Dienstwaffe. Entsicherte sie, drehte sich um und hielt sie mit beiden Händen ausgestreckt vor sich.

Doch da war niemand.

Es war ruhig. Fast schon still.

Aber halt – war da nicht das gedämpfte Geräusch von Schritten und das Knacken kleiner Äste zu hören, die sich schnell entfernten?

Brauner stand ganz auf. Zu sehen war nichts. Doch die Geräusche waren klar und eindeutig verortbar. Sie kamen von der anderen Seite des Friedhofs.

Ha! Du entkommst mir nicht!

Sein ausgeprägter Jagdinstinkt übernahm nun das Kommando über sein Denken.

Schnell holte er die Taschenlampe aus der Jacke und nahm die Verfolgung auf, die Lampe in seiner linken, die Pistole in seiner rechten Hand.

Er hastete wieder über die Friedhofsmauer, am Grab von Ulf Darren vorbei und auf der anderen Seite wieder über die Mauer aus dem Friedhof hinaus. Hier wuchsen die Bäume – es waren anscheinend Tannen – sehr dicht. Brauner musste langsamer werden, wenn er sich keines seiner Augen ausstechen lassen wollte.

In einer Art Slalom lief er, so schnell es ging, um die Bäume herum. Dann stoppte er plötzlich. Und horchte. Ja – da waren die knackenden Schritte des fliehenden Verdächtigen. Sie waren stark nach links abweichend, leicht bergab.

Ein Licht erschien in einiger Entfernung, nur kurz und suchend. Dann war es wieder verschwunden.

Vielen Dank, dachte Brauner und rannte in dessen Richtung.

Wenn der sich auch nicht so gut auskennt, habe ich eine Chance, ihn zu erwischen.

Bergab kam er gut voran. Wieder blitzte der Schein einer Taschenlampe vor ihm auf, nun erheblich näher.

Jetzt habe ich ihn gleich.

Doch als Brauner ungefähr an jenem Ort angelangt war, an dem er das letzte Mal den Lichtschein gesehen hatte, war da nur noch dichtester Baum- und Strauchbewuchs.

Keine Möglichkeit, da hindurch zu kommen, schon gar nicht schnell. Vollkommen außer Atem verhielt Brauner und horchte. Doch da war nichts mehr.

Es herrschte Stille.

Wie ist das möglich?

Langsam leuchtete er hier und dort in das Unterholz hinein. Nichts.

Oder doch, hier – ein enger, gewundener Trampelpfad führte in das schwarze Dickicht.

Brauner festigte seinen Griff um die Pistole. Er spürte, dass sein Gegner nicht mehr weit war.

Dann arbeitete er sich langsam vor.

Nun tauchte auch noch zusätzlich Nebel auf. Was wiederum die Sicht weiter einschränkte, denn das Licht seiner Taschenlampe wurde nun in alle Richtungen reflektiert. Schemenhaft konnte er eine kleine Lichtung direkt vor ihm erkennen.

Er ging auf sie zu.

Langsam, ganz langsam, weil er fast die Hand nicht mehr vor den Augen sehen konnte, schlich er voran. Hohes, abgestorbenes Riedgras streifte seine Hose.

Dann stolperte er plötzlich und fiel hin.

Nach unten, abwärts.

Direkt auf vermooste und mit verfaulendem Laub bedeckte Treppenstufen.

Verwirrt richtete sich Brauner wieder auf und tastete nach seiner Waffe und nach seiner Taschenlampe. Beides hatte er durch den unerwarteten Sturz verloren. Er fand sie einige Stufen weiter unten.

Sein Erstaunen wuchs, als im Schein des Lichts ein romanischer Torbogen vor ihm auftauchte. Er überspannte den Treppenabsatz ganz unten. So wie es aussah, handelte es sich hier um ein sehr altes unterirdisches Bauwerk. Ein Keller? Brauner leuchtete nach oben. Doch von einem Gebäude darüber oder Ruinen war nichts zu erkennen. Dann besann er sich wieder auf sein eigentliches Ziel

Wo ist der Kerl hin? Er kann eigentlich nur da unten stecken. Also los.

Langsam, Stufe für Stufe, stieg Brauner die Treppe hinab. Bevor es auf dem Absatz um die Ecke ging, hielt er kurz inne; dann sprang er schnell hervor, seine Pistole und Taschenlampe in den dahinterliegenden Raum gerichtet. ›Polizei!‹, rief er dabei laut.

Doch da war niemand.

Es war dort noch nicht einmal ein Raum. Sondern ein langer, von romanischen Gewölbebogen in gewissen Abständen gestützter Gang.

Das Licht der Taschenlampe verlor sich in seiner Dunkelheit.

Was ist das?, dachte Brauner.

Ein alter Stollen? Ein Bunker aus dem letzten Krieg?

Vorsichtig bewegte er sich in den Gang hinein. Jetzt erkannte er, dass das Bauwerk erheblich älter war, als er vermutet hatte. Durch die Decke des Tonnengewölbes waren die Wurzeln von Bäumen und anderer Gewächse gebrochen; auf dem Boden hatten sich lange Wasserlachen gebildet, in denen heruntergefallenes, bröckeliges Mauerwerk lag.

Es roch muffig. Der Gang bestand aus roten Ziegelsteinen, und an den Wänden waren links und rechts Gemälde zu sehen. Brauner untersuchte sie näher. Ja – es handelte sich eindeutig um Fresken. Und sie zeigten Szenen aus dem Leben im – Mittelalter! Hier war eine Nonne, die einen Eimer Wasser trug, dort ein Hirte, der Schafe hütete. Zumindest, soweit er das erkennen konnte, denn die Malereien waren in einem kläglichen Zustand.

Er schreckte auf.

Denn von ganz weit her, doch eindeutig aus diesem gähnenden schwarzen Loch, waren plötzlich stark verhallte Laufschritte zu hören. Und sie entfernten sich schnell.

»Halt! Du entkommst mir nicht!«, rief Brauner in den Gang. So schnell er konnte lief er los. Hier unten kam er schneller voran als oben, denn der der Strahl seiner Taschenlampe wurde durch nichts mehr behindert.

Er kam auf seinem Weg immer wieder, in gewissen Abständen, an aus dem Mauerwerk springenden Rundsäulen vorbei.

Hinter einer solchen musste er sich versteckt haben, dachte Brauner.

Und abgewartet haben, ob ich den Gang wohl finden würde. Pech gehabt, Junge!

Alles Mögliche schoss ihm durch den Kopf, während er auf der Verfolgung des mysteriösen Mannes durch den unterirdischen Gang rannte.

Er hielt an, um Atem zu holen und zu horchen, und bemerkte, dass auch der Verfolgte stoppte. Offenbar ging ihm die Luft genauso aus. Dem Geräusch nach zu urteilen, war ihm Brauner ein gutes Stück näher gekommen.

Dann ging er ein paar Schritte vorwärts. Auch sein Gegenspieler tat dies. Brauner wurde schneller. Der andere auch. Die Verfolgungsjagd ging weiter.

Wie lang ist dieser Gang denn noch?, dachte Brauner.

Er kam dem Verdächtigen immer näher. Sollte er vielleicht schießen? Oder es zumindest androhen? Seine Trefferwahrscheinlichkeit wäre in diesem engen Tunnel nicht schlecht. Während er in Gedankenschnipseln dachte und rannte wie ein Besessener, flogen im Zeitraffer die Fresken an der Wand an ihm vorbei. Aufgemalte Heide- und Waldlandschaften, Mönche, Nonnen, Engel und Teufel waren da zu sehen. Er stoppte.

Schrecken erfasste ihn.

Was war das gerade gewesen?

Der andere rannte diesmal weiter.

Doch das bemerkte Brauner nur noch am Rande.

Rechts von ihm befand sich ein finsterer halbrunder Alkofen, der in die uralte Mauer des Geheimgangs eingelassen war.

Keuchend leuchtete ihn Brauner aus.

Skelette. Überall Knochen von Menschen. Und zwar ausnahmslos *sehr kleine*.

Er kniete sich hin.

Sein Gesicht war von Grauen und Ekel verzerrt. Nein, das konnte nicht möglich sein. Es durfte es einfach nicht.

Nicht so was ...

Dann gab er sich einen Ruck. Der wahrscheinlich dafür Verantwortliche befand sich gerade auf der Flucht. Und er war kurz davor, zu entkommen. Sein Vorsprung war durch Brauners unerwarteten Aufenthalt größer geworden.

Perverses Schwein. Ich mach dich fertig.

Die Laufgeräusche des Betreffenden befanden sich schon in einiger Entfernung. Unheimlich schallten die stark verhallten Fußtritte durch den Gang.

Hendrik Brauner holte noch einmal tief Luft. Er war schon sehr erschöpft.

Diese Scheißkippen.

Dann rannte er wieder los.

Und er schien aufzuholen; der Gang indes blieb anscheinend endlos. Brauner fiel auf, dass er auch alles andere als gerade verlief. Immer wieder wies er mal eine Kurve nach links, dann wieder nach rechts auf. Auch sein Erhaltungszustand war höchst unterschiedlich. Es gab Abschnitte, die vollkommen trocken waren, dann wieder welche, auf denen er heruntergebrochenem Mauerwerk, großen Wasserlachen und teilweise sehr dicken Baumwurzeln ausweichen musste.

Wieder stoppte Brauner. Und wurde sich der Tatsache bewusst, dass er von dem anderen nichts mehr hörte. Absolut nichts.

Versteckte er sich vielleicht hinter einer der romanischen Halbsäulen? Um sich dann in einem günstigen Moment auf ihn zu stürzen? Durchaus möglich, dachte Brauner und schritt langsam wieder vorwärts. Nein – es waren keine Geräusche mehr zu hören. Nur seine Schuhe verursachten auf dem mit Natursteinplatten ausgelegten Boden ihr eintöniges, leicht hallendes Tapp-tapp.

Die Taschenlampe erlosch.

Verflucht noch mal! Mistding!

Brauner schüttelte das Gerät, doch es tat ihm nicht den Gefallen, wieder anzugehen.

Er stand in vollkommener Dunkelheit. Nein, schlimmer – es war eine totale, unirdisch wirkende Schwärze, die ihn umgab.

Eine bisher nicht gekannte Angst stieg in ihm auf. Was, wenn er plötzlich von jemandem – oder etwas? – gepackt werden würde? Gedanken an unterirdisch lebende monströse Kreaturen, die sich in Jahrhunderten der Einsamkeit dieses Waldes hier entwickelt haben könnten, durchbrachen die Oberfläche seiner sonst so rationalen Gedankenwelt. Unsichtbare Hände griffen nach ihm, und in der eiskalten Dunkelheit formten sich in seiner Einbildung Schatten, die noch unergründlicher waren als diese … und bewegten sie sich nicht auf ihn zu? Kalter Schweiß brach ihm aus allen Poren.

War dies Panik?, fragte er sich.

Die Kinderskelette. Wer in aller Welt war zu so etwas fähig? Kein normaler Mensch, kein normaler Mensch. Eine Kreatur von jenseits des Begreiflichen vielleicht? Quatsch! Ich habe Angst. Nein, es ist nur Vorsicht. Aber warum kann ich dann nicht mehr klar denken? Warum bin ich wie gelähmt? Ich will hier raus ... raus ... raus!

Er riss seine Augen weit auf, ohne etwas sehen zu können, und lauschte.

Da war eine Melodie. Wunderschön, geisterhaft und sehr alt. Sie wurde auch auf alten Instrumenten, einem Spinett und einem Cello, gespielt.

Das war zu viel. Einfach ZU VIEL.

Brauner ging in die Hocke und bedeckte das Gesicht mit seinen Händen.

Ich werde verrückt. Nein, das ist es nicht. Ist es nicht. Hier geht etwas Übernatürliches vor sich. Geister. Dämonen. Sie sind hier. Was sonst? Herr im Himmel, verlasse mich nicht!

Er war kurz vor dem Überschnappen. Und hätte auch laut aufgeschrien, wenn nicht etwas aus seinem Wintermantel herausgeglitten und mit einem klar vernehmlichen Klacken auf dem Boden aufgeschlagen wäre.

Hastig begann Brauner danach zu suchen. Er tastete den gesamten Umkreis mit seinen Händen ab.

Es wäre seine Rettung. Zumindest ein Trost. Sein *Handy*.

Schließlich fand er das Ding und schaltete es hektisch ein. Fahlblaues Licht erhellte den Gang, dessen Wände er nur schemenhaft erkennen konnte. Doch das Display war zu schwach; also wechselte er auf die Taschenlampenfunktion. Gott sei Dank war der Akku noch fast voll. Nun war das Licht auch erheblich stärker und vertrieb Brauners Angstzustände. Keine Dämonen und Geister mehr. Doch die Musik war nach wie vor zu hören.

Er sah sich kurz um und ging dann den Gang entlang weiter, um die Quelle der seltsam anmutenden Klänge ausfindig zu machen. Es war grotesk und unwirklich. Die Musik wurde zusehends lauter, je weiter Brauner vordrang. Eine wunderschöne, zerbrechlich wirkende Melodie, melancholisch und in Moll.

Jetzt musste er schon ganz nahe sein. Von dem Menschen, den er verfolgt hatte, war nichts mehr zu hören, geschweige denn zu sehen. Nur die Musik war da. Und auf irgendeine Weise stand sie im Zusammenhang mit den Geschehnissen hier, das spürte Hendrik Brauner instinktiv. Nur wusste er noch nicht, wie.

Die alte Melodie verstummte. Er sah sich um, als ob er den oder die Musiker zu sehen bekommen würde. Doch da war natürlich niemand.

Aber hier, gerade wo er stand, war die Musik erklungen. Da war er sich zu hundert Prozent sicher. Kam sie von jenseits des Ganges? Vielleicht, aber woher dann? Er betrachtete eine der Fresken, die auch an dieser Stelle die Wand schmückten. Sie war, genauso wie die anderen, schon stark verwittert. Doch Brauner konnte eine Szene gut erkennen: Sie stellte eine Nonne dar, die offensichtlich mit einem Bauern oder Schäfer sexuell aktiv war.

Er lächelte amüsiert.

Na, die haben sich aber so einiges getraut, so was zur damaligen Zeit darzustellen. Aber wird schon so gewesen sein. Von wegen Zölibat!

Dann ging er weiter den Gang entlang. Es konnte doch nicht sein, dass der Typ sich einfach in Luft aufgelöst hatte! Doch da war nichts und niemand mehr.

Wenig später verengte sich der Gang zusehends und folgte einer starken Kurve nach rechts; dann tauchte im

Licht seines Handys ein Kruzifix mit einer lebensgroßen Christusfigur auf, sodass sich Brauner gehörig erschrak.

Verdammt! Was macht das denn hier?, dachte er.

Aber hier stehen mehr solche Sachen herum. Eine alte Truhe. Ein Haufen alter Bretter. Wo bin ich hier gelandet?

Langsam, immer auf der Hut vor einem plötzlichen Angriff, schlich Brauner voran. Der Gang knickte scharf nach rechts ab. Und nach ein paar Metern endete er schließlich am Fuß einer nach oben führenden Wendeltreppe.

Entschlossen folgte ihr der Kriminalhauptkommissar. Er war der festen Überzeugung, dass zum Schluss der Mann, den er die ganze Zeit gejagt hatte, auf ihn warten würde. Nur wo und wann, das war noch offen. Aber er würde ihn kriegen. Hier und jetzt.

Sein Elan wurde gestoppt durch eine uralte Holztür, die ihm das weitere Fortkommen verleidete. Er rüttelte daran. Doch sie tat ihm nicht den Gefallen, sich zu öffnen.

»So ein Dreck!«, fluchte Brauner leise vor sich hin.

Ist er vielleicht gar nicht hier hoch geflohen? Oder hat er nur besonders leise die Tür hinter sich verschlossen? Mistkerl!

Erneut rüttelte er wütend an dem gusseisernen Türschloss.

Nichts tat sich.

Gerade als er aufgeben wollte, öffnete sie sich jedoch mit einem leisen Knarren.

Brauners Adrenalinspiegel stieg.

Wollte sich jetzt der Mörder auf ihn stürzen?

Doch nichts kam von der anderen Seite. Im Licht seines Handys trat er nun leise und vorsichtig, mit der Pistole sichernd, durch den breiten Türspalt.

Nichts.

Es ging weiter; oben angekommen, stellte er erstaunt fest, dass sich rechts von ihm ein uralter Brunnen befand. Er blieb abermals stehen.

Ich befinde mich in einem Gebäude, ganz klar. Aber in welchem?

Auf jeden Fall musste es sehr alt sein. Eine Burg?

Er blickte nach unten und konnte den Grund des Brunnens nicht erkennen. Er war anscheinend sehr tief und durch ein Eisengitter gesichert. Typisch für eine mittelalterliche Anlage, dachte Brauner und ging weiter.

Seine Annahme wurde bestätigt, als es einige Sekunden später erneut um die Ecke ging und er sich in einem Raum mit niedrigen romanischen Säulen befand. Ganz offensichtlich war dies die Krypta einer Kirche. Doch die Betbänke waren eindeutig neueren Datums; offenkundig wurde sie also für Gottesdienste genutzt.

Vorn, wo nach Brauners Einschätzung der Altar sein musste, glitzerte es im Licht seiner Handylampe.

Er trat langsam näher und blickte sich misstrauisch um. Jederzeit konnte er angefallen werden von jenem gefährlichen Verrückten, der sich sicherlich im Dunkel dieses geheimnisvollen Baus verbarg.

Doch es geschah wieder nichts.

Dafür erkannte Brauner jetzt, was da glitzerte. Es handelte sich um ein kleines goldenes Kruzifix, das zur Sicherheit in einem Glaskasten aufbewahrt wurde. In seinem Zentrum war ein kleines Behältnis angebracht; also musste es sich um eine Art kleinen Reliquienschrein handeln. Er bekam eine Ahnung, wo er sein könnte, war sich aber noch nicht ganz sicher.

Als er weiter in den Bau vordrang, tauchten im Lichtschein immer weitere mysteriöse Dinge auf. Zu seiner Rechten zum Beispiel ein uralter Grabstein, auf der das Abbild einer Klosterfrau eingemeißelt war; zu seiner Linken eine weitere Kapelle. Dann ging es wieder eine enge Wendeltreppe nach oben.

Schließlich betrat er durch eine diesmal geöffnete Tür einen deutlich größeren Raum. Ja – es war eindeutig eine Kirche. Der üppigen Ausstattung des Chorraums nach zu urteilen war sie im Barock erbaut worden. Brauner wandte sich dem Mittelgang zwischen den Bänken hindurch zu. Langsam ging er diesen entlang und leuchtete mal nach links, mal nach rechts in die Bankreihen hinein. Es war gut möglich, dass sich der Verdächtige dort versteckt hatte. Aber da war niemand.

Brauner war am Ende des Mittelgangs angekommen. Hier, im Eingangsbereich der Kirche, gab es einige Aushänge und auf einem Regal ausgelegte Touristenführer.

Brauner nahm einen von ihnen zur Hand. Und erfuhr, dass er sich in der ehemaligen Kloster- und Wallfahrtskirche Heilig Kreuz zu Baring befand.

Klar, das war's!, dachte er.

Vor Urzeiten war ich mal hier gewesen. Klassenausflug in der Grundschule.

Er überprüfte kurz die hölzerne, wuchtige Eingangstür.

Sie war verschlossen. Also musste der Kerl noch in der Kirche sein. Keine Frage.

Er vernahm ein leises Geräusch hinter sich.

Es lief ihm kalt den Rücken hinunter.

Der Beichtstuhl!

Ich habe den Beichtstuhl ganz vergessen!
Vorsichtig drehte er sich um und ging gemessenen Schritts auf die niedrige Kabine zu. Im Lichtstrahl seines Handys erschien der dunkel getäfelte Verschlag.

Brauner richtete seine Waffe auf ihn.

»Polizei! Kommen Sie langsam und mit erhobenen Händen heraus!«

Nichts rührte sich.

Er trat näher.

»Kommen Sie bitte sofort heraus! Dies war die erste Warnung!«

Was glaubt der eigentlich? Will der mich verarschen? Es ist aus, Mann!

»Raus jetzt!«

Brauner brüllte diesen Befehl fast schon.

Mit einem lauten Kreischen riss und zerrte etwas am Vorhang des Beichtstuhls.

Er schrak zurück.

Und schoss.

Eine Ratte, fast so groß wie eine Katze, sprang hervor und rannte schnell in Richtung Krypta.

Brauner stand noch einige Sekunden lang erschrocken und erstaunt herum.

Dann setzte er sich auf die am nächsten liegende Bank, legte die Pistole beiseite und senkte seinen Kopf.

Atmete einmal tief durch.

Und wählte dann auf seinem Handy die Nummer des Polizeipräsidiums. Der Kriminaldauerdienst war ja ständig vor Ort.

Es war halb vier.

19

»Das hast du ja gut hingekriegt. Schöner Schaden!«

Dominik Pfahls begutachtete die Stelle am Beichtstuhl, in die Brauners Patrone eingeschlagen war.

Kurz nachdem er im Polizeipräsidium angerufen hatte, läuteten sämtliche Alarmglocken. Es kamen einige Beamte der Schutzpolizei aus Neuburg, um die Kirche im allgemeinen zu sichern und Brauner aus seiner misslichen Lage zu befreien; es kam Wenninger aus Ingolstadt mit seiner Spurensicherung. Genauso auch Dr. Heinrichs von der Gerichtsmedizin wegen der Kinderskelette. Und schließlich Pfahls und Ingram, die von Brauner separat verständigt worden waren.

»Das meine ich wohl«, antwortete Brauner. »Ich war wirklich der Überzeugung, er hätte sich darin versteckt. Dabei war es nur eine Ratte. Eine widerliche übergroße Ratte.«

Dr. Heinrichs war mit seinem Team bereits in den unterirdischen Gang aufgebrochen, um nach Brauners Ortsangaben die Skelette zu bergen. In der Kirche befanden sich außer Brauner noch Wenninger, Ingram und Pfahls. Sie warteten auf den bereits von dem Vorfall informierten Pfarrer. Brauner hatte einige Fragen an ihn.

Dieser wurde von Pfahls kurz auf die Seite genommen.

»Deinen Mut in Ehren, Hendrik. Aber was hast du dir eigentlich dabei gedacht? Solche Einzelaktionen machen wir nicht. Es ist schlicht und ergreifend zu gefährlich. Außerdem, denk mal an Hartmann!«

Brauner sah Pfahls ruhig an.

»Das weiß ich alles sehr wohl. Trotzdem – der Erfolg heiligt zwar nicht alle, aber doch viele Mittel. Dies ist eines davon. Ich habe das mit mir ausgemacht und es als in Ordnung befunden. Immerhin wissen wir jetzt, wie der Täter unerkannt auf den Friedhof kommen konnte. Bin ja gespannt, ob sich diesmal endlich Spuren finden lassen.«

»Gut, an einen Geheimgang hat hier niemand gedacht, das ist wohl wahr. Deine Entdeckung hat uns ein Stück weitergebracht. Trotz deiner unorthodoxen Ermittlungsarbeit.«

»Unorthodox?«

»Ja, unorthodox.«

»Auch recht. Wo bleibt eigentlich der Pfarrer? Der müsste doch schon längst da sein?!«

Wie zur Antwort kamen durch das Kirchenportal einige Leute auf sie zu.

Brauner und Pfahls standen auf.

Es war der Pfarrer von Heilig Kreuz, mit zwei weiteren Männern im Schlepptau.

Und er wirkte nicht gerade freundlich.

»Sie haben das also hier verursacht? Wie sind Sie überhaupt hier hereingekommen?«, fragte er Brauner, nachdem er sich kurz den Schaden am Beichtstuhl angesehen hatte.

»Erst mal Grüß Gott. Ich bin Hauptkommissar Brauner,

Kriminalpolizei Ingolstadt. Und ich stelle hier die Fragen. Ihr Name, wenn ich bitten darf?«

Der Pfarrer blickte ihn verwirrt an.

»Wenzel Rocha. Ich bin der Pfarrer unserer schönen Wallfahrtskirche. Was tut das zur Sache?«

»Eine Menge. Was wissen Sie über den Geheimgang vom Forsthof bis hierher, und was über die Kinderskelette dort?«

Rocha schwieg und wurde sehr weiß im Gesicht.

Dann setzte er sich auf die nächste Kirchenbank.

Brauner wollte ihn gerade auffordern, endlich zu reden, als der Pfarrer von selbst damit anfing. Er war nun sehr ruhig und wirkte nicht mehr aufgebracht. Sondern eher traurig.

»Ich wusste, dass dieses Geheimnis irgendwann herauskommen würde. Gerade in unserer heutigen Zeit mit diesen ganzen Medien lässt sich eigentlich nur noch sehr wenig verschweigen. So Gott will, es ist nun geschehen. Ja, ich wusste von der Existenz dieses uralten Gewölbegangs. Er stammt aus dem 11. Jahrhundert und war eine Verbindung zum alten Klosterhof, dem heutigen Forsthof. Dieses Gebiet gehörte früher zum Besitz der Benediktinerinnen hier.«

»Ich weiß«, warf Brauner ein.

»So? Auch gut. Er wurde eigentlich nur für unruhige Zeiten angelegt, um im Falle eines Falles die Klosterschätze in Sicherheit zu bringen. Bücher, Geld, Kunstwerke und natürlich die Reliquie vom Kreuz unseres Herrn.«

»Ja. Und weiter?«

»Leider, so muss man wohl sagen, diente er im Laufe der Zeit aber auch zu … anderen Zwecken. Wenn Sie sich schon informiert haben, wie Sie sagen, dann wissen Sie wahrscheinlich auch, dass das Wiesengelände beim heutigen Forsthof ursprünglich bebaut war. Der Gang mündete in den Keller eines solchen Gebäudes. Und – nun, wie soll ich es am besten sagen? – es ist für einen Kirchenmann peinlich, wissen Sie?«

Brauner und Pfahls lächelten.

»Tun Sie sich keinen Zwang an.«

Rocha warf ihnen einen Blick zu, den man nur schwer deuten konnte. Dann begann er zu erzählen.

»Nun – wie schon gesagt, Heilig Kreuz war ein reines Frauenkloster. Es lebten auch viele Novizinnen hier. Auf dem Klosterhof im Baringer Hochwald arbeiteten hingegen Männer; sie waren damit beschäftigt, dort landwirtschaftliche Arbeiten wie die Viehzucht oder den Getreideanbau für das Kloster zu verrichten. Außerdem waren es auch keine Mönche, sondern mehr oder weniger Angestellte. Im Rahmen der damaligen Leibeigenschaft, natürlich.«

»Also Unfreie.«

Pfahls war es, der dies sagte.

Der Pfarrer stutzte.

»Das ist Auslegungssache. Und manchmal – nun … manchmal siegte eben die reine Fleischeslust über den Glauben und die strengen Regeln, die der Heilige Vater in Rom und der Orden sich selbst auferlegt hatten. Sie wissen, was ich meine.«

»Klar. Jetzt weiß ich auch, was die eigenartigen Fresken im Geheimgang zu bedeuten haben. War ein ganz schöner Verkehr dort unten, damals«, erwiderte Brauner.

»Das alles ist kein Grund, sarkastisch zu werden.«

Rocha war sein Zorn anzusehen. Er blickte den Hauptkommissar mit einem derart stechenden Blick an, das dieser ihm kurz auswich.

»Und was haben die Kinderskelette da unten verloren?«

Nun war es an dem Pfarrer, Brauners Blick auszuweichen. Diese Frage war ihm sichtlich noch unangenehmer als die vorherige.

»Die Kinder? Das ... nun, wie Sie sich vorstellen können, kam es aufgrund der gerade geschilderten Verhältnisse immer wieder auch zu Schwangerschaften. Und die Kinder – sie wurden ... ja ... es konnte nicht sein, was nicht sein durfte.«

Es herrschte Schweigen für mehrere Sekunden.

Brauner brach es.

»Gut. Dann handelt es sich also nicht um aktuelle Tötungen oder Morde?«

»Nein.«

Max Ingram ging einen Schritt auf den Pfarrer zu.

»Warum wurde das alles nicht schon längst öffentlich gemacht? Stattdessen halten Sie hier alles geheim! Was ...«

»Schweigen Sie!«, unterbrach ihn Rocha laut.

»Dieses Geheimnis existiert schon seit Jahrhunderten. Es wurde von Priestergeneration zu Priestergeneration weitergegeben, auch als das Kloster schon nicht mehr existierte. Bis heute, bis jetzt. Es war also schon fast eine Tradition. Aber noch nicht einmal im Dorf wusste man davon. Es muss auch nicht jeder alles wissen. Das steht zwar gegen den heutigen Zeitgeist, aber dies ist meine Überzeugung.«

Er blickte die Polizisten, nach Zustimmung heischend, an.

»Und denken Sie doch an unsere katholische Kirche. Sie

befindet sich zurzeit in starker Bedrängnis, vor allem nach den Vorkommnissen in Augsburg und Donauwörth. Ein derartiger Fund hätte alles nur noch schlimmer gemacht.«

»Interessiert mich nicht. Bin evangelisch.«

Pfahls mal wieder, dachte Brauner.

Das musste jetzt sein.

»Die Luft ist raus. Verhindern und verschleiern können Sie nichts mehr. Wir ermitteln schließlich in einem Mordfall. Sie wissen, um was es geht?«

»Nur aus der Zeitung.«

»Gut. Ich habe gestern eine dringend verdächtige Person durch den betreffenden Geheimgang hierher verfolgt. Doch plötzlich war diese verschwunden. Es muss also jemand gewesen sein, der sich hier bestens auskennt. Abgesehen von Ihnen selbst, natürlich. Meine Frage nun: Wer könnte das wohl sein? Und gibt es noch einen anderen Eingang als das Portal?«

Rocha stand auf.

»Was sollen diese Spitzfindigkeiten? Wollen Sie mir da was unterstellen?«

»Nein. Ich will nur die Wahrheit herausfinden. Mehr nicht. Also, wie sieht es aus?«

Der Pfarrer wandte seinen Blick von Brauner ab.

Ingram schaltete sich jetzt ein.

»Wir können Sie auch gerne nach Ingolstadt zur Vernehmung mitnehmen. Das dürfte nicht sehr angenehm sein. Also?«

»Gut«, sagte Wenzel Rocha leise. »Was den Eingang betrifft: Es gibt nur diesen einen, ja. Was die Personen betrifft, die außer mir noch einen Schlüssel haben, so gibt es da noch den Hausmeister und den Gärtner. Aber fragen Sie sie selbst.«

Damit wies er auf seine beiden Begleiter.

Der Gärtner stellte sich vor; es handelte sich um einen kleinen, etwas dicklichen Mann von 58 Jahren, der auf den Namen Georg Scharnagel hörte und mit der Pflege der Grünflächen des ehemaligen Klosterbereichs sowie des Friedhofs betraut war. Er redete sehr leise und langsam, was aber den Vorteil hatte, dass man ihn wirklich gut verstand. Von Aufregung keine Spur. Auch konnte er ein gutes Alibi vorweisen: Er war die ganze Nacht zu Hause im nahen Attenfeld gewesen. Seine Frau könne dies bezeugen.

Nicht anders sah es beim Hausmeister, einem 45 Jahre alten, hageren Mann namens Konrad Hassauer aus. Zum einen hatte er sowohl die Schlüssel zur Kirche als auch zur alten Klosterbibliothek, zum anderen wohnte er in einem Haus westlich der Kirche, ein Stück weit weg, aber noch auf dem alten Klostergelände. Er lebte außerdem alleine; jedoch könne seine Tochter, die normalerweise in Bamberg eine Ausbildung absolvierte, aber gestern Nacht auf Besuch da war, bezeugen, dass ihr Vater die ganze Zeit im Haus gewesen war. Hassauer machte einen etwas nervösen Eindruck, verhaspelte sich während der Befragung und zog ständig seine Mütze zurecht. Doch das konnte auch situationsbedingt sein, dachte Brauner.

Nachdem die beiden noch ihre Unterschrift unter das Protokoll gesetzt hatten, durften sie wieder gehen.

»Wir werden ihre Alibis überprüfen. Aber einen besonders verdächtigen Eindruck machen die nicht auf mich«, sagte Pfahls abschließend zu Brauner.

»Mag sein. Aber welcher Serienmörder wirkte jemals verdächtig? Es waren in der Vergangenheit oftmals genau diejenigen, welche einen absolut unauffälligen und gesetzten Eindruck machten. Wir dürfen keinen auslassen! Und vor allem brauchen wir jetzt endlich einen Erfolg, Dominik!«

Er gähnte in seine vorgehaltene Hand. Die letzten Stunden und der fehlende Schlaf machten sich langsam bemerkbar.

Dr. Heinrichs kam in seinem weißen Schutzanzug auf die Beamten zu.

»Eines kann ich Ihnen sagen«, bemerkte er, seine Gesichtsmaske lösend, »die Skelette liegen nicht erst seit kurzer Zeit da unten. Wir haben natürlich noch nichts analysiert, aber höchstwahrscheinlich sind sie schon sehr alt.«

»Nicht nur höchstwahrscheinlich. Sie sind aus dem Mittelalter. Ich wurde gerade aufgeklärt. Zumindest, was diese Sache betrifft«, erwiderte Brauner ohne Umschweife.

»Aha. Ich nehme die Knochen trotzdem mit in die Gerichtsmedizin. Sicher ist sicher.«

Nun meldete sich auch Wengerer zu Wort. Er hatte kurz telefoniert. Offenbar war es etwas Wichtiges.

»Einer meiner Leute konnte einen kleinen Handrechen auf dem Friedhof sicherstellen.«

Einen Handrechen? Wozu denn den?, dachte Brauner.

Ich glaube kaum, dass sich der Kerl als Friedhofsgärtner betätigen wollte.

»Es muss einen anderen Grund geben.«

»Wie bitte?«, fragte Wengerer.

»Was? Ach so – nein, passt schon. Ich habe nur laut gedacht. Wozu könnte Ihrer Meinung nach der Rechen gedient haben?«

»Ich bin kein Ermittler wie Sie. Aber wenn Sie mich so fragen – wenn ich vorsichtig bin, so glaube ich, dass er zum Verwischen der Fußspuren diente. Deshalb haben wir dort auch nie was gefunden.«

Brauner war überrascht. Nach kurzem Nachdenken musste er aber Dr. Heinrichs zustimmen. Es war eine einfache, aber wirkungsvolle Methode, auffällige Spuren von Schuhprofilen verschwinden zu lassen. Und oftmals waren die einfachsten Methoden auch die besten.

Denke also nicht zu kompliziert, sagte er im Stillen zu sich selbst.

Wenn du das Geräusch von sich nähernden Hufen hörst, denkst du auch nicht an ein Zebra. Sondern an ein Pferd.

»Untersuchen Sie ihn auf Fingerabdrücke. Ich hatte zwar gestern Nacht den Eindruck, dass der Verdächtige Handschuhe anhatte, aber ich kann mich auch irren. Ich brauche die Ergebnisse so schnell wie möglich.«

»Wir tun, was wir können.«

Wieder gähnte Brauner, diesmal laut und herzhaft.

Er musste ins Bett. Und zwar schnell.

»Okay. Eine Frage hätte ich aber noch.«

Er wandte sich wieder Pfarrer Rocha zu.

»Sagt Ihnen der Name Ulf Darren etwas?«

Er schien kurz nachzudenken.

»Vielleicht. Aber ich kann ihn nirgends genau verorten. Warum denn?«

»Weil es der Name auf dem Grabstein jenes Grabes auf dem alten Mennonitenfriedhof ist, auf dem die Leichen der ermordeten Mädchen abgelegt wurden.

Der Verdächtige hat dort gestern Nacht eine seltsame Zeremonie abgehalten, bei der ich ihn gestört habe. Klingelt es?«

»Nein. Es klingelt nicht, Herr Brauner. Mal ganz abgesehen von Ihrer flegelhaften Ausdrucksweise: Ich bin ein katholischer Pfarrer, und diese Kirche ist gleichfalls katholisch. Mit den Mennoniten habe ich nichts zu tun. Sie sollten sich also schon an die wenden, bitte.«

»Ach so? Es gibt aber meines Wissens keine mehr hier, und der Friedhof liegt in ihrem Sprengel. Könnten Sie uns nicht doch behilflich sein? Den alten Gang haben Sie und Ihre Vorgänger ja auch ewig geheimgehalten. Vielleicht gibt es ja noch so ein behütetes Geheimnis, oder? Strengen Sie sich doch mal an!«

Rocha schüttelte seinen Kopf.

»Nein, mir fällt jetzt nichts Bestimmtes ein. Aber ich werde mich bemühen und Nachforschungen anstellen. Mehr kann ich Ihnen nicht versprechen.«

»Gut. Aber seien Sie sich sicher, dass wir uns schon sehr bald melden werden. Es wurden zwei junge Frauen ermordet. Wir lassen nicht locker. Verstehen Sie das?«

Der Pfarrer nickte, ohne noch etwas zu sagen.

»Gut. Dann gehen wir jetzt. Wir haben noch einiges zu erledigen. Auf Wiedersehen.«

Gemeinsam mit Pfahls und Ingram verließ Brauner die Kirche.

Draußen empfing sie ein neblig grauer Novembertag. Der uralte romanische Kirchturm machte einen geheimnisvollen Eindruck auf ihn.

Was der wohl schon gesehen und erlebt hat, seit er hier steht? Wie gering ist doch ein Menschenalter!

Die Kälte vertrieb seine Müdigkeit ein wenig. Er fragte Pfahls, ob er ihn zum Waldparkplatz nördlich von Gietlhausen mitnehmen könnte, wo er am Abend zuvor seinen Wagen abgestellt hatte. Vielleicht fiel ihm ja während der Fahrt noch etwas ein – ein Detail, das er bisher übersehen hatte. Eine Geste des Verdächtigen, ein Kleidungsstück, eine besondere Eigenart? Doch da kam nichts mehr. Vor sich hin sinnierend, fiel Hendrik Brauner auf dem Beifahrersitz in einen wohltuenden Erschöpfungsschlaf.

***

20

Das war knapp gewesen gestern Nacht.

Um ein Haar hätte ihn dieser hartnäckige Provinzbulle erwischt. Sehr ärgerlich, das Ganze. Vor allem, weil dieser Brauner ihn bei einer sehr wichtigen Zeremonie gestört hatte. Und das konnte Unheil zur Folge haben.

Am besten wäre es daher wohl, die ganze Sache zu wiederholen. Es stellte sich nur die Frage wann. Es musste bald sein, denn er wollte den Geist des dort Beerdigten um Hilfe für seine nächste Aktion bitten.

Nummer drei stand an.

Lamashtu, ich werde dich kriegen. Du wirst keinen Menschen mehr in den Tod treiben.

Was war Darren, sein Idol, doch für ein Genie gewesen. Und das, obwohl er eigentlich nur streng nach der Bibel, genauer gesagt: dem Neuen Testament, handelte. Oder zumindest eine Handlungsvorgabe in seinem Buch beschrieb. Wie hieß es nochmal in Markus 5,9?

Jesus führte einen Exorzismus durch. Er fragte einen von einem Dämon besessenen Menschen: »Wie heißt du?«, und dieser antwortete: »Ich bin Legion, denn wir sind viele!« Darauf exorzierte sie Jesus, und sie fuhren aus dem Besessenen aus und in eine Herde Schweine hinein, die sich in der Nähe befand. Welche dann kurze Zeit später allesamt in den See Genezareth stürzten und ertranken, inklusive der Dämonen.

So und nicht anders musste man handeln. Er tat nur, wie ihm geheißen.

Müde sah er aus dem gelblich verschmutzten Fenster in den grauen Morgen.

Es war Zeit für ein Frühstück.

Während er den Kaffee durchlaufen ließ und aus dem Kühlschrank die nötigen Utensilien für Spiegelei mit Schinken holte, kam ihm in den Sinn, es vielleicht mit Brauner aufzunehmen.

Das barg zwar gewisse Gefahren, keine Frage.

Aber tappte die Polizei bis jetzt nicht total im Dunkeln? Und war es gestern nicht reiner Zufall gewesen, dass dieser Kerl sich ausgerechnet in jener Nacht auf die Lauer gelegt hatte? Noch nicht einmal nach seinem provokanten Brief waren sie ihm auch nur ein Stück weit nähergekommen.

Es sind Versager. Ich kann mit denen machen, was ich will. Sie sind in meiner Hand. Nicht umgekehrt.

Apropos: Schon wieder hatte er starke Schmerzen sowohl in beiden Händen als auch der Bauchgegend gehabt. An seiner linken Hand hatten sich die Fingerspitzen sogar für ein paar Stunden schwarzblau verfärbt. Es verging zwar wieder, aber dennoch war er beunruhigt.

Er musste vorsichtig sein. Wie schon gesagt: Es stand ihm ein Instrument, eine Waffe zur Verfügung, die bisher gut funktioniert hatte und auch weiter gut funktionieren würde.

Sollte er dem Kommissar einen Denkzettel verpassen?

Ein teuflisches Lächeln verzerrte sein Gesicht.

Dann schlug er das erste Ei in die Pfanne.

Ja.

Und nicht nur das. Notfalls würde er sogar noch weiter gehen. Seiner Waffe, seinem willigen Freund, würde es sicherlich große Freude bereiten.

Oh, ja.

Damit schlug er das zweite Ei am Pfannenrand auf und ließ es hineinträufeln.

Könnte sein, dass dies dein Schädel ist, Brauner.

Doch dann durchfuhr ihn ein eisiger Schreck.

In den langsam anbratenden Eiern in der Pfanne formte sich ein dämonisches Gesicht, das ihn anstarrte.

Schnell packte er sie und warf den Inhalt in das Spülbecken.

Dann ließ er Wasser darüberlaufen.

Es zischte und spritzte.

Verschwinde. Ich bin stärker als ihr. In Gottes Namen ...

Er murmelte seine Litanei, mal lauter, mal leiser.

Sie ähnelte jener, die er nachts zuvor auf dem Friedhof heruntergebetet hatte.

***

21

»Hey, Hendrik! Wach auf! AUFWACHEN!«

Brauner fuhr aus seinem tiefen Schlaf hoch. Es war Pfahls, der ihn schüttelte.

»Was ist – was ist denn los?«, stammelte er.

Pfahls sah ihn lächelnd an.

»Du bist eingeschlafen. Und das auf der kurzen Strecke von Baring bis hierher. Bist du dir sicher, dass du jetzt ins Präsidium fahren willst?«

Brauner fror.

»Ja. Aber sorgt dafür, dass der Kaffee fertig ist, wenn ich komme. Okay?«

»Wie du meinst.«

»Sicher. Bis später dann.«

Er stieg aus und ging geradewegs in den Wald, Richtung Friedhof. Er wollte noch seinen Schlafsack und das andere Zeug holen, das sicherlich immer noch dort herumlag. Vielleicht hatten es die Leute von der Spusi ihm auch schon netterweise beiseitegelegt.

Als er nach einem Marsch von zwanzig Minuten ankam, waren diese auch noch vor Ort an der Arbeit. Tatsächlich hatten sie seine Sachen aufgesammelt und in einer Ecke des alten Friedhofs abgelegt; er hatte Wengerer schon vor Stunden sicherheitshalber informiert, dass sie von ihm waren und nicht zu dem Verdächtigen gehörten.

Wortkarg nahm er alles noch einmal in Augenschein.

Schon eigenartig, dachte Brauner.

Wie anders diese Umgebung bei Tageslicht aussieht. So vollkommen anders als nachts. Richtig entzaubert.

Er schulterte seinen Rucksack und rollte so halbwegs den völlig durchnässten Schlafsack zusammen. Dann ging er den ganzen Weg wieder zurück.

Er fühlte sich eigenartig. Einerseits war es gut, dass er mit seiner eigenmächtigen Handlung die Sache vorangetrieben und nebenbei noch ein anderes Geheimnis aufgedeckt hatte, andererseits war er nun völlig entkräftet und sehnte sich nach einem warmen Bad und seinem Bett. Eigentlich war er heute nicht mehr in der Lage, ins Präsidium zu fahren und dort die Ermittlungen weiterzuführen.

Ich muss aber, dachte er.

Wir brauchen Erfolge. Jetzt haben wir zumindest eine Spur. Ich kann mich jetzt nicht zu Hause verkriechen.

Am Auto auf dem Parkplatz gegenüber der kleinen Kirche von Gietlhausen angekommen, warf er sein Zeug einfach in den Kofferraum und fuhr sogleich los.

Im Dorf selbst bog er nach links ab auf eine kleine Landstraße, die über Hesselohe nach Neuburg führte. Es war nun kurz vor acht. Also passend. Brauner hatte spontan beschlossen, sich in eine Bäckerei oder ein Café zu setzen und erst mal zu frühstücken. Der Kaffee im Büro konnte auch warten. Er würde nachher kurz Pfahls oder Ingram anrufen und ihnen mitteilen, dass er später kam. Er brauchte jetzt eine Stärkung, sonst ging heute nichts mehr.

Er überquerte die Donaubrücke beim Neuburger Schloss und suchte sich in der unteren Altstadt einen Parkplatz. Der lag just ganz in der Nähe des Café Zeitloch, das direkt am Schrannenplatz lag.

Der Poluntschik hatte es doch in seiner Vernehmung erwähnt. Bei dieser Gelegenheit kann ich es mir selbst mal anschauen.

Er richtete sich nach dem Aussteigen kurz ein wenig her, um wieder einigermaßen vorzeigbar zu sein.

Als Brauner das Café betrat und sich umsah, bemerkte er, dass es nur sehr mäßig besucht war. Angenehme Wärme durchflutete seinen Körper. Er setzte sich an einen der Fensterplätze, die auf den Schrannenplatz zeigten.

Er bestellte sich ein kleines Frühstück und einen – ausdrücklich schwarzen! – Kaffee. Durch das Fenster beobachtete er das morgendliche Treiben. Es war auch hier nicht gerade viel los.

Langsam kam er innerlich zur Ruhe und konnte seine Gedanken ordnen.

Seine grausige Entdeckung in jenem unterirdischen Gang drängelte sich wieder in den Vordergrund.

Diese armen Kinder – wie konnte man nur so etwas tun?, dachte er voller Mitleid. Auch wenn diese Verbrechen, und um nichts anderes handelte es sich ja, schon hunderte von Jahren her waren, so änderte sich doch nichts am menschlichen Empfinden über so eine Tat.

Die haben wirklich ihre guten Vorsätze auf dem Altar des Zölibats geopfert. Von wegen Nächstenliebe und so. Das fromme Selbstbild und die Außenwirkung mussten stimmen. Alles, was dem im Weg stand, wurde aus dem Weg geräumt. Oder negiert. Getötet. Sogar kleine, unschuldige Kinder.

Er stellte sich die Frage, wie weit eine Ideologie oder eine Religion den Menschen entmenschlichen konnte.

Die Antwort, die er sich selbst gab, lautete: fast vollständig. Siehe die Nationalsozialisten, die Stalinisten, das Christentum im Mittelalter mit seinen Kreuzzügen, und den IS heute. Alle gaben vor, das Beste für den Menschen zu wollen. Und versuchten dennoch, ihre Ziele mit den denkbar schlechtesten Mitteln zu erreichen. *Was für ein Paradoxon.*

Sein Gedankenfluss wurde von den Gesprächsfetzen einer Unterhaltung unterbrochen, die am Nachbartisch schräg links von ihm im Gange war.

»… ist doch einfach schrecklich. Und so etwas gleich in unserer Nähe! Einfach furchtbar, was diesen jungen Mädchen geschehen ist! Und die Polizei? Schläft vor sich hin, die kriegen gar nichts auf die Reihe!«

Brauner hörte aufmerksam hin. Die beiden – eine ältere, etwa sechzig Jahre alte Frau und eine jüngere Blonde – sprachen offenbar über die Morde. Die ältere war in ein enganliegendes blaues Kleid gehüllt und hatte einen gleichfarbigen Designerhut auf, der ihr so etwas wie einen Haute-Couture-Anstrich gab, während die jüngere eher durchschnittlich gekleidet war.

Nicht so auffallend. Du starrst sie ja geradezu an, sprach Brauner zu sich selbst.

»Ich glaube nicht, dass die Polizei nichts auf die Reihe kriegt. Eher mal, dass sie vielleicht gar nicht dürfen«, antwortete die Junge auf den vorigen Satz.

»Wie soll ich das verstehen? Was meinen Sie damit?«

»Na, vielleicht wird der Mörder gedeckt, weil er selbst ein Polizist ist. Schon mal daran gedacht?«

Aha, dachte Brauner.

Daher weht der Wind. Verschwörungstheoretiker am Werk.

Er hörte den beiden noch eine Zeitlang zu, nicht ohne unter dem Tisch manchmal wütend seine Faust zu ballen. So ein grotesker Unsinn!

Als sein Frühstück kam, schlang er es mit einem Riesenappetit hinunter. Es war sofort weg, genauso auch der schwarze Kaffee, den er in Rekordgeschwindigkeit hinunterstürzte. Dann stand er auf, um zu zahlen. Er verspürte den Drang, so schnell wie möglich nach Ingolstadt ins Präsidium zu fahren.

Die Unterhaltung der beiden Frauen war währenddessen weitergegangen. Die Blaue, stilsicher und selbstbewusst mit einem Sektglas in der Hand, gab gerade ihr großes Wissen und Können zum Besten.

»Also, wenn ich die Verantwortliche wäre, würde ich genau wissen, was zu tun ist. So schwer kann das doch nicht sein. Ich glaube, ich hätte den Täter innerhalb kürzester Zeit ermittelt. Und dann ohne Verhandlung hingerichtet! Aufgehängt gehört so ein Typ!«

Jetzt wurde es Brauner zu bunt.

»Was glauben Sie eigentlich, wer Sie sind? Die Kriminalpolizei? Wenn Sie alles besser wissen, bitte schön. Sie können meinen Fall gerne haben, aber lösen Sie ihn dann auch bitte in kürzester Zeit, wie Sie gesagt haben!«

Die beiden Frauen sahen ihn mit großen Augen an, ohne einer Antwort mächtig zu sein.

»Übrigens: Mein Name ist Hendrik Brauner. Ich bin Kriminalhauptkommissar und arbeite ununterbrochen daran, dieses Verbrechen aufzuklären. Und jetzt noch einen schönen Tag, auf Wiedersehen!«

Damit drehte er sich um und ging, die beiden Frauen verdutzt schauend hinter sich lassend. An der Theke meinte die Bedienung, welche die Szene mitbekommen hatte, dass die ältere Dame eine Neuburger Szeneberühmtheit sei.

»Das ist mir wurscht. Wer keine Ahnung hat, soll seinen Mund halten und fertig«, entgegnete Brauner unwirsch.

Auf der Fahrt nach Ingolstadt beruhigte er sich langsam wieder. Es drängte sich ihm wieder eine Frage auf. *Wohin war der Kerl heute Nacht verschwunden? Immer noch ungeklärt ... aber halt! Moment mal!*

Eine neue Eingebung drängelte sich vor. Wie, so fragte er sich, war es eigentlich möglich, durch diesen ewig langen Gang die Leichen *alleine* zu befördern? Er musste Helfershelfer haben. Oder so was wie einen Karren ... ja, eher Letzteres. Psychopathische Serienmörder haben nur in den seltensten Fällen Komplizen.

Etwa auf der Höhe von Dünzlau klingelte sein Handy.

Es war das Büro, wie er an der Nummer erkannte.

Brauner nahm an, trotz der Tatsache, dass er gerade fuhr.

Ein offenkundig sehr erregter Max Ingram war am anderen Ende.

»Wo bleibst du denn? Komm schnell, es gibt Neuigkeiten!«
»Immer mit der Ruhe. Was ist denn los?«

Ingram fasste sich sehr kurz. Brauner beendete das Gespräch schnell und drückte aufs Gaspedal.

Es war höchste Zeit.

»Da bin ich. Also, noch mal das Ganze, aber diesmal ausführlich und in aller Ruhe, bitte.«

Während Brauner seinen Wintermantel an den Garderobenständer hängte, begann Pfahls zu berichten.

»Ein Geheimnis geht, ein anderes kommt«, fing er bedeutungsschwanger an.

»Wir haben einen Anruf bekommen, und zwar von der Regina Oldenburg. Sie hatte uns einiges zu erzählen.«

»Na, dann schieß mal los.«

»Anscheinend hat ihr Freund, der Poluntschik, kurz vor seiner Vernehmung einen Anruf von Reginas Mutter, unserer geschätzten Schulleiterin, bekommen. Die hat ihm 500 Euro geboten, wenn er schweigt, und sich noch dafür entschuldigt, dass sie unseren Verdacht auf ihn gelenkt hat. Aber das ist noch nicht alles, noch lange nicht.«

Ach so, deswegen war der nicht überrascht, als wir auftauchten, dachte Brauner.

So fügt sich eines zum anderen.

»Weiter.«

»Nun, die beiden – also Frau Oldenburg und der Wiedmark – hatten gemäß Reginas Aussage das ganze Wochenende genutzt, um auch diverse andere Schüler zu bestechen, damit sie bei unserer gestrigen Befragung den Mund hielten. Was ja leider von Erfolg gekrönt war.«

»Sieht so aus«, entgegnete Brauner. »Aber was wussten die denn so Belastendes?«

»Das wirst du nicht glauben«, warf Ingram ein. »Es ist total verrückt, scheint aber doch wahr zu sein. In diesem Sozialpädagogischen Institut in Neuburg gab es so etwas wie einen spiritistischen Zirkel. Die haben Geister beschworen. Laut Frau Oldenburgs Tochter wurde dieser Club auch noch von einem Lehrer geleitet. Und zwar in den Kellerräumen des besagten Instituts. Doch die ganze Sache flog auf, weil der Mann während einer solchen Session einen epileptischen Anfall bekam. Die anderen sind aus lauter Angst davongelaufen, weil sie natürlich erschrocken waren. So kam die ganze Sache ans Tageslicht. Und zum Schluss das Beste: Die beiden Toten waren Mitglieder dieses Zirkels. Genauso auch Daniel Poluntschik. Als einziger Mann.«

Brauner war mehr als nur erstaunt über diese Neuigkeiten.

»Was? Also so was – wenn das stimmen sollte ...«

»Tut es höchstwahrscheinlich«, sagte Pfahls. »So etwas denkt sich niemand einfach mal so aus. Die Regina Oldenburg und ihr Freund kommen demnächst ins Präsidium, um ihre Aussagen auch schriftlich zu bestätigen.«

»Der Lehrer übrigens«, so Ingram weiter, »wurde nach dem Vorfall entlassen. Was ja verständlich ist. Aber warum versuchen die Schulleitung und ihr Stellvertreter das alles zu vertuschen?«

»Eine sehr gute Frage«, sagte Brauner.

»Wir brauchen Folgendes: zuerst die schriftliche Zeugenaussage von der jungen Oldenburg. Dann den geschassten Lehrer, wenn sich alles bewahrheiten sollte. Er ist höchst verdächtig, denn es könnte sich bei den Morden um einen Racheakt seinerseits handeln. Und dann die ältere Oldenburg und den Wiedmark. Wer so viel zu verbergen hat, steckt in dieser Sache tief mit drin. Es werden bald Handschellen klicken. Endlich.«

Er setzte sich auf seinen Platz. Er merkte nun, als der Erfolg greifbarer wurde, seine tatsächliche Erschöpfung. Und diese kam nicht nur von der vorherigen Nacht.

Wie passt das zusammen?, dachte er.

Einerseits der Verrückte gestern auf dem Friedhof. Er wusste von dem Gang. Kannte sich sehr gut aus. Andererseits ein Lehrer dieser Schule, ein Geisterbeschwörer, den sie deswegen auch rausgeschmissen haben. Friedhof und Spiritist, das läuft schon mal. Gut. Sehr gut. Jetzt führe den Gedanken zu Ende. Er dämonisiert im wahrsten Sinn des Wortes die Mädchen, die an diesem Zirkel teilgenommen haben, und schiebt denen die Schuld für seine Entlassung zu. Er tickt nun mal so, denn er ist krank. Will Rache. Er tötet die erste, die zweite – und wer wird die Nächste sein? Passt alles zusammen. Das ist unser Mann. Könnte er sein. Oder?

»Hendrik?«

Er schreckte hoch.

»Ich habe nur alles geistig vorsortiert. Passt auf.«

Brauner stand wieder auf und ging zum hinter ihm an der Wand stehenden Flipchart. Zur Bürotür kamen gerade die zugeteilten Sokomitglieder Licht, Amberger und auch Frau Jelinek herein.

»Also Folgendes«, sagte er mit erhobener Stimme, nachdem die anderen über die Lage ins Bild gesetzt worden waren, »wir haben jetzt zwei Angriffspunkte: zum einen das Institut für Sozialpädagogik. Die Zielpersonen sind die dortige Schulleitung, Frau Wibke Oldenburg, und ihr Stellvertreter Johannes Wiedmark. Sie haben uns, so wie es aussieht, nicht nur wichtige Informationen verschwiegen, sondern auch noch unseren Verdacht auf jemand anderen gelenkt, der wahrscheinlich unschuldig ist. Außerdem steht sogar die Bestechung von Mitwissern – Schülern des Instituts und Mitgliedern jenes Kreises – im Raum. Die Kollegen in Neuburg, die uns dabei unterstützen sollen, werden noch unterrichtet. Herr Licht und Herr Amberger, würden Sie hinfahren und den Beamten helfen?«

Zustimmendes Kopfnicken.

»Gut. Bringen Sie sie her. Die Herren Ingram, Pfahls, ich selbst und Frau Jelinek werden sich dann zum anderen um diesen ominösen Lehrer kümmern, dessen Name uns zwar jetzt noch nicht, aber schon bald bekannt sein wird. Er ist unser Hauptverdächtiger. Die Staatsanwaltschaft muss umgehend informiert werden wegen der zwangsweisen Vorladung zur Vernehmung. Gleiches gilt auch für die Oldenburg und den Wiedmark. Unabhängig davon müssen wir unbedingt herauskriegen, wer die anderen Mitglieder dieses Zirkels waren. Sie sind akut gefährdet. Dominik, wann kommen die beiden Zeugen?«

»Die dürften jeden Augenblick …«

Es klopfte an der Tür.

»Herein!«

Es waren Regina Oldenburg und ihr Freund. Brauner beauftragte Pfahls und Amberger mit der Aufnahme der Zeugenaussagen. Sie gingen in einen anderen Raum dafür.

»So, meine Herren. Ich meine, Damen und Herren, natürlich. Wir warten jetzt nur noch auf die schriftliche Zeugenaussage. Und vielleicht noch auf ein paar Neuigkeiten. Dann legen wir los. Hat jemand noch eine Idee?«

»Ja, ich«, sagte Frau Jelinek. »Wäre es nicht möglich, dass dieser Lehrer lediglich ein weiterer Mitwisser beziehungsweise Mittäter ist? Vielleicht hat er gar nichts mit der Sache zu tun und ist nur das Opfer einer gezielten Anschuldigung?«

Brauner staunte nicht schlecht. Es kam selten vor, dass jemand seine Ausführungen oder Vorgaben hinterfragte. Und wenn, dann taten das nur seine beiden Kollegen, mit denen er schon jahrelang zusammenarbeitete.

Er räusperte sich kurz.

»Nun, Frau Jelinek, das ist natürlich alles möglich. Außer Ihrer Mittätertheorie. Normalerweise handeln Serienkiller alleine. Meistens sind es krude, halb verrückte Einzelgänger. Und genau das vermute ich auch hier. Sehen Sie, es kulminiert ziemlich viel in dieser einen Person: Er kennt die Opfer, er hielt heimlich spiritistische Sitzungen an seiner Schule ab, und er wurde deswegen gefeuert. Wir haben also einen Mann, der mit den Toten spricht, zwei tote Mädchen mit alttestamentarischen Symbolen von Dämonen auf der Stirn, dann mein gestriges Erlebnis auf dem Friedhof, wo ebenfalls eine eigentümliche nächtliche Totenehrung vor jenem Grab stattfand, auf dem die Leichen der beiden Mädchen gefunden worden waren. Und in dem ein gewisser Ulf Darren beerdigt liegt – was uns wiederum zum Täter führt, denn dieser hatte seinen Brief als ›Diener Darrens‹ unterschrieben. Wie das genau noch mit der Schulleitung zusammenhängt, kommt heute erst auf. In puncto Mitwisser gebe ich Ihnen diesbezüglich also Recht. Jedenfalls ist dieser Lehrer ein Wirrkopf, wenn nicht sogar verrückt im klinischen Sinne. Er könnte sich rächen wollen. Es wäre ihm zuzutrauen, mehr als allen anderen. Er hat ein triftiges Motiv. Und was alles verbindet, ist eine aus dem Ruder gelaufene, düstere Religiosität mit Geister- und Dämonenglaube, ausgelebt von jenem Zirkel. Verstehen Sie?«

»Wow!«

Brauner lächelte.

Pfahls und Amberger kamen von der Befragung der beiden Zeugen zurück. Regina und Daniel Poluntschik folgten ihnen. Sie wirkten eingeschüchtert durch die vielen Polizisten im Büro.

Brauner dankte den beiden und wies sie an, sich dorthin zu setzen, wo es noch einen Platz gab. Dann fragte er Pfahls, ob die Zeugenvernehmung denn etwas Neues ergeben habe.

»Nun, in ein paar Nuancen schon. Die junge Frau Oldenburg hat ihre Mutter zu Hause belauscht, als diese dem Wiedmark die Anweisung gab, ihren Freund und die anderen Mitglieder des Zirkels zu bestechen, damit sie bezüglich des Vorfalls während der Geisterbeschwörung den Mund hielten. Pro Nase übrigens 250 Euro. Nur der Daniel Poluntschik bekam 500, weil ihn die beiden schon in ihrer Verzweiflung bei uns angeschwärzt hatten. Er sollte dennoch schweigen. Stimmt doch so, oder?«

Poluntschik nickte.

»Gut«, sagte Brauner. Dann, an Regina Oldenburg gewandt: »Ich finde es sehr ehrlich von Ihnen, dass Sie uns doch noch die Wahrheit gesagt haben. Sie wussten davon schon bei Ihrer ersten Vernehmung, nicht?«

Sie schüttelte den Kopf.

»Nein. Ich kam erst dahinter, nachdem meine Mutter mir alles erzählt hatte. Jedoch ohne ihr Wissen, wie Sie wissen.«

Er lächelte wegen des Wortwitzes.

»Wirklich, Herr Hauptkommissar. Das müssen Sie ihr glauben«, sagte Daniel Poluntschik. »Und von meiner Mitgliedschaft im ›Kreis der Wissenden‹ hat sie erst erfahren, als ich es ihr gesagt habe. Gestern.«

»Mmh. Aber nur, weil Sie von ihr dazu gedrängt wurden, nicht?«

»Auch das. Vor allem aber, weil ich Angst habe, Herr Brauner. Denn ich könnte selbst das nächste Opfer sein. Schon mal daran gedacht?«

»So konkret noch nicht, nein«, antwortete Brauner.

»Dennoch habe ich noch eine ganze Menge Fragen an Sie. Was sollte dieser ganze Zirkus überhaupt? Sie glauben doch nicht im Ernst an so was, oder? Immerhin lernen Sie einen sehr verantwortungsvollen Beruf, bei dem man mit beiden Beinen im Leben stehen sollte. Meine ich zumindest.«

Poluntschik schüttelte lächelnd den Kopf.

»Sie haben eine Meinung, ohne sich jemals mit dem Jenseits befasst zu haben. Es ist kein Zirkus. Sondern schlicht und ergreifend Realität. Das habe ich Ihnen schon mal gesagt. Nehmen Sie's einfach hin. Spätestens, wenn Sie tot sind, werden Sie sehen, was ich meine. Man kann die Seelen der Toten herbeirufen und ihnen Fragen stellen. Es sind nur die richtigen Beschwörungsformeln und das richtige Werkzeug dafür nötig. Hat nicht sogar Jesus gesagt: *Fürchtet euch nicht?*«

»Meinetwegen, ja. Aber nun eine andere Frage: Halten Sie den Lehrer – äh, den Namen bitte, Dominik?«

»Baldung, Hendrik. Moritz Baldung.«

»Danke. Also – halten Sie den Herrn Baldung für fähig, solch schlimme Taten zu begehen? Sie haben ihn ja sowohl in diesem Zirkel als auch im Unterricht erlebt. Was ist das für ein Mensch?«

Poluntschik dachte kurz nach.

»Was für ein Mensch der ist? Kann ich nicht genau sagen. Auf jeden Fall ein klasse Geschichts- und Religionslehrer. Da hat er wirklich was auf dem Kasten. Gut – und was diese Geisterbeschwörungen angeht, da weiß er auch sehr viel.«

»So, was konkret zum Beispiel?«

»Wie man ein Hexenbrett verwendet. Es ist nicht so einfach, wie viele glauben.«

Brauner stutzte.

»Ein was?«

»Ein Hexenbrett«, schaltete sich Licht ein. »Es wird auch Ouija-Board im Englischen genannt. Es ist eine Art von Tafel, meistens aus Holz, die mit den Buchstaben des ABC und den Wörtern ›Ja‹ und ›Nein‹ beschriftet ist. Man kann damit mit den Toten kommunizieren. So die Legende, zumindest. Habe ich recht?«

»Schon«, sagte Daniel Poluntschik. »Bis auf das mit der Legende. Denn es ist wirklich so.«

»Okay. Glaubenssache, wie schon gesagt. Noch mal zum Baldung zurück: Ist er zu Gewalttaten fähig, oder haben Sie ihn jemals unbeherrscht erlebt?«, fragte Brauner weiter.

»Nein.«

»Gut. Eine Frage noch an Sie, Frau Oldenburg: Warum haben Sie eigentlich die kriminellen Handlungsweisen Ihrer Mutter an uns weitergegeben? Sie hätten als Angehörige ersten Grades ein Zeugnisverweigerungsrecht gehabt.«

Sie wirkte etwas überrascht.

»Ich musste es tun. Schon allein, weil sie Daniel da voll

mit reingeritten hat. Er ist mein Freund. Außerdem ist das Verhältnis zu meiner Mutter so oder so angespannt, um es mal schön auszudrücken. Ich habe kein schlechtes Gewissen, denn ich weiß, dass sie vor allem wegen diesem Ekel von Wiedmark so handelte, wie sie gehandelt hat.«

Brauner nickte leicht mit dem Kopf.

»Verstehe. Eine Frage noch an Sie, Herr Poluntschik: Wie ging das genau vor sich während dieser spiritistischen Sitzung? Ich meine, was ist da mit dem Herrn Baldung passiert? Oder wurde das schon im Vernehmungsprotokoll festgehalten?«

»Nein, noch nicht«, antwortete Amberger. »Es wurden nur die erfolgten Bestechungen durch die Frau Oldenburg erfasst. Wir haben jetzt auch die Namen der Mitglieder dieses Zirkels. Es waren insgesamt sieben Schüler, von denen zwei ermordet wurden. Fünf sind es also noch.«

»Danke. Also, Herr Poluntschik?«

»Na ja, wie ging das vor sich«, wiederholte Daniel Poluntschik, »wir haben uns immer jeden Donnerstag so gegen zwanzig Uhr getroffen. Und zwar im Keller, dort, wo auch alte Stühle und Pulte stehen. Wir haben uns um Herrn Baldung im Kreis versammelt, und er hat dann mit der Beschwörung begonnen. Hat Fragen gestellt, und um die Antworten aus dem Jenseits zu bekommen, haben wir uns dann im Führen des Glases auf dem Hexenbrett abgewechselt. Waren immer zwei, drei Leute. Mehr geht nicht.«

»Hm, interessant. Wie funktioniert das genau mit dem Glas?«

»Ganz einfach. Man stellt es umgekehrt aufs Brett und

legt einen oder zwei Finger darauf. Die anderen machen es genauso, und dann wartet man, ob sich was tut. Manchmal kommt gar nichts, manchmal schon. Wenn es losgeht, bewegt sich das Glas von einem Buchstaben zum anderen, bildet Wörter und sogar ganze Sätze. Oder es springt zum Ja oder Nein, je nachdem, welche Frage gestellt wurde. Verstehen Sie?«

»Ja – durchaus«, sagte Brauner. Er wirkte nachdenklich.
»Und Sie haben das schon ein paar Mal mitgemacht?«
»Schon oft. Und glauben Sie mir: Das ist kein Fake.«
»Ja, ja. Was ist dann genau geschehen an jenem besonderen Tag?«
»Zuerst war es so wie immer. Doch plötzlich hat der Baldung so eigenartig in die Runde geschaut. Dann hat er komische Krächzlaute von sich gegeben, sprang von seinem Platz auf und rannte zu einem der Kellerfenster. Der wollte da raus, aber das Scharnier klemmte. Als er es dann doch noch aufbekam, ist ihm eine fette Spinne entgegengesprungen. Der bekam wirklich panische Angst, hat zu schreien angefangen und ist nach hinten gefallen, voll auf seinen Schädel. Er blieb dann liegen und hat zwischendurch immer gezuckt. So als hätte er einen epileptischen Anfall. Hatte auch Schaum vor dem Mund. War'n ziemlich grausiger Anblick, die ganzen Mädels sind dann abgehauen. Nur eine blieb da und hat mit mir den Notarzt gerufen.«
»Gut. Alles klar, Herr Poluntschik. Sie dürfen jetzt gehen.
Auch Sie, Frau Oldenburg. Wir werden noch heute Ihre Mutter zu den Anschuldigungen verhören. Nur damit das noch mal gesagt ist.«
Sie nickte. Dann gingen die beiden nach Hause.

»So. Jetzt wissen wir schon ein wenig mehr. Max, wo wohnt dieser Moritz Baldung?«

»Haben wir schon ermittelt. Er wohnt in Walda. Das liegt zwischen Ehekirchen und Pöttmes. Ist nur ein winziges Kaff, glaube ich.«

Punkt 12 Uhr mittags fuhren Brauner und sein Team los.

***

22

Es regnete heftig, als die beiden Wagen sich auf der Landstraße zwischen Neuburg und Ehekirchen befanden. Dazu wehte ein starker, kalter Wind.

Das allerbeste Novemberwetter, dachte Brauner und blickte aus dem Fenster. Rechts von ihm befand sich eine hügelige Landschaft, die sanft in die Ebene des Donaumooses überging, welches sich auf der anderen Seite der Straße befand. Alleen, gesäumt mit Birken, die wie in tiefer Trauer ihre Köpfe neigten, wechselten sich ab mit weiten Feldern, deren tiefschwarze Moorerde deutlich aus dem Einheitsgrau dieses Monats hervorstach.

Sie fuhren durch Ehekirchen. Bald schon, hinter Schönesberg, musste Walda liegen. Also kurz vor der Grenze zum Landkreis Aichach-Friedberg.

Glück gehabt. Würde der Baldung in Pöttmes wohnen, wäre schon das Präsidium Schwaben-Nord in Augsburg für diesen Fall mit zuständig. Wie umständlich.

Zum Regen gesellten sich nun Graupel und vereinzelte Schneeflocken. Dies wirkte im Verbund mit der flachen Moorlandschaft einerseits unendlich trist, andererseits aber auch geheimnisumwittert und auf eine morbide Weise romantisch.

Dann waren sie da. Die Ortschaft erstreckte sich links der Landstraße nach Pöttmes; Pfahls, der den Wagen fuhr, bog dementsprechend ab und fand schon nach kurzer Zeit die Adresse am Moosweg.

»Da sind wir. Mal sehen, ob der gute Mann da ist«, bemerkte Brauner, als er ausstieg.

Es war ein niedriges Einfamilienhaus, in kräftigem Siena gehalten, wie so viele Häuser im Donaumoos und der näheren Umgebung. Auch der Wagen von Ingram und Frau Jelinek parkte gleich um die Ecke.

Brauner ging zur Tür und läutete. Es ertönte ein hohl und tief klingender Gongschlag. Eine kleine, zierliche Frau öffnete ihnen. Sie wirkte überrascht und antwortete ausweichend auf die Frage, ob ihr Mann anwesend sei; dennoch blieb sie freundlich und bat die Polizisten erst mal herein. Die geräumige Wohnküche war in einem rustikal-bayerischen Landstil gehalten und wirkte auf den ersten Blick ganz normal. Brauner und die anderen nahmen Platz. Doch dann entdeckte sein stets wacher Spürsinn einige Dinge, die ihn aufmerken ließen.

Unter dem Kruzifix, das in der Ecke schräg unter der Decke hing, war ein Pentagramm befestigt. An der Wand daneben hing ein Bild, bei dessen Anblick sich ihm schon bei oberflächlicher Betrachtung die Nackenhaare sträubten. Er stand wieder auf und sah es sich genauer an. Dem Stil nach zu urteilen, handelte es sich um die Kopie eines Höllengemäldes von Hieronymus Bosch. Unzählige Dämonen in bizarrsten Formen quälten im Fegefeuer die armen Seelen der Sünder. Dazu stachen Skelette mit Lanzen auch noch auf diese ein, und eine riesige Bestie mit dem Kopf eines

Vogels saß thronend im Zentrum des Bildes und fraß die gefangenen Seelen, nur um sie hinten wieder auszuspeien.

»Schön, was? Mein Mann hat es in Italien erstanden. War nicht billig.«

»Schön? Ist wohl Ansichtssache. Aber das war das Stichwort: Wir würden gerne, wie ich schon vorhin angedeutet habe, Ihren Mann sprechen wollen.«

»Um was geht es denn genau, Herr Brauner? Hat mein Mann etwas verbrochen?«

»Genau diese Frage würden wir ihm gerne stellen. Deswegen sind wir hier. Also, wo ist er?«

»Könnte sein, dass der Moritz im Keller ist. Oder auch nicht, vielleicht ist er stattdessen auf dem Reichenbichl und forscht dort wieder herum. Er ist sehr von der alten Zeit eingenommen, wissen Sie?«

»Also was jetzt? Ist er nun da oder nicht?«, sagte Pfahls ungeduldig.

Frau Baldung antwortete nicht sofort. Dann, leise, entgegnete sie: »Es ist mir eigentlich egal, wo er ist. Wir reden schon seit einiger Zeit nicht mehr miteinander. Er macht, was er will, und ich umgekehrt genauso.«

Es klang traurig und resigniert.

Oha, dachte Brauner.

Da geht wohl gerade eine Ehe in die Brüche.

Sie öffnete eine Tür, die anscheinend jene zum Keller war, und rief laut den Namen ihres Mannes hinunter. Das tat sie mehrmals; doch immer kam als Antwort nur Schweigen.

»Er scheint nicht da zu sein. Also ist er höchstwahrscheinlich auf dem Reichenbichl. Da ist er immer, wenn er allein sein will oder ihn sein Forschertrieb packt.«

»Was ist der Reichenbichl?«

Frau Baldung sah Brauner verwundert an.

»Kennen Sie den nicht? Den Burgstall?«

»Nein. Könnten Sie mich bitte aufklären?«

»Gerne. Das ist eine Stelle, an der früher eine Burg war. Heute steht da nur noch ein mit Bäumen bewachsener Hügel. Folgen Sie einfach dem Schwalbenweg über die Felder bis zur T-Kreuzung. Normalerweise parkt der Moritz immer schon dort.«

»Ah, gut. Um was für ein Auto handelt es sich?«

»Einen alten roten Opel Vectra.«

Brauner fuhr mit Pfahls los, während Ingram und Jelinek zur Sicherheit bei Frau Baldung blieben.

Das gleichmäßige Geräusch der Scheibenwischer lullte ihn während der Fahrt ein. Schon eigenartig, dachte er.

Die Gegend hat etwas Geheimnisvolles. Kein Wunder, dass man hier eher bereit ist, alten Sagen und Legenden zu glauben als in einer Großstadt.

Schon von Weitem konnten sie einen isoliert stehenden, mit nunmehr kahlen Bäumen bekrönten Grashügel auf einer natürlichen bewaldeten Anhöhe erkennen. Sie fuhren direkt darauf zu. Als sie unterhalb des Hügels waren, konnten sie auch das Auto Baldungs erkennen, welches in einer Waldschneise parkte.

Brauner und Pfahls stiegen aus.

Die kalte Waldluft war frisch und roch gut. Sie folgten einem Waldweg nach oben, und schon nach kurzer Zeit konnten sie rechter Hand den Grashügel erkennen.

Sie kämpften sich durch das Unterholz und konnten auf dem Hügel einen Mann erkennen, der gebeugt ging und ständig auf den Boden starrte.

»Herr Baldung? Sind Sie das?«, rief Brauner.

Der Mann schien sie erst nicht zu hören. Erst nachdem Pfahls nochmals laut seinen Namen gerufen hatte, reagierte er und kam auf sie zu.

Er trug einen seltsamen Gegenstand, einem Sauger nicht unähnlich, mit sich.

»Guten Tag, Herr Baldung. Ich bin Kriminalhauptkommissar Brauner aus Ingolstadt, dies ist mein Kollege, Herr Pfahls. Wir sind hier, um sie zu einer Vernehmung ins Präsidium mitzunehmen. Würden Sie bitte mitkommen?«

Moritz Baldung fiel die Kinnlade herunter.

»Ja, warum denn? Was ist denn los?«

»Es geht um die Morde an Jaqueline Bernauer und Rebecca Winterberg. Sie wissen Bescheid, oder?«

»Ja, ich habe davon gehört. Einfach schrecklich. Aber ich habe damit nichts zu tun.«

»Was haben Sie eigentlich da mit dabei, wenn ich fragen darf?«, sagte Pfahls.

»Das? Oh – das ist ein Metalldetektor. Ich interessiere mich sehr für lokale Geschichte, und manchmal finde ich damit alte Münzen aus der Römerzeit oder Beschläge aus dem Mittelalter. Sehen Sie diesen Hügel hinter mir? Da stand früher eine kleine Turmhügelburg, so um das Jahr 1000.«

»Ich sehe es«, antwortete Brauner. »Und ich weiß, dass das, was Sie hier tun, illegal ist. Raubgräberei ist kein Kavaliersdelikt. An solchen Stätten darf normalerweise nur mit einer Erlaubnis des Landratsamts geforscht und gegraben werden. Haben Sie so eine?«

Baldung verneinte.

»Ach so? Gut, dann folgen Sie uns jetzt bitte. Sie sind

vorläufig festgenommen. Es sind auch Kollegen bei Ihrer Frau, sie weiß Bescheid.«

»Aber wieso … warum … und mein Auto?«

»Soll Ihre Frau holen. Sie bleibt ja da.«

Geknickt folgte Baldung den Beamten den Waldweg nach unten. Eine Spaziergängerin mit Hund kam ihnen entgegen. Sie blickte ihn an, während er absichtlich von ihr weg in den Boden starrte.

Wahrscheinlich eine Frau aus dem Dorf, dachte Brauner. *Es ist ihm peinlich, so abgeholt zu werden. Wäre es mir auch.*

»Verdammt noch mal! Ich weiß nicht, was Sie von mir wollen!«

Moritz Baldung machte einen niedergeschlagenen Eindruck nach der ersten Vernehmungsrunde.

Und er war aufgebracht.

»Ich habe mit diesen Morden nichts zu tun. Keine Ahnung, welcher Verrückte dafür verantwortlich ist. Ich jedenfalls nicht!«

»Jetzt mal ganz ruhig«, sagte Ingram. »Schreien Sie bitte hier nicht so herum, das bringt Ihnen gar nichts. Also noch mal: Sie kannten die beiden ermordeten Schülerinnen. Ja?«

Baldung nickte.

»Und Sie haben in der Schule einen Zirkel von Geisterbeschwörern gegründet, dem die beiden angehört haben.

Als wegen eines epileptischen Anfalls von Ihnen alles aufflog, wurden Sie von der Schulleitung gekündigt. Auch richtig?«

»Ja und nein«, entgegnete der ehemalige Lehrer.

Brauner erhöhte den Druck.

»Was soll diese unscharfe Antwort? Wissen Sie, was wir glauben? Sie befinden sich auf einem Rachefeldzug, um die Ihrer Ansicht nach an Ihrem Elend schuldigen Mädchen zu bestrafen. So sieht es doch aus, oder?«

»Nein! Ich bin auf keinem Rachefeldzug, das ist kompletter Unsinn! Und was den Anfall betrifft, so sieht es auch anders aus, als es scheint. Denn es war gar keiner.«

»Schön. Was dann?«, fragte Ingram.

Moritz Baldung wurde schlagartig sehr ruhig. Sein Blick war nach innen gewandt. Dann begann er langsam und leise zu erzählen.

»Wir hatten wieder eine Sitzung abgehalten und versucht, den Geist des verstorbenen Freundes einer Teilnehmerin zu beschwören. Doch es wollte einfach nicht klappen. Stattdessen meldete sich jemand, oder besser gesagt: *etwas* ganz anderes. Wissen Sie, wenn man mit einem Hexenbrett die Pforten zum Jenseits aufstößt, kann es passieren, dass auch unerwünschte Seelen oder Dämonen sich dies zunutze machen und in unsere Dimension wechseln. Verstehen Sie das?«

Brauner nickte still.

Mann, ist der abgefahren. Aber erst mal zuhören.

Baldung fuhr fort.

»Es formte sich eine große schwarze Wolke an der Decke, direkt über unserem Tisch. Ich traute meinen Augen nicht. Dann sprangen aus ihr unförmige, hässliche Kreaturen, einfach unbeschreiblich. Es waren Dämonen. Und sie fuhren in die Körper der Mitglieder unseres Zirkels. Natürlich bekam ich furchtbare Angst und wollte fliehen, aber ich wurde am

Fenster von einer ekligen, riesigen Spinne aufgehalten. Was danach kam, weiß ich nicht, denn ich wurde ohnmächtig.«

Er schüttelte sich. Und zitterte.

»Ich kam erst wieder zu mir, als sich Frau Oldenburg über mich beugte. Sie meinte nur, ich sollte am nächsten Tag um zehn Uhr bei ihr vorstellig werden. Was ich auch tat. Ich wurde gekündigt. Bekam aber eine Abfindung, verbunden mit der Auflage, zu schweigen.«

Natürlich, was sonst, dachte Brauner.

Aber was für ein hanebüchener Unsinn. So etwas habe ich noch nie in meinem Leben gehört.

»Mal eine Frage, Herr Baldung: Haben Sie in Ihrem Leben schon mal Drogen oder andere Betäubungsmittel genommen?«

»Nein, noch nie. Okay, in den achtziger Jahren habe ich hin und wieder auf diversen Partys mal einen Joint durchgezogen. Aber ich habe das niemals intensiviert. Es ist meiner Überzeugung nach für Geist und Körper schädlich, wenn man sich auf so etwas dauerhaft einlässt. Und bevor Sie mich weiter fragen, Herr Brauner: Das gilt auch für Alkohol.«

»Gut. Aber jetzt mal im Ernst: Glauben Sie wirklich, dass Dämonen in diese jungen Leute gefahren sind? Wir sollten rational bleiben.«

»Ich bin genauso rational wie Sie. Ich weiß, was ich gesehen und gehört habe. Es waren die alten Feinde, Dämonen, wie sie schon im Alten Testament beschrieben wurden: die dunkle Lilith, die mit den Hörnern gekrönte, Asmodäus, die Lamia …«

»Halt, stopp! Einen Moment!«, unterbrach ihn Brauner. »Da wir schon mal beim Thema sind: Haben Sie diesen Brief geschrieben?«

Ingram reichte ihm den sorgsam mit Klarsichtfolie geschützten mysteriösen Bekennerbrief, den der mutmaßliche Mörder an die Polizei geschrieben hatte.

Moritz Baldung sah ihn sich an, überflog ihn auch kurz.

»Nein. Nie gesehen. Das ist nicht von mir.«

Die Tür des Vernehmungsraums wurde geöffnet. Pfahls blieb an der Schwelle stehen und rief Brauner zu sich.

»Und, wie sieht's mit den anderen beiden aus?«

Während Brauner und Ingram den verdächtigen Lehrer befragten, fanden in zwei anderen Räumen parallel die Vernehmungen von Frau Oldenburg und Johannes Wiedmark statt.

»Na ja, die übliche Mischung aus Eingeständnis und Schuldzuweisung an den jeweils anderen. Vor allem die Oldenburg versucht, alles auf ihren Stellvertreter abzuwälzen.«

»Klar. Und, was meinst du, wer hat recht?«

»Keiner. Die stecken beide mit drin. Sie haben den Vorfall mit dem Baldung verschwiegen, weil sie einen großen Ansehensverlust für die Einrichtung fürchteten. So von wegen katholisches Institut und dann ausgerechnet dort ein spiritistischer Klub. Macht sich nicht gut in einer Kleinstadt. Vor allem der Wiedmark wird nicht müde, genau das immer wieder zu betonen. Er hockt dadrin mit einer bräsigen Arroganz, einfach unglaublich. Ich habe ihn über die Folgen seines Handelns aufgeklärt. Die Staatsanwaltschaft mag es gar nicht, wenn der Polizei wichtige Hinweise absichtlich vorenthalten werden. Du weißt ja, uneidliche Falschaussage, in diesem Fall auch noch gepaart mit falscher Verdächtigung. Aber er sitzt einfach nur da wie ein Buddha. Unglaublich.«

»Dem wird das Lachen auch noch vergehen. Kann ich mal kurz zu euch rein? Bleib mal bei Max.«

Brauner ging quer über den schummerigen Gang in das andere Vernehmungszimmer. Johannes Wiedmark saß dort, wie von Pfahls beschrieben, und blickte noch nicht einmal auf, als er den Raum betrat. Auch Gregor Licht war anwesend.

»So, Herr Wiedmark, wie geht es Ihnen denn? Schön, dass Sie mit uns zusammenarbeiten wollen. Freut mich.«

Nun blickte er auf. Und lehnte sich entspannt auf seinem Stuhl zurück, als wäre es ein Chefsessel.

»Mal ganz ehrlich, Herr Brauner: Normalerweise sollte nicht jemand wie ich hier sitzen. Ich komme aus gutem Hause, bin Akademiker und absolut loyal gegenüber meinen Vorgesetzten. Auch wenn diese Frau im Speziellen eigentlich unfähig ist. Aber egal. Zusammenarbeiten? Mit Ihnen? Was sind Sie denn schon? Ein kleiner lokaler Kriminalbeamter. Zu mehr hat es nicht gereicht. Und jetzt kommen Sie daher und wollen mir ein schlechtes Gewissen machen wegen der ermordeten Mädchen. Netter Versuch. Klappt nur nicht. Nein, ich sage nur das, was ich muss. Mehr nicht.«

Brauner merkte, wie Wut in ihm hochstieg.

»Schlechtes Gewissen? Oh, ja, das sollten Sie haben. Durch die Vertuschung des Vorfalls mit dem Herrn Baldung haben Sie die Ermittlungen stark verzögert. Vielleicht wäre die Rebecca, eine ihrer Schülerinnen, noch am Leben, wenn Sie gleich nach dem ersten Mord die Karten offen auf den Tisch gelegt und uns von sich aus informiert hätten. Es wäre nur ein Anruf gewesen. Aber nein, geht ja nicht wegen des Rufs des Instituts! Sie haben Blut an Ihren Händen kleben, Herr Wiedmark. Sie und Ihre Kollegin werden die Konsequenzen zu spüren bekommen. Aber das ist nicht mehr meine Sache. Sondern die der Justiz.«

Wiedmark lächelte spöttisch in sich hinein.

»Ich glaube, Sie wissen eigentlich, dass Sie gerade ziemlichen Unsinn reden. Ein bisschen Show für den dummen Pöbel da draußen, ja. Aber an konkreter Strafe wird für mich nicht viel herauskommen. Ich verfüge über exzellente Beziehungen. Wir Eliten sind stark, Brauner. Wissen Sie was? *Sie* sollten Angst vor mir haben, nicht umgekehrt!«

Hendrik Brauner blieb vor Erstaunen der Mund offen stehen. »Sehen Sie, ich werde heute noch hier herausspazieren. Ich bin ein freier Mann und werde es auch bleiben. Sie hingegen müssen an diesem Fall weiterarbeiten, bis Sie schwarz werden. Und ihn vielleicht doch nie lösen.«

»Von wegen!«, presste Brauner mit unterdrückter Wut heraus. »Sie liegen falsch. Ziemlich sogar. Die Strafen für uneidliche Falschaussage und falsche Verdächtigung liegen ganz schön hoch. Und Sie bleiben jedenfalls so lange hier, bis wir mit Ihnen fertig sind. *Über Nacht!*«

Johannes Wiedmark war es nun, der erstaunt dreinblickte.

Brauner drehte sich um und ging wieder zurück zu Ingram und Pfahls.

»Wie stehen die Dinge?«

»Nichts Neues«, antwortete Max Ingram. »Er leugnet nach wie vor, etwas mit dem Bekennerbrief zu tun zu haben.«

Pfahls stand auf und ging zurück zu Wiedmark. Brauner nahm wieder gegenüber Moritz Baldung Platz.

Er hatte eine Idee.

»Max, hol doch bitte mal mehr Protokollformulare aus dem Büro. Wir brauchen noch ein paar.«

Ingram, der das Protokoll führte, sah ihn ein wenig verwundert an, tat aber wie geheißen.

Wenig später schob Brauner dem Lehrer eines der Formulare zu.

»Bitte einfach ausfüllen. Name, Alter, Geschlecht und so weiter. Alles reine Formsache. Sie wissen schon.«

Baldung füllte den Zettel aus. Brauner verließ den Vernehmungsraum, um sich eine kurze Pause zu gönnen.

Das Büro war leer. Er riss eines der großen Fenster auf.

Endlich mal wieder frische Luft.

Ein Teller mit appetitlich aussehenden Plätzchen stand auf der Fensterbank. Er nahm sich eines davon und blickte auf den geschäftigen Busbahnhof unter ihm. Der Berufsverkehr – es war nun schon nach 15 Uhr – war in vollem Gange. Das Treiben wirkte auf Brauner in diesem Augenblick wie aus einer vollkommen anderen Welt. Geistesabwesend aß er das Plätzchen und fragte sich, was Emily wohl gerade tun würde.

Lernt sie? Das wäre gut. Oder treibt sie sich mit ihren Freundinnen und Kumpels in der Stadt herum? Weniger gut. Oder, noch schlimmer: Trifft sie sich sogar mit ihrem heimlichen Verehrer aus dem Gebüsch?

Weiß Gott, dachte Brauner. Und lächelte.

Nachdem er ins Vernehmungszimmer zurückgekehrt war, ließ er sich von Max Ingram das von dem ehemaligen Lehrer ausgefüllte Protokollformular geben. Dann verglich er die Schrift sofort mit dem vorliegenden Bekennerbrief. Doch dieser Schuss ging daneben: Das Schriftbild war ein vollkommen anderes. Ingram bestätigte Brauner, dass Baldung das Protokoll ziemlich zügig ausgefüllt hatte, ohne groß nachzudenken oder während des Schreibens herumzuexperimentieren.

»Gut«, sagte Brauner trocken. »Wie sieht es mit einem Alibi für die betreffenden Zeiträume aus?«

Baldung sagte erst mal gar nichts. Er schien nachzudenken.

»Ich fürchte, ich habe keines. Mein Frau und ich, wir gehen uns aus dem Weg, sooft wir können. Wir sehen uns kaum noch.

Und ansonsten fällt mir niemand ein.«

Brauner nickte. Er hatte dieses Statement erwartet.

»Sie bleiben erst mal hier. Wir machen mit den Vernehmungen morgen weiter.«

»Ich habe nichts getan, wirklich nicht«, antwortete Baldung leise.

»Das haben wir schon von zu vielen zu oft gehört. Wenn Sie wirklich unschuldig sein sollten, so wird sich das noch erweisen.«

18 Uhr.

Hartmann kam vorbei und erkundigte sich nach dem Stand der Vernehmungen. Brauner und sein Team standen Rede und Antwort; besser gelaunt als in den letzten Tagen, lobte er die Kriminalbeamten sogar für den ersten größeren Erfolg.

»Was denken Sie? Befindet sich unter den vorläufig Festgenommenen der Täter?«

»Ja, davon gehen wir aus. Ich tippe auf den Moritz Baldung. Die anderen beiden nicht. Sie haben nur die Ermittlungen behindert. Ich denke, wir werden sie morgen wieder laufen lassen müssen, sofern keine Verdunkelungs- oder Fluchtgefahr besteht. Bei dem Baldung liegen die Dinge anders. Auch wenn er wider Erwarten nicht der Täter sein sollte, so steckt er doch ziemlich dick in der Sache drin. Wir quetschen ihn morgen noch weiter aus.«

»Tun Sie das. Viel Glück dabei.«

»Danke.«

Eine halbe Stunde später ging Brauner durch dunkle Altstadtgassen nach Hause.

***

23

Er fuhr aus seinem Schlaf hoch.

Es war ein grässlicher Albtraum gewesen, der dies verursacht hatte. Doch er konnte sich schon jetzt, als er sich in seinem Bett aufsetzte und verwirrt in die Dunkelheit blickte, nicht mehr an alle Einzelheiten erinnern. Nur noch daran, dass er von irgendetwas unnennbar Bösartigem und Abseitigem verfolgt worden war, das danach trachtete, ihn zu töten. Er rannte zwar davon, kam aber einfach nicht von der Stelle. Dann war dieses wolkenartige *Ding*, welches er nur aus dem Augenwinkel sah und das in allen bekannten und unbekannten Farben schillerte, über ihm gewesen. Er konnte sich nur durch einen stummen Schrei aus dem Albdruck befreien.

Überrascht stellte er fest, dass er sich auf seine Zunge gebissen hatte. Der leicht metallische Geschmack im Mund wies darauf hin, dass er blutete.

Missmutig und immer noch erschrocken knipste er seine Nachttischlampe an, stand auf und ging ins Badezimmer, um die Wunde zu begutachten.

Es war halb so wild.

Verstimmt und mit leichten Kopfschmerzen ging er zurück ins Schlafzimmer und legte sich wieder hin. *Was für ein seltsamer, wirrer Traum. Offenbar stressbedingt,* dachte er.

Wenig später, Brauner war schon fast wieder eingeschlafen, forderte ein eigenartiges Geräusch seine Aufmerksamkeit ein.

Es war ein seltsames Flüstern, mal lauter, mal leiser, in einer nicht zu identifizierenden Sprache.

Er sah sich um, konnte aber in der vom Mondlicht durchwirkten Dunkelheit nichts erkennen. *Was soll das? Drehe ich durch und beginne Stimmen zu hören?*

Gerade als er sich auf die andere Seite drehen wollte, um eine bessere Schlafposition einzunehmen, intensivierte sich das Flüstern. Es war nun klar vernehmbar direkt neben ihm.

Verdammt noch mal!

Mit einem Ruck setzte er sich auf. Seine Augen weiteten sich vor Entsetzen. Er blickte auf etwas, das sich am Fußende seines Bettes befand.

Eine Gestalt.

Vollkommen schwarz, hoch aufragend.

Ein Gesicht war nicht zu erkennen. Dafür schienen dem Ding aus dem Rücken mehrere Tentakel zu wachsen, die prüfend über die Bettdecke streiften und sich dann in Brauners Richtung schlängelten.

Der fixierte noch immer wie paralysiert jene zu tiefster Dunkelheit verdichtete Bösartigkeit.

Von links und rechts drang nun ein wirres Durcheinander von geflüsterten Worten und Sätzen an seine Ohren.

Er schloss die Augen. Sehr fest.

Gott steh mir bei. Das ist nicht real. Kann nicht real sein. Und wenn doch …?

Als er seine Augen wieder öffnete, war die Spukgestalt verschwunden. Erstaunt blickte Brauner um sich. Nein, da war nichts mehr.

Wirklich nicht?

Schnell knipste er seine Lampe wieder an. Jetzt bemerkte er, dass er Schaum vor dem Mund hatte. Sollte er so etwas wie einen Anfall gehabt haben?

Unsinn, dachte er und stand auf.

Aber es war auch kein Albtraum. Das zuvor war einer gewesen. Woher kam also diese Erscheinung?

Aus dem Jenseits? Oder etwas viel Schlimmerem?

Das Schlafzimmer sah im schummerigen Licht seiner Nachttischlampe auf jeden Fall wieder freundlich aus. Brauner ging ans Fenster und öffnete es. Er brauchte jetzt eine Abkühlung.

Gierig sog er die frische Novemberluft in seine Lungen.

Es tat gut.

Er blickte auf die dunkle kleine Parkanlage auf der anderen Seite der Straße.

Wenigstens lauert dort jetzt kein heimlicher Verehrer. Wie tröstend, ging es ihm durch den Kopf.

Leise, kaum vernehmbar, kam von unten ein Geräusch.

Kratzend, knirschend. Zuerst konnte Brauner nichts erkennen.

Doch dann sah er es.

Eine Gestalt kroch, einer Spinne nicht unähnlich, die Hauswand empor. Ruckartig, mit unnatürlich wirkenden Bewegungen, kam sie seinem Fenster näher und näher.

Und Brauner erkannte sie.

Es war Jaqueline Bernauer.

Vollkommen verwest, ein gruseliges Lachen in ihrem Gesicht, das jedoch nicht echt war. Sondern das eines Totenschädels.

Ich … komm … zu dir … mein Lieber …

Er prallte mit einem lauten Schrei zurück. Entsetzt, aber doch geistesgegenwärtig schloss er das Fenster und versteckte sich hinter dem Bett.

Nach einer gefühlten halben Ewigkeit lugte er über den Rand und sah zum Fenster. Dort war nichts zu sehen. Kalte Schauer fuhren seinen Rücken hinunter.

Er stand wieder auf und ging langsam, Schritt für Schritt, darauf zu. Er öffnete es.

Nichts.

Seine Anspannung löste sich, indem er tief ein- und ausatmete und sich wie ein nasser Sack auf den Boden hockte.

Was war das? Ich glaube, ich werde verrückt. Muss mich krankmelden. Und in Behandlung begeben.

Er schüttelte sich vor Grauen.

Noch nie hatte er so etwas gesehen oder erlebt. Warum jetzt, gerade heute?

Brauner verbarg sein Gesicht in seinen Händen. Und ging in Gedanken noch einmal den gestrigen Tag durch.

Etliche Minuten blieb er so sitzen. Dann durchzuckte ihn ein Gedanke. *Das war es!*

Schnell sprang er auf, hellwach und präsent.

Er wusste, was er zu tun hatte.

»Was soll das? Warum rufst du mich mitten in der Nacht an? Wir haben *zwei Uhr!*«

Dominik Pfahls war nicht erbaut über die Störung.

»Ich weiß, wie viel Uhr es ist. Aber es ist wichtig, sonst würde ich dich nicht herausklingeln. Nur eine Frage: Von woher kamen die Kekse, die heute im Büro auf der Fensterbank lagen?«

»Die Kekse? Hm ... warte mal. Ich glaube, die wurden unserer Kollegin Frau Jelinek von der Baldung aufgenötigt, während wir bei ihrem Mann auf dem Reichenbichl waren. Warum denn?«

Oh, Mann. Das kann doch nicht wahr sein!

Brauner wurde wütend.

»Das ist doch jetzt nicht dein Ernst, oder? Du weißt doch ganz genau, dass wir von Verdächtigen oder deren Umfeld keine Gaben und Geschenke annehmen dürfen! Warum hast du denn nichts gesagt?«

»Weil ich davon nichts gewusst habe, deshalb. Sie kam mit den Dingern erst im Präsidium daher. Wenn, dann hätte Max was sagen sollen. Hat er aber nicht. Sicher ein Fehler. Aber das ist immer noch kein Grund, mich mitten in der Nacht herauszuklingeln.«

»Doch, das ist es. Hast du oder einer von den anderen davon gegessen?«

Pfahls dachte kurz nach.

»Nein, ich nicht, und der Max auch nicht. Ansonsten kann ich nichts dazu sagen. Aber ich glaube, die hat keiner angerührt. Wahrscheinlich weil die Kekse so gesund aussehen, wie sie auch sind. Ziemlich biomäßig. Aus Roggen, hat die Baldung gemeint, laut unserer Kollegin.«

Roggen?

Brauner dämmerte gerade etwas, aber er konnte noch keinen konkreten Gedanken fassen.

»Weißt du was? Ich gehe jetzt sofort los und sperre die Dinger weg. Und morgen ab damit ins Labor. Ich habe den Verdacht, dass sie mit Drogen, vermutlich LSD, versetzt sind. Du mokierst dich über die nächtliche Störung? Gut, ich habe heute schon die Hölle hinter mir. Ich habe nämlich gestern Nachmittag einen solchen Keks gegessen.«

Pfahls staunte nicht schlecht.

»Oh – aber das könnte ja bedeuten, dass wir so ganz nebenher einer Drogenclique auf der Spur sind, oder?«

»Vielleicht. Aber ... ich vermute noch etwas anderes. Um meinen Verdacht zu bestätigen, müssen aus dem Labor erst noch klare Ergebnisse vorliegen. Und morgen nehmen wir uns noch mal den Baldung vor. Der weiß garantiert etwas.«

Brauner beendet das Gespräch. Kurze Zeit später befand er sich zu Fuß auf dem Weg ins Polizeipräsidium.

Die Nacht war um diese Zeit am schwärzesten. Immer wieder sah er sich verstohlen um, ob ihm nicht doch irgendein grässliches Wesen folgen würde.

Ja, er hatte einen vagen Verdacht. Doch der musste natürlich bestätigt werden.

Drogen. Vielleicht LSD. Halluzinationen. Dämonen. Rache.

Noch waren es unterschiedliche Gedankenfetzen, aber sie würden sich bald zusammenfügen.

Später, nachdem Brauner die Kekse sicher in einem seiner Schreibtischfächer eingesperrt hatte, formte sich auf dem Heimweg sein Verdachtsmoment weiter aus.

Er gähnte laut, als er vor der Haustür seinen Wohnungsschlüssel aus der Manteltasche holte. Es würde eine sehr kurze Nacht werden. Um acht wollte er schon wieder im Präsidium sein.

Langsam ging er nach oben.

Hoffentlich hat Emily nichts von meinem Höllentrip mitbekommen.

In der kleinen Grünanlage gegenüber beobachtete ein Augenpaar aus den Büschen heraus, wie die Lichter im Treppenhaus und in der Wohnung an- und wieder ausgingen.

***

24

»Guten Morgen, Herr Baldung. Na? Haben Sie gut geschlafen?«

Der ehemalige Lehrer wurde erneut vernommen. Ihm gegenüber saßen Brauner und Pfahls.

»Nein. Das Bett ist eine Zumutung. Was für eine Frage soll das überhaupt sein? Wollen Sie sich über mich lustig machen?«

»Nein. Aber wenn wir schon mal beim Thema Fragen sind: Mögen Sie Kekse?«

Moritz Baldung sah verdutzt drein.

»Ja, manchmal schon. Warum?«

»Weil wir da etwas gefunden haben. Ihre Frau hat es mit einer Kollegin von uns gut gemeint und ihr ein paar Kekse mitgegeben. Gut, dass sie dieses Geschenk angenommen hat. Auch wenn sie das eigentlich nicht durfte. Kurzum: Die Dinger sind gefährlich. Kennen Sie das?«

Pfahls legte, wie auf Kommando, einen durchsichtigen Plastikbeutel mit den Keksen auf den Tisch.

Baldung wirkte erstaunt.

»Ja – doch, die kenne ich. Die sind von uns zu Hause. Aber mit Verlaub, was soll denn an denen gefährlich sein?«

»Passen Sie auf, Herr Baldung: Wir möchten Ihnen die

Chance geben, jetzt alles offenzulegen. Die Kekse befinden sich gerade in labortechnischer Untersuchung, und zweifellos wird man dort herausfinden, dass sie mit Drogen versetzt sind. Wir vermuten LSD oder einen ähnlichen Stoff. Also? Wir hören.«

Dem Lehrer blieb vor Erstaunen der Mund offen stehen.

»LSD? Niemals im Leben, mit Drogen habe ich noch nie was am Hut gehabt. Woher nehmen Sie denn diese Vermutung?«

»Woher? Tja, weil ich davon gegessen und einen wahren Höllentrip gestern Nacht erlebt habe. Und wenn Sie meine Schlussfolgerung hören wollen: Das Gleiche erleben Sie auch. Schon seit Monaten. Sie haben schließlich gerne von diesen Spacecakes gegessen, oder? Und natürlich haben Sie dann Geister und Dämonen gesehen! Ich sage Ihnen eines: Sie haben die Mädchen umgebracht, weil Sie zum einen dachten, diese eingebildeten Kreaturen wären in diese gefahren, und zum anderen, weil Sie sie für ihre Entlassung verantwortlich gemacht haben. Rache ist süß, nicht?«

»Nein! So ein Unsinn! Wenn ich Drogen in die Kekse gemischt hätte, dann wäre mir das doch alles bewusst gewesen und ich hätte die Erscheinungen dementsprechend nicht ernst genommen. Aber die jenseitigen Wesen existieren! Da sind keine Drogen im Spiel, das versichere ich Ihnen, Herr Brauner!«

Baldung machte einen verzweifelten Eindruck.

»Immer mit der Ruhe«, warf Pfahls ein. »Denken Sie nach. Wir werden das Ergebnis des Laboruntersuchung bald haben. War da nicht doch etwas? Geben Sie sich einen

Ruck. Wenn Sie jetzt gestehen, wird Ihnen das angerechnet werden.«

Doch der Lehrer schüttelte den Kopf. Er war den Tränen nahe.

»Ich sage Ihnen doch, da ist nichts. Da kann gar nichts sein. Ich brauche Ruhe. Bitte.«

»Gut. Sie werden nun in Ihre Zelle zurückgebracht«, entschied Brauner. »Machen Sie sich Gedanken. Und gehen Sie in sich.«

Zwei Schutzpolizisten holten ihn ab und begleiteten ihn zurück.

»Was meinst du? Wird er gestehen?«, sagte Brauner zu Pfahls.

»Wenn er es war, dann schon bald. Er ist ziemlich weichgekocht. Warum hast du das Verhör abgebrochen? Vielleicht wäre es jetzt schon so weit gewesen.«

»Ich wollte ihm noch ein wenig Zeit geben, um sich zu sammeln. Ich will keinen Nervenzusammenbruch bei ihm auslösen, sondern ein klares Geständnis haben.«

»Okay. Aber mal was anderes: Bist du dir wirklich sicher, dass dein gestriges Erlebnis auf die Kekse zurückging?«

»Ja. Ich hatte sonst nichts mehr an diesem Tag gegessen, außer dem Frühstück in diesem Neuburger Café gleich am Morgen. Es gibt keine andere Möglichkeit.«

»Das meinte ich auch nicht. Sondern eher, dass du vollkommen überreizt, abgedreht und überarbeitet bist.«

»Was? Nein, Dominik. Komm mir jetzt bitte nicht mehr mit so was. Ich habe mich seit dem Vorfall mit dem Raistinger zusammengerissen. Es läuft. Und seit wann hat man derart bedrohliche Halluzinationen nur durch Überarbeitung? Nein, das funktioniert nicht.«

Das Telefon schrillte im Büro. Max Ingram, der dort anwesend war, nahm ab und rief sogleich nach Brauner.

Es war Dr. Heinrichs.

»Ja, Brauner? Ah, sehr gut, dass Sie dran sind. Gibt es Neuigkeiten?«

»Das kann man wohl sagen. Was glauben Sie, was wir in den Keksen, die Sie uns überlassen haben, gefunden haben?«

»Keine Ahnung. Klären Sie mich auf.«

Er mochte es überhaupt nicht, wenn Heinrichs immer so geheimnisvoll-überlegene Andeutungen machte.

»Also ... ich konnte es anfangs nicht glauben, aber es ist eine Tatsache. Es handelt sich um etwas sehr Seltenes. Sagt Ihnen die Bezeichnung Mutterkorn etwas, Herr Brauner?«

»Nur sehr vage. Was ist das, eine Getreideart?«

»Nein. Aber es hat sehr viel damit zu tun. Mutterkorn ist ein parasitär auf Roggenähren und auch auf anderen Getreidesorten lebender Pilz. Er ist allerdings durch den Einsatz von Fungiziden in der heutigen Landwirtschaft sehr selten geworden. Aber in diesen Keksen konnten wir sehr viele Spuren davon nachweisen.«

»Okay. Und wie wirkt sich dieser Pilz aus?«

»Seine Struktur, in chemischer Hinsicht, ähnelt der von LSD. Er verursacht, je nach Dosis natürlich, mehr oder weniger stark ausgeprägte Halluzinationen. Bei zu hohen Dosen oder ständiger Einnahme über mehrere Wochen und Monate hinweg verursacht der Pilz auch Bauchkrämpfe oder Durchblutungsstörungen an den Extremitäten. Wahrscheinlich hat er auch schon Geschichte geschrieben. Die vielen Marien- und Dämonenerscheinungen im Mittelalter werden zum Beispiel von einigen Wissenschaftlern Mutterkornvergiftungen zugeschrieben. Logisch, die wussten damals noch nicht, was sich da in ihrem Getreide befand. Kennen Sie die Hexenprozesse von Salem in Massachusetts?«

»Nein«, antwortete Brauner. »Da müsste ich mal im Netz nachsehen. Aber eine Frage noch: Kann man von dem Zeug auch Krämpfe bekommen, die einem epileptischen Anfall ähneln?«

»Grundsätzlich ja. Diese Erkrankung nennt sich übrigens Antoniusfeuer.«

»Vielen Dank, Herr Dr. Heinrichs. Sie haben uns gewaltig weitergeholfen.«

Er legte auf.

»So. Max? Dominik? Passt mal auf. Es wird jetzt richtig interessant.«

Sie schlossen die Bürotür. Dann eröffnete ihnen Brauner die Neuigkeiten.

Es war kurz danach ruhig. Dann antwortete Pfahls: »Also, so wie ich das sehe, könnte es sein, dass unser Mann wirklich geglaubt hat, dass er es mit gefährlichen Dämonen zu tun hat. Und zwar ganz ohne Absicht. Wie du selbst erfahren hast, sind die Halluzinationen ja sehr realistisch.«

»Richtig«, sagte Ingram darauf. »Wenn er sich aufgrund einer versehentlichen Vergiftung in einem psychischen Ausnahmezustand befunden hat, könnte er damit vor Gericht ganz gut davonkommen. Das fällt mir jetzt als Erstes dazu ein.«

Brauner bewegte abwägend seinen Kopf hin und her.

»Hm. Ich meine: Wir sollten einmal überprüfen, wo der Baldung die Kekse überhaupt herhat. Im Handel kann er sie ja wohl nicht erstanden haben. Ich tippe eher auf so was wie einen regionalen Bioladen oder Ökobauernhof. Die setzen so gut wie keine Fungizide ein. Also gute Voraussetzungen für das Wachstum und die Verbreitung dieses Pilzes. Oder, eine andere Möglichkeit: Vielleicht hat er sie ja auch selbst mit seiner Frau gebacken.«

»Stimmt. Und eventuell hat er die Morde gar nicht begangen? Wenn mehrere Personen davon gegessen haben …«, warf Pfahls ein.

»Doch. Dieser Ansicht bin ich sehr wohl. Bedenke die ganze Angelegenheit mit der Schule und dem spiritistischen Zirkel. Diese Umstände treffen nur auf ihn zu.«

»Ja«, antwortete Pfahls. »Also holen wir ihn wieder her.

Es wird Zeit, dass der Fall geklärt wird. Am besten noch heute.«

Wenig später saßen Brauner und die beiden anderen Kommissare Moritz Baldung erneut im Verhörzimmer gegenüber.

»Also, Sie wissen jetzt Bescheid über die wahren Gründe für diese Halluzinationen. Noch einmal: Wo haben Sie die Kekse her? Es ist sehr wichtig, Herr Baldung«, sagte Brauner. »Sie haben vielleicht gar keine Schuld. Kommen Sie, reden Sie endlich. Es wäre nur zu Ihrem Vorteil.«

»Ich kann und will dazu nichts mehr sagen. Mutterkorn? Noch nie was davon gehört. Wollen Sie mich aufs Glatteis führen?«

»Haben Sie sie selbst fabriziert?«

»Nein.«

Ingram wurde laut und schlug mit der flachen Hand auf den Tisch.

»Wo haben Sie sie dann her? Doch wohl nicht vom nächsten Discounter, oder? Also!?«, warf er ihm an den Kopf.

»Nein. Keine Auskunft mehr.«

»Gut«, meinte daraufhin Pfahls. »Dann werden wir eben Ihre Frau kontaktieren. Die ist vielleicht auskunftsfreudiger als Sie. Außerdem hat sie uns die Kekse erst aufgenötigt.«

Baldung sackte in seinem Stuhl zusammen.

»Okay, okay. Ich sage ja alles. Ich habe sie von meinem besten Freund.«

»Und der wäre?«

Schweigen.

»Name und Adresse, bitte!«

Es klopfte an der Tür.

»Hendrik? Telefon für dich!«

Brauner stand auf. »Was denn nun schon wieder! Das hört ja heute gar nicht mehr auf! Ist es wichtig?«

»Ja.«

»Gut. Dominik und Max, macht bitte weiter. Bin gleich wieder da.«

»Wer ist es denn?«, fragte er Licht, als sie auf dem Gang waren.

»Der Rocha. Du weißt schon, der Pfarrer aus Baring.«

Was? Der? Ist ihm doch noch was eingefallen?

»Ja, KHK Brauner?«

»Guten Tag, Herr Kommissar. Ich glaube, ich habe hier etwas, das Sie interessieren könnte.«

Nun bekam er etwas zu hören, das er in dieser Form tatsächlich nicht erwartet hatte.

Wenzel Rocha erzählte ihm, dass er die Liste der in der Klosterbibliothek aufbewahrten Bücher durchgegangen war. Und dabei fiel ihm auf, dass es dort ein Buch gab, das den Titel *Pandaemonium* trug und von einem gewissen Ulf Darren verfasst worden war. Also von jenem Mann, der auf dem kleinen Mennonitenfriedhof beerdigt lag und auf dessen Grab die Leichen der verschwundenen Mädchen gefunden worden waren. Das Buch, oder besser: diese Hetzschrift handelte laut einer kurzen Inhaltsangabe vom finstersten Aberglauben, geschrieben von einem Mann, der von den 1840er bis zu den 1860er Jahren auf dem alten Klosterhof lebte und dennoch ein Ausgestoßener war, denn die kleine dortige Mennonitengemeinde, welcher er eigentlich angehörte, konnte mit seinen radikalen Thesen nichts anfangen. Das Pamphlet war nichts anderes als eine Anleitung zum Mord an sogenannten Hexen und zur Austreibung von Dämonen – Darren war allerdings der wahnhaften Ansicht, dass Letztere nur vernichtet werden konnten, wenn der Besessene selbst auch getötet wurde. Rocha war außer sich, dass so ein Werk überhaupt Eingang in die katholische Klosterbibliothek gefunden hatte. Es gab nur ein Exemplar. Allerdings war es nicht aufzufinden; da die Liste aber noch relativ neu war, musste es hier irgendwo sein. Er hatte nachgeforscht. Und etwas herausgefunden. Denn außer ihm gab es nur eine Person, die Zugang zur Bibliothek hatte. Und jene Person war es auch, die er zur Rede stellte und von der er mit Todesdrohungen und Beschimpfungen wieder davongejagt worden war. Ein einstmals Gefallener, der hier in der Obhut der Kirche wieder neu angefangen hatte und seinen Lebensunterhalt in ihren Diensten und – nebenher – als Kleinbauer verdiente.

Ein Undankbarer.

Brauner hörte gut zu, wurde zusehends angespannter und hielt die Lehne des Bürostuhls mit seiner Linken verkrampft fest.

Dann legte er auf. Ein leises Lächeln umspielte seine Lippen. Er kombinierte. *Baring. Darren. Das Buch. Friedhof. Kleinbauer. Mutterkorn ...*

»Was ist?«, fragte Gregor Licht auf dem Weg zurück zum Verhörzimmer.

Doch es kam keine Antwort.

Pfahls und Ingram erwarteten ihn voller Ungeduld.

»Hendrik, gut, dass du kommst. Baldung ist aufgetaut. Wir haben den Namen und die Adresse von dem Typen, der die Kekse herstellt. Stell dir vor ...«

Brauner unterbrach Pfahls mit einer schnellen Handbewegung.

»Das will ich jetzt nicht hören. Wartet.«

Er setzte sich hin, ohne noch ein Wort zu sagen. Und fixierte mit seinem Blick Moritz Baldung.

Dieser wich ihm aus.

Dann klärte er seine beiden Kollegen über das Gespräch mit Wenzel Rocha auf. Gregor Licht gab den genannten Namen bei INPOl ein und wurde auch fündig. Nur kurze Zeit später verließen alle drei das Verhörzimmer und machten sich fertig. Baldung wurde wieder bis zum Abschluss der Ermittlungen in seine U-Haft-Zelle geführt.

Das Team fuhr nach Baring.

25

Das war ein Fehler gewesen.

Dieser blöde Wutausbruch vorhin.

Was, wenn der alte Pfaffe ihn nun anzeigte? Na, und wenn schon!? Er hatte sie in der Hand, nicht umgekehrt. Denn er hatte seine Vorkehrungen getroffen.

Vor allem einem Mann würde es leidtun, ihn gestört zu haben.

Diesem Brauner.

Ich bin unverwundbar und ewig. Denn Gott ist mein Schild und mein Schwert. Mögen die Maden und Würmer zu meinen Füßen kriechen und zu Staub zerfallen.

Trotzdem kam in ihm wieder Ärger auf.

Moritz. Er hatte in den Gefilden der Dämonen herumgepfuscht. Und Kreaturen vom Jenseits ins Diesseits eingeladen mit seinen bescheuerten Seancen. Und ich muss nun dafür Sorge tragen, dass alles wieder ins Lot kommt. Idiot. Trotzdem führe ich diese Bestimmung weiter. Und zwar bis zum Ende, wie immer es auch aussehen mag.

Er legte sich in seinem gelb gerauchten Zimmer auf die Couch und schlief ein.

Für mehrere Stunden.

Bis er vom Klingeln an der Tür geweckt wurde.

26

Sie waren angekommen.

Wenzel Rocha hatte Brauner, Pfahls und Ingram durch den großen ehemaligen Klostergarten geführt, bis sie am Ende des durchgehend von einer uralten Mauer umgebenen Geländes auf ein düster wirkendes, aus klobigen Natursteinen erbautes Haus stießen. Es wirkte mehr wie eine Burg und war im Westen an die Klostermauer angebaut, was darauf schließen ließ, dass es genauso alt war wie der Rest der Anlage. Der Pfarrer entfernte sich auffallend schnell.

Sie klingelten und warteten.

Es tat sich nichts.

Erneut klingelte Brauner.

Jetzt hörten sie, wie im Inneren des Gebäudes Schritte die Treppe herunterkamen. Die Stufen knarrten, also mussten sie aus Holz sein.

Die Haustür öffnete sich.

Vor ihnen stand ein Mann, hager, mit eingefallenen Wangen, Strickjacke und beigen Altmännerhosen. Sein Haar war außer Form; insgesamt wirkte er müde und leicht abwesend.

Brauner hatte ihn schon einmal gesehen.

Es war Konrad Hassauer, der Hausmeister von Heilig Kreuz.

Er blinzelte, als ob der graue Novembernachmittag ihn blenden würde.

»Herr Hassauer?«

»Ja?«

»Brauner, Kriminalpolizei Ingolstadt. Wir kennen uns ja bereits. Dies sind meine Kollegen Pfahls und Ingram. Wir sind hier, weil wir Ermittlungen wegen des Mordes an zwei Mädchen durchführen. Können wir mit Ihnen reden?«

»Von mir aus. Ich habe so oder so keine andere Wahl. Wenn ich nein sage, nehmen Sie mich ja wohl gleich mit, oder?«

»Möglich.«

Sie betraten das Haus. Der Flur war ungewöhnlich eng; auch war es sehr düster, und den Beamten schlug ein Geruch entgegen, der sich aus Elementen von Zigarettenqualm, Fäulnis, muffiger Feuchtigkeit und etwas anderem, Undefinierbarem zusammensetzte. Brauner entdeckte auf der alten geblümten Tapete, die die Garderobe zieren sollte, prompt schwarzen Schimmel. In einer Ecke standen mehrere mit Morast verdreckte Schuhe.

Hassauer bat sie in die geräumige Wohnküche.

Die Fenster waren feucht beschlagen, die Wände vom Tabakrauch gelb eingefärbt.

So kann man sich den Maler sparen, dachte Brauner. *Natürlich nur unter der Voraussetzung, dass man auf Schmutzig-Gelb steht.*

Sie setzten sich. Auf dem rustikalen Küchentisch stand ein mit alten Kippen vollgestopfter Aschenbecher.

»Wollen Sie einen Kaffee haben?«

»Nein, danke. Wir wollen gleich zur Sache kommen, Herr Hassauer. Es geht, wie schon gesagt, um die beiden ermordeten jungen Frauen, die unweit von hier auf dem alten Friedhof im Wald aufgefunden wurden. Nun meine Frage: Haben Sie irgendetwas mitbekommen? Sie wohnen nicht weit vom Auffindeort der Leichen entfernt.«

»Nein, gar nichts, Herr Brauner. Habe nur aus der Zeitung davon erfahren. Ich bin ein weltabgeschiedener Einzelgänger und habe keine Bekannten oder Freunde. Aber mir gefällt das auch so. Ich kümmere mich nur um die Gebäude des ehemaligen Klosters und die kleine Landwirtschaft, die ich nebenher betreibe. Auf ökologischer Basis natürlich, ich kann mit dem ganzen gespritzten Zeugs nichts anfangen.«

»Wissen wir«, bestätigte Ingram.

»Und wir wissen auch, dass Sie mit einem gewissen Moritz Baldung befreundet sind. Einem Lehrer und Hobbyspiritisten, der die beiden Schülerinnen kannte. Warum verschweigen Sie uns das?«

»Der – ach so, ja. Den habe ich vergessen, Entschuldigung. Was weiß denn ich, wen der kennt? Wir sind befreundet, ja, aber deswegen weiß ich doch nicht automatisch alles, was der weiß. Ich …«

»Sie haben Ihren Arbeitgeber vor ein paar Stunden bedroht und beleidigt«, unterbrach ihn Brauner. »Laut Herrn Rocha haben Sie ein Buch aus der Klosterbibliothek entwendet. Eines, das von einem gewissen Darren geschrieben wurde, einem Mann, der es für richtig befunden hatte, angeblich besessene Menschen zu töten, um auch den Dämon zu vernichten. Und dessen Grab sich auf dem genannten Friedhof befindet.«

Hassauer blickte verwirrt in die Runde.

»Und genau auf diesem Grab wurden auch die Leichen der beiden Mädchen abgelegt. Zufall? Das glauben wir nicht«, schaltete sich Pfahls ein.

»Sie sind ein Ökobauer? Schon mal was von Mutterkorn gehört?

Es führt zu wahnhaften Halluzinationen, die je nach Dosis sehr real erscheinen können. Außerdem verursacht es Anfälle – so wie bei Ihrem Freund – und führt zu Durchblutungsstörungen an den Extremitäten. Und ich sehe, dass Ihre Finger stark blau verfärbt sind. Sie sind offensichtlich selbst davon betroffen, da Sie ja wahrscheinlich Ihr Brot und ihre Roggenkekse nicht nur an Ihren Freund verschenken, sondern auch selbst essen.«

»Was – was fällt Ihnen denn ein? Sie kommen hierher und wollen mir einen Mord andichten? Und eine Art geistige Verwirrung? Das war ich nicht. Punkt!«

»Kennen Sie den alten Mennonitenfriedhof? Sie müssen ihn kennen. Dort liegt jener Ulf Darren begraben.«

»Nein, den kenne ich nicht, und ich war auch noch nie dort. Was soll der Unsinn?«

»Ganz ruhig. Wo waren Sie in der Nacht vom 28. auf den 29. Oktober und in jener vom 13. auf den 14. November?«

»Das weiß ich nicht. Ich wohne alleine hier, und nachts schlafe ich, wie es alle normalen Leute tun.«

Brauner ließ seinen Blick durch das Zimmer schweifen. Er entdeckte eine blaue Trainingsjacke, die an einem Haken an der Küchentüre hing. Er dachte kurz und fieberhaft nach.

Dann fiel es ihm ein.

Als er das erste Mal auf den Friedhof gerufen wurde, hatte er in der Ferne, jenseits der großen Forsthofwiese, einen Mann gesehen, der eine solche Jacke getragen hatte. Und der Hassauer zum Verwechseln ähnlich sah.

Und dort, auf der Kommode in dem kleinen Erker rechts von der Küchenecke, stand eine flache Obstschale.

Gefüllt mit Paranüssen.

»Einen Moment, bitte!«, warf Brauner in die Befragung, die Pfahls weitergeführt hatte, ein.

Er blickte Hassauer direkt in die Augen.

Dann sagte er leise, aber bestimmt:

»Ich weiß, dass Sie uns anlügen.«

Der Hausmeister sah ihn mit hochgezogenen Augenbrauen an.

»Ich habe Sie schon mal gesehen, in unmittelbarer Umgebung des Friedhofs. In Ihrer blauen Trainingsweste. Sie waren dort mit einem kleinen Korb unterwegs, stimmt's? Wir werden beweisen, dass Sie den Friedhof kennen. Denn laut dem Förster wurde bei seiner Anlage vor über 200 Jahren eine besondere Erde verwendet, die hier nicht vorkommt, und auf der bis heute Pflanzen wachsen, mit denen es sich genauso verhält. Dürfen wir Ihre Schuhe mitnehmen für eine kleine Untersuchung in unserem Labor? Ach ja – und wie ich sehe, mögen Sie Paranüsse? Wissen Sie was? Ich glaube, es wäre am besten, wenn Sie gleich mit uns nach Ingolstadt ins Polizeipräsidium kommen würden.«

»Genau«, warf Ingram ein. »Das kennen Sie doch eh schon gut. Sie sind schließlich ein ehemaliger Kunde, wie wir heute herausgefunden haben. Drei Jahre für illegale Prostitution und Drogenhandel. Erinnern Sie sich?«

Hassauer, der gerade noch aufrecht am Küchentisch saß, fiel regelrecht in sich zusammen. Schweiß trat auf seine Stirn.

»Ich ... habe dafür gebüßt. Bin heute ein anderer Mensch. Ja, nein, da habe ich nichts dagegen. Es ist Gottes Wille. Bin ich jetzt festgenommen?«

»Ja«, erwiderte Brauner.

Hassauer wirkte gefasst.

»Von mir aus. Aber mir ist übel. Kann ich kurz noch auf die Toilette? Sie ist gleich hier um die Ecke.«

»Tun Sie sich keinen Zwang an«, erwiderte Brauner.

Hassauer stand auf und schlich gebückt an den Beamten vorbei in ein kleines Zimmer, das sich rechts von der Küche befand.

»Das war gut. Wir haben ihn in die Enge getrieben. Ich denke, wir haben ihn«, flüsterte Pfahls.

»Ja«, sagte Brauner. »Er ist es. Kein Zweifel.«

Sie erhoben sich.

»Wie lange dauert es denn noch?«, rief Ingram in Richtung der Toilette.

Als Antwort kam das Gurgeln der Wasserspülung. Dann wurde mit einem lauten Quietschen das Fenster geöffnet.

»Ich gehe runter und hole den Asservatenbeutel für die Schuhe«, sagte Pfahls und lief zur Haustür.

»Okay. Aber wo bleibt der denn?«, sagte Brauner.

»Herr Hassauer?«, rief Ingram noch einmal.

Doch es kam keine Antwort.

Brauner und Ingram sahen sich an. Dann griffen sie zu ihren Pistolen.

»Herr Hassauer, eine letzte Chance noch!«
Keine Antwort.

Mit einem kräftigen Tritt öffnete Brauner die aus dünnem alten Pressspan bestehende Toilettentür.

Gähnende Leere. Das Fenster war offen.

Hassauer hatte sie ausgetrickst. Er kam sich vor wie ein kleiner dummer Schuljunge.

Schnell sprang er auf die Toilettenschüssel und sah aus dem Fenster. Tatsächlich – da vorne, schon in einiger Entfernung, rannte Hassauer über ein herbstliches Stoppelfeld bergab auf einen nebligen Wald zu.

»Herr Hassauer, bleiben Sie sofort stehen«, schrie Brauner aus Leibeskräften hinterher. Der Hausmeister drehte sich nur kurz im Laufen um; dann rannte er weiter.

Ganz schön fit, der gute Mann. Hätte ich ihm gar nicht zugetraut.

Martinshörner heulten auf. Ingram hatte die Neuburger Schutzpolizisten, die zusätzlich auf dem Parkplatz vor der Kirche warteten, informiert. Sie fuhren die Landstraße entlang und bogen dann schnell nach rechts auf einen Feldweg ab, der am Waldrand entlangführte, um Hassauer den Weg abzuschneiden. Brauner war währenddessen aus dem Fenster gesprungen und hatte die Verfolgung aufgenommen. Schwerfällig lief er über das matschige Feld.

Dennoch hatte er schnell aufgeholt.

»Bleiben Sie stehen, Sie haben keine Chance!«, rief er abermals.

Tatsächlich blieb Hassauer stehen.

Doch zu Brauners Entsetzen hatte dieser plötzlich eine Pistole in der Hand. Und er zielte auf ihn.

Ein Schuss peitschte durch die Luft.
Er kam von den Schupos am Waldrand.
Überrascht drehte Hassauer sich um.
Und fiel zu Boden.
Als Brauner ankam, lag er bereits im Sterben.
Er stöhnte. Blut floss ihm aus dem Mund.
Doch dann grinste er plötzlich breit und boshaft.
»Brauner. He, komm her … eines sage ich dir noch … du hast recht gehabt. Ich war es. Habe die Dämonen aus diesen Weibern rausgekillt. Das ist der einzige Weg. Es gibt nur den einen, klar?! Den Weg Gottes. Darren, ich komme jetzt zu dir. Aber merke dir eines, Braunerchen: Ich war nur das Hirn. Nicht die Hände. *Nicht die Hände* …
Ha, ha, ha …«
Er röchelte. Blut quoll in einer größeren Menge aus seinem Mund. Dann wurde sein Blick glasig.
Konrad Hassauer war tot.
Stille herrschte über dem nebligen Herbstfeld.

***

27

Hendrik Brauner blickte über das Stoppelfeld hinweg auf die Klosterkirche Heilig Kreuz.

Er war immer noch geschockt von den Ereignissen.

Gleich mehrere Gefühle spielten sich gerade widerstreitend in seinem Innenleben ab, und keines hatte bis jetzt die Oberhand gewonnen.

Hassauer hatte auf ihn gezielt. Die Untersuchung der Pistole ergab, dass sie geladen war. Wahrscheinlich hatten ihn nur Sekunden vor dem sicheren Tod getrennt. Gut, dass der Polizist geschossen hatte.

Schlimm, dass Hassauer dabei getötet wurde. Doch wollte er ihn nur bedrohen oder tatsächlich schießen?

Einerlei. Was geschehen ist, ist geschehen.

Brauner war sich sicher, dass der Fall nun gelöst war. Die Sonderkommission »Signum« hatte die ihr gestellte Aufgabe erfüllt. Und doch konnte er sich nicht freuen. Nein, keinesfalls.

Zu viel Blut war geflossen.

Und einmal mehr hatte er tiefer in menschliche Abgründe geblickt, als ihm lieb war.

Ingram gab ihm einen Klaps auf die Schulter.

»Glück gehabt, Alter. Das war haarscharf diesmal. Gut, dass die Kollegen aus Neuburg so schnell reagiert haben.«

»Ja«, erwiderte Brauner.

In ihm rumorte es weiter.

Was waren die letzten Worte von Hassauer gewesen?

Ich bin nur das Hirn, nicht die Hände.

Was könnte er damit gemeint haben? Dass es mehrere waren, die sich an den Morden beteiligten?

Aber das war unwahrscheinlich. Zu sehr passte Hassauer in das Bild des psychisch gestörten Einzeltäters. Bei ihm spielten schließlich gleich mehrere Komponenten eine Rolle – seine wahnhafte Religiosität, gepaart mit Halluzinationen durch eine chronische Mutterkornvergiftung, und seine Verehrung für diesen verrückten Ulf Darren.

Ziemlich einzigartig. Und individuell. Aber konnte es nicht doch sein, dass er mehrere Menschen mit seinem Charisma beeindruckt und zu willigen Followern gemacht hatte? Auch Charles Manson hatte 1969 nicht alleine gehandelt, sondern seine von ihm begeisterten Anhänger zu den Tate-LaBianca-Morden losgeschickt.

Konnte das auch hier der Fall sein?

Pfahls kam auf die beiden zu.

»Er wird jetzt abtransportiert. Die Sache ist zu Ende. Hendrik? Was ist los?«

»Ich ... nein, passt schon. Es stimmt, hier gibt es nichts mehr zu tun. Gehen wir zurück und sichern Beweise in seiner Wohnung.«

Sie sahen, wie ein Leichenwagen hinter den beiden Einsatzfahrzeugen der Neuburger Polizei zu stehen kam.

Wieder zurück in Hassauers Wohnung, staunten die drei Kriminalbeamten nicht schlecht über das, was sie dort vorfanden.

Er hatte eine Unmenge von Büchern besessen, größtenteils historische und religiöse Abhandlungen über die alten Griechen, Römer, Byzantiner und Osmanen, aber auch rätselhafte und fragwürdige Werke wie das *Malleus Maleficarum* des deutschen Mönchs Institoris, besser als der *Hexenhammer* bekannt, Auszüge des grausigen *Buch von Eibon* sowie schließlich das aus der Klosterbibliothek verschwundene *Pandaemonium* des Ulf Darren.

Sie sicherten dieses Werk als ein weiteres Indiz, genauso auch die Schale Paranüsse aus der Küche und die Schuhe Hassauers. Auch im Bad entnahm Brauner einige Haare dem Rasierapparat; sie waren graumeliert.

Die Wohnung befand sich insgesamt in einem unordentlichen Zustand. Viele Bücher lagen auf dem Boden durcheinander, vermischt mit Krimskrams aller Art und alten, ungespülten Tellern und Gläsern.

Dann, in einer Küchenschublade, fanden sie die Papiere Konrad Hassauers. Es war definitiv derselbe Mann, der vor ein paar Jahren eingesessen hatte.

»Wir müssen gleich nachher Hartmann Bericht erstatten und die Angehörigen von seinem Tod informieren. Es scheinen ja nicht viele zu sein, oder?«

»Nein. Nur noch eine Christine Hassauer, seine Tochter, käme hier in Frage. Sie studiert in Bamberg, wie er selbst ja schon gesagt hat. Das ist ihre Adresse.«

Brauner versuchte sie von seinem Handy aus zu erreichen, doch es nahm niemand ab.

»Das versuchen wir später noch einmal. Gab es im Keller etwas zu finden?«, fragte er Max Ingram, der gerade von dort zurückkam.

»Nein. Nur viele alte Möbel und eine ganze Schrankwand voller Weinflaschen, die meisten davon aber leer. Der Hassauer hat es sich hier schon gutgehen lassen. Aber was für ein uraltes Gewölbe, da kannst du ja Albträume bekommen.«

»Es fehlt immer noch der schlagende Beweis«, sagte Brauner. »*The smoking gun*, wie die Amerikaner sagen. Ich meine: Blutspuren, Tatwaffen, eventuell so was wie eine Kammer, in der die Opfer gefangen gehalten wurden. Aber hier scheint nichts davon zu existieren.«

»Sieht so aus«, erwiderte Pfahls. »Aber er muss ja die Mädchen nicht zwingend hier umgebracht haben. Es könnte theoretisch überall gewesen sein, meinetwegen sogar mitten im Wald. Vielleicht wird das ein ungelöstes Geheimnis bleiben, jetzt, wo der Täter leider tot ist. Aber er hat ja dir gegenüber alles gestanden, oder? Ich denke, das reicht.«

Sie erkundeten das Gebäude noch ein wenig, dann versiegelten sie es mit einer Banderole der Kriminalpolizei und fuhren nach Ingolstadt. Hartmann würde sie sicherlich schon erwarten.

Die abschließende Konferenz dauerte nicht lange. Brauner wurde vom Ersten Kriminalhauptkommissar Hartmann ausdrücklich für seine Leistung belobigt; auf dessen Einwände, dass eventuell doch noch Gefahr bestehen könnte wegen der letzten Worte Hassauers, ging er allerdings nicht weiter ein. Lediglich Frau Jelinek sprach sich für weitere Ermittlungen aus, natürlich ohne Erfolg.

Brauner verstand. Die Schublade mit der Aufschrift »Serienmörder Baringer Hochwald« sollte geschlossen werden. Das war politisch so gewollt, und dementsprechend wurde auch gehandelt. Schließlich gab es noch genug anderes zu tun. Die Soko »Signum« wurde aufgelöst.

Und es herrschte wieder Frieden im Land.

Später, zu Hause, nahm Brauner eine heiße Dusche. Er ließ den Fall vor seinem geistigen Auge noch einmal vorüberziehen. Doch egal, wie er es auch anstellte: Er war mit dem Ergebnis unzufrieden. Es blieben zu viele Fragen offen. *Wo waren die Mädchen gefoltert und getötet worden? Was war die Tatwaffe? Die Genickwunden …?*

Doch alles Grübeln brachte nichts. Er legte sich nach dem Duschen aufs Sofa und machte den Fernseher an. Er war alleine. Emily war noch bei einer Freundin, würde aber so gegen acht nach Hause kommen.

Schließlich schlief er ein.

Das leise Klimpern seines Handys weckte ihn sanft aus einem tiefen, erholsamen Schlaf. Ein wenig verwirrt sah Brauner sich in der Dunkelheit um. Der Fernseher hatte sich bereits selbst ausgeschaltet.

Es war 21:34 Uhr.

Verdammt.

Emily hatte ihm auf seiner Social-Media-Plattform eine Sprachnachricht über den Messenger zukommen lassen.

Er drückte auf das Symbol, um sie sich anzuhören.

Wahrscheinlich wollte sie bei ihrer Freundin übernachten.

Wäre nicht das erste Mal.

Doch es war diesmal anders. Vollkommen anders.

Wie aus weiter Ferne drangen ihre Worte zu ihm durch. Sie weinte. Teilte ihm mit, dass man sie entführt hatte. Auf ihrem Heimweg von der Schule, von der Straße weg. Dann eine kurze Pause. Ein Mann begann zu sprechen.

Tja, Brauner, du hast dich vertan diesmal. Hättest dich besser heraushalten sollen. Aber ging ja nicht, Beruf ist Beruf, nicht wahr? Ihr hättet Konrad nicht töten dürfen. Das war ein großer Fehler. Deiner Tochter wird es jetzt genauso ergehen. Langsam, ganz langsam wird sie leiden, immer heftiger, bis ich sie zum Schluss von ihrer Qual erlösen werde. Und das Beste daran ist: Du wirst uns niemals finden, niemand wird uns finden!

Dann machen wir weiter mit unserem Auftrag, den uns Konrad gegeben hat. Eine Arbeit, die getan werden muss und sogar noch Spaß macht. Zumindest mir. Bis dann, Braunerchen!

Ach ja, übrigens: Die Büsche gegenüber deiner Wohnung sind ein gutes Versteck!

Brauner war so geschockt, dass er vorübergehend wie gelähmt auf dem Sofa saß.

Wilde Gedanken jagten durch sein Hirn, sich überschlagend, chaotisch. Das konnte, durfte nicht wahr sein.

Er hatte recht gehabt, die ganze Zeit über. Da gab es also doch noch andere, die Hassauers Werk zu Ende bringen wollten.

Und sie hatten Emily.

Emily.

Er beugte sich tief, vergrub das Gesicht in seinen Händen und konnte die Tränen nicht mehr zurückhalten. Schlimme, brutale Bilder, Ahnungen kamen und gingen zwischen heftigen Weinkrämpfen. Er hatte einen Nervenzusammenbruch.

Dann, gegen 23 Uhr, erhob er sich. Ruhig und gefasst. Er war nun klar. Und wusste, was zu tun ist.

Eine halbe Stunde später saß er wieder im Büro des Polizeipräsidiums. Mit am Tisch waren Max Ingram und Dominik Pfahls sowie Gregor Licht, Amberger und Frau Jelinek. Auch Hartmann war dabei.

Sie hörten die Sprachnachricht ab, wieder und wieder.

Die Worte des Verbrechers erklangen unheimlich in der Stille der Nacht.

»Kein Zweifel, diese Entführung hängt mit unserem Fall zusammen. Niemals hätte ich gedacht, dass es noch mehrere geben würde. Das war ein Fehler«, sagte Pfahls. Er wirkte bedrückt, wie alle Anwesenden.

»Nun, es handelt sich zwar um eine Entführung, aber nicht um eine Erpressung. Er will ja kein Lösegeld oder so etwas, sondern Emily ermorden. Das behauptet er zumindest. Aber es geht ihm nicht wirklich um sie, sondern um dich. Er will *dich* quälen.«

Ingram sprach diese Wahrheit ruhig aus.

»Egal was er will, wir müssen ihn daran hindern, sein Werk durchzuführen. Aber die Peilung vorhin hat nicht hingehauen, warum auch immer. Was bleiben uns also noch für Möglichkeiten?«, erwiderte Hartmann.

Brauner blickte mit seinem rotgeweinten, unrasierten Gesicht auf.

»Kontaktaufnahme.«

Pfahls nickte still.

»Gute Idee. Frag ihn doch einfach, ob er an einem Lösegeld interessiert ist. Das schindet Zeit, und wir haben nochmals die Möglichkeit, ihn über GPS orten zu können.«
»Okay. Also los.«

Ingram begab sich an seinen PC, um per Triangulation die Ortung durchführen zu können. Dann gab Brauner die Frage ein und schickte sie los.

Es kam keine Antwort. Sie warteten fünf Minuten, zehn Minuten, eine Viertelstunde.

Nach zwanzig Minuten ertönte das Klangzeichen für eine eingegangene Nachricht.

Es war der Entführer.

Hey, Braunerchen! Ich glaube, du hast vorhin nicht richtig verstanden! Ich will keine Kohle von dir, habe selber genug.

Ich will Rache. Und wie ich sehe, machst du dir zu Recht Sorgen um dein kleines Mädchen. Das freut mich jetzt aber! Schreibe bitte keine Nachrichten mehr, ich muss mich jetzt ans Werk machen. Habe keine Zeit für das gefühlsduselige Gefasel eines alternden Mannes. Gruß aus der Hölle, Chiko :D

Es war ein Foto beigefügt. Es zeigte ein mit einer weiten schwarzen Kapuze, einer Mönchskutte nicht unähnlich, verhülltes Gesicht. Nur die unterste Hälfte war sichtbar.

Das Team war wie elektrisiert.

Es war Hartmann, der nun schnelle Anweisungen gab.

»Konnten Sie ihn orten? Wo steckt der Kerl?«

Ingram gab verschiedene Daten in den PC ein.

»Einen kleinen Moment, dauert noch ein wenig.«

»Und Herr Licht, könnten Sie ermitteln, ob sich in unseren digitalen Fallakten ein ›Chiko‹ finden lässt? Das war sehr unvorsichtig vom Täter.«

Der zugeteilte Kriminalbeamte tat, wie ihm geheißen.

Brauner saß die ganze Zeit über ruhig am Tisch.

»Wir haben ein Ergebnis, Herr Hartmann. Ich konnte das Handy von Emily Brauner ganz in der Nähe von Attenfeld orten.«

»Attenfeld? Wo liegt das genau?«

»Nordöstlich von Neuburg, auf ›unserer‹ Donauseite.«

Auch von Licht kam eine Meldung.

»Leider kein Suchergebnis, das auf den Namen ›Chiko‹ lautet, Herr Hartmann.«

»Schade. Aber macht nichts. Wir wissen jetzt immerhin, wo sich der Täter befindet. Ich werde das SEK informieren. Machen Sie sich bereit, meine Herren.«

Auch Brauner stand nun auf, um aus seinem persönlichen Spind seine Dienstwaffe zu holen.

»Nein, Sie nicht, Herr Brauner.«

»Was soll das heißen?«

»Dass Sie an diesem Einsatz nicht teilnehmen. Aufgrund der Tatsache, dass es sich hier um Ihre Tochter handelt, sind Sie in emotionaler Hinsicht belastet. Ich kann Sie nicht in diesem aufgewühlten Zustand an einer derart schwierigen Ermittlung vor Ort arbeiten lassen. Bitte bleiben Sie hier, oder gehen Sie nach Hause.«

»Wie? Was? Aber …«

»Kein Aber, Herr Brauner. Denken Sie darüber nach, und Sie werden zum gleichen Schluss kommen wie ich. Ich bin mir sogar ziemlich sicher, dass Sie genauso handeln würden, wenn einer Ihrer Leute in einem derart verzwickten Problem stecken würde.«

Er dachte kurz nach.

»Ja, sicher, Sie haben recht. Ich bleibe bis auf Weiteres hier. Aber bitte melden Sie sich, sobald es etwas Neues gibt.«

»Sicher. Gut, dass Sie das einsehen.«

Wenig später saß Brauner allein im Büro an seinem Platz. Und lächelte.

Könnte sein, dass du falsch liegst, dachte er.

Attenfeld liegt ganz in der Nähe von Baring. Es ist gerade mal zehn Minuten Fahrzeit davon entfernt. Genug, um sein Versteck zu verlassen, dorthin zu fahren und eine Nachricht abzuschicken. Die sind ja auch nicht blöd und wissen sehr wohl, dass wir sie orten können. Es ist eine falsche Fährte. Aber du wolltest mich ja nicht ausreden lassen. Die Täter sind in Baring, da bin ich mir ganz sicher. Nur – wo?

Brauner ging ans Fenster und kippte es. Die kalte Luft dieser Nacht tat ihm gut. Es war kurz vor zwölf. Der Mond leuchtete hell. Er konnte den verlassenen Busbahnhof und die Stadt dahinter, die sich wie eine dunkler See ausbreitete, deutlich erkennen.

Emilys Gesicht tauchte vor ihm auf. Tränen liefen über ihre Wangen. Es gab ihm einen Stich ins Herz.

Weg, geh weg! Ich muss kühl bleiben. Analysieren können.

Er verdrängte erfolgreich das Gedankenbild und ging zurück an seinen Platz. Er rief Maps auf und fuhr mit der Maus auf die Satellitenansicht von Baring.

Der unterirdische Gang – machte er nicht auf dem letzten kleinen Stück zur Kirche hin eine starke Kurve nach rechts? Er wusste, dass einem die Dunkelheit auch Streiche spielen konnte und das Bewusstsein für die Himmelsrichtungen abhanden kommen kann. Aber hier war er sich sicher.

Er zeichnete mit seinem Finger auf dem Bildschirm die Linie rückwärts von der Kirche weg in einem nach links unten verlaufenden Bogen.

Und kam dabei dicht an Hassauers Haus vorbei.

War es nicht kurz *vor* jener Rechtskurve, wo die geisterhafte Musik erklungen war?

Sie mussten dort sein. Emily und ihre Entführer. Und zwar in einem Raum direkt neben dem Geheimgang, der höchstwahrscheinlich aber nur über das Haus darüber zugänglich war. Und den Ingram bei seiner Durchsuchung nicht bemerkt hatte.

Er sah auf. Es war niemand zu sehen.

Also los.

Er stand auf und zog seinen Mantel an. Dann ging er zu seinem Spind und holte sich seine Dienstpistole. Brauner hatte von Anfang an nicht die Absicht gehabt, untätig hier herumzusitzen und auf Nachrichten von Hartmann und den anderen zu warten. Es ging um das Leben seiner Tochter.

Vielleicht bin ich ein unprofessioneller Kriminalpolizist. Mag sein. Dafür aber ein professioneller Vater.

Vorsichtshalber verließ er das alte Backsteingebäude durch einen Hinterausgang. Man konnte nie wissen! Kaum war er draußen in der kalten Novembernacht, rannte er so schnell wie möglich über die Parkplätze auf der Rückseite des Präsidiums in Richtung Altstadt, nach Hause. Er musste auf halbem Weg eine kurze Pause einlegen, so sehr hatte er sich verausgabt. Seine Bronchien brannten, und sein Herz raste gefährlich schnell. Aber weiter, er musste zu Emily …

***

28

Er ging gar nicht erst nach oben, sondern riss atemlos die Tür zu seinem Auto auf und fuhr sofort los. Anschließend ging es, so angepasst wie möglich, um nicht wegen Geschwindigkeitsüberschreitung von einer Streife aufgehalten zu werden, über die Donaubrücke nach Unsern Herren und von dort aus auf die B 16. Auf der nördlichen Route über Irgertsheim und Ried wäre er vielleicht schneller gewesen, aber dort war die Gefahr zu groß, auf das SEK und Hartmann zu stoßen.

Kaum war er auf der Kraftfahrstraße, ließ er alle Zügel fahren und raste mit gut 160 Richtung Neuburg. Brauner war so gut wie alleine um diese Zeit; er brauchte nur zehn Minuten bis zur Kreuzung kurz vor dem Fliegerhorst, wo es links nach Karlshuld und rechts nach Heinrichsheim abging. Er fuhr geradeaus weiter.

Kurz bevor die Straße den Kreuther Berg abwärts führte, bog er nach rechts ab, direkt hinein nach Neuburg. Über die einsame Donauwörther Straße und am wuchtigen Schlossbau vorbei fuhr er über die alte Donaubrücke nach Norden und dann über Hessellohe und Gietlhausen auf jenen Parkplatz am Rand des Baringer Hochwalds, den er ja schon so gut kannte.

Nach kurzem Überlegen fuhr Brauner verbotenerweise auf den Waldweg mitten durch den Forst.

Egal. Gefahr im Verzug.

Erst jetzt, als er mit Tempo 20 durch den vollkommen finsteren Wald fuhr, wurde er sich seiner Einsamkeit bewusst. Es war unheimlich, und seit er jene furchtbare Nacht am Rande des alten Friedhofs hier verbracht hatte, war er der festen Überzeugung, dass dieser Wald anders war. Unzugänglich, verschlossen, voller Geheimnisse und ... *böse.*

Ein riesiges weißes Etwas flog durch die Dunkelheit direkt auf ihn zu. Über das Auto hinweg, einen markerschütternden Schrei ausstoßend.

Brauner erschrak und bremste.

Der Angstschweiß brach ihm aus allen Poren.

Ganz ruhig, Mann, dachte er.

War nur eine Schleiereule. Kam aber wie bestellt. Will der alte Darren mich vielleicht aufhalten, aus seinem Grab heraus? Na, dann komm!

Er setzte sich wieder in Bewegung. Es konnte nicht mehr weit sein.

Wenige Minuten später erreichte er Baring. Es war vollkommen dunkel auf der Hauptstraße. Alles schien zu schlafen. Brauner parkte seinen Wagen bei einem alten Gasthaus in der Nähe des Klosters, nicht direkt davor.

Schnell, aber so lautlos wie möglich, huschte er über den Vorplatz. Der alte Kirchturm hob sich als dunkler massiger Schatten vor dem Sternenhimmel ab. Es würde morgen ein schöner Tag werden.

Das gusseiserne Tor zum ehemaligen Klostergelände, auf dem Hassauers Haus stand, war verschlossen.

Natürlich.

Brauner kletterte darüber, auch wenn das in der Dunkelheit seine Zeit brauchte. Dann ging er langsam und sichernd durch den Garten.

Das uralte Gebäude erschien vor ihm. Es war vollkommen dunkel und wirkte verlassen.

Kein Wunder, dachte Brauner.

Der Besitzer ist tot. Und seine Tochter konnten wir immer noch nicht erreichen ... aber ich bin sicher, Emily ist hier. Irgendwo.

Er schob das rotweiße Band, mit dem die Tür symbolisch versiegelt worden war, um eventuelle Spuren zu sichern, nach oben und rüttelte leicht am Knauf. Es war abgeschlossen.

Doch damit hatte Brauner gerechnet. Er holte aus seiner Manteltasche ein Set Dietriche und probierte sie durch. Schon beim dritten Versuch öffnete sich die Tür; es handelte sich um ein ziemlich primitives altes Schloss.

Vorsichtig und so geräuschlos wie möglich drückte er sich hinter die Tür und schloss sie. Dann nahm er sein Smartphone und aktivierte die Taschenlampenfunktion. Sie war stark genug, um seine Umgebung auszuleuchten.

Leise, ganz leise arbeitete er sich an der schäbigen Garderobe vorbei in den Flur. Er konnte sich nun gut orientieren. Geradeaus ging es in die Wohnküche, links war die Toilette, und nach rechts musste es hinunter in den Keller gehen. Es war totenstill.

Er öffnete die alte weiße Holztüre, die oben ein kleines Fenster hatte, und trat auf eine steinerne Treppe, die links gewunden nach unten in den Keller führte. Muffiger Geruch schlug ihm entgegen. Er kam Brauner irgendwie bekannt vor, doch er konnte ihn nicht zuordnen.

Schließlich öffnete sich vor ihm ein geräumiges Gewölbe, das er kaum vollständig ausleuchten konnte. Ein Haufen altes Gerümpel stand und lag hier herum: viele Möbel aus den sechziger und siebziger Jahren, wild gemischt mit antik wirkenden Kruzifixen und Altarbildern, Lampenschirme, blechernes Kinderspielzeug und lederne Reisekoffer. Über alles hatte sich gnadenvoll der Staub von Jahrzehnten gelegt.

Brauners Lichtstrahl fiel auch auf das bereits von Ingram erwähnte Weinregal, das ganz hinten an der Wand stand. Es war ziemlich groß; er folgte einem engen Pfad durch das Gerümpel und stand schließlich davor.

Wie er feststellte, waren das Regal und auch einige Weinflaschen nicht so staubig wie erwartet. Anscheinend hatte sich Hassauer mal ganz gerne einen genehmigt.

Warum auch nicht? Auch Mörder lieben einen guten Jahrgang.

Er untersuchte den Boden genauer. In der leicht feuchten, schmierigen Staubschicht, die ihn bedeckte, zeichneten sich etliche Profilabdrücke von Schuhen ab. Und zwar, soweit Brauner erkennen konnte, von unterschiedlichen.

Und nicht nur das.

Da waren auch halbrunde Schleifspuren zu sehen. Gerade so, als ob man das Regal in einem bestimmten Winkel von der Wand weggezogen hätte. Tatsächlich handelte es sich nicht um ein einziges großes Weinregal, sondern um mehrere Einzelstücke, die man zusammengestellt hatte.

Und nur an diesem einen befanden sich jene Schleifspu-

ren. Es war, im Gegensatz zu den anderen, mit ziemlich vielen Weinflaschen beladen, wenn auch fast nur leeren.
Warum?
Brauner rüttelte sachte und so leise wie möglich daran. Dann nahm er eine Flasche nach der anderen heraus, um zur Wand dahinter blicken zu können. Er ahnte etwas. Und diese Ahnung sollte zur Gewissheit werden, als er im Schein der Handylampe eine verborgene Tür entdeckte.
Voilà! Das ist es! Hoffe ich zumindest.
Er zog das Regal langsam, aber beständig nach vorn. Es ging leichter als erwartet.
Sobald der Spalt breit genug war, ließ Brauner davon ab und schlüpfte dahinter. Er stand nun vor einer sehr alten Holztür, braun und mit allen möglichen Schnitzereien bedeckt. Auch das eiserne Schloss machte einen sehr altertümlichen Eindruck.
Langsam drückte er den Griff nach unten.
Es quietschte ein wenig. Dann öffnete sich die Pforte nach innen.
Eigentlich logisch, dachte Brauner.
Auf diese Art und Weise kann man das Regal von der anderen Seite wieder nach hinten ziehen und dann die Tür schließen. Von drüben sieht man dann so gut wie gar nichts mehr.
Er holte seine Pistole aus dem Halfter und entsicherte sie. Sein Bauchgefühl sagte ihm, dass es gefährlich wurde.
Er hörte eine leise Stimme durch den offenen Türspalt. Die Stimme eines Mannes.
Vorsichtig schob Brauner die Tür weiter auf nach innen. Gähnende Schwärze empfing ihn.

Sonst nichts.

Oder doch? In einer Entfernung von ein paar Metern sah er ein schwaches Licht auf Bodenniveau. Es war länglich horizontal. Ein Türspalt?

Er schlich sich behände hinter die alte Pforte und lehnte sie an. Nur kein Geräusch zu viel. Und einen Fluchtweg offenhalten. Schritt für Schritt bewegte er sich nun vorwärts, auf den Lichtschimmer zu. Dann stand er direkt vor ihm.

Er streckte seine linke Hand aus, um zu tasten. Und stieß dabei auf – Stoff. Offensichtlich hatte er einen schweren Vorhang vor sich. Keine Tür.

Auf der anderen Seite konnte er nun erheblich lauter und deutlicher die Stimme vernehmen.

Na, du Miststück ... fertig ... dein Alter wird heulen und schreien vor Trauer und Schmerz ...

Zwischen diesen hässlichen Wortfetzen konnte er nun auch etwas anderes vernehmen. Das leise, ängstliche Wimmern einer weiblichen Stimme.

Emily?!

Nahe, ganz nahe ging er mit seinem Gesicht bis zum Vorhang, berührte ihn fast.

Dann schob er diesen nur einen Zentimeter weit zur Seite. Und erblickte eine Szenerie, die absolut unglaublich erschien im 21. Jahrhundert.

Der Raum war nur schwach ausgeleuchtet. Aber Brauner erkannte, dass an der Wand gegenüber antike Gegenstände wie Schwerter und alte Bilder hingen. Und dann, endlich:

Emily.

Sie saß auf einem eigenartigen Stuhl, mehr lang als breit, und war anscheinend an ihn gefesselt. So genau konnte er das nicht erkennen. Eine Gestalt warf einen langen, sich bewegenden Schatten an die rötlich schimmernde Natursteinwand dahinter. Emily wirkte geschwächt; aber egal, Hauptsache, sie war am Leben.

Nun schob sich jene Gestalt in Brauners Sichtfeld, die offenbar auch die wüsten Drohungen ausgestoßen hatte. Er traute seinen Augen nicht – sie war in ein langes, schwarzes Gewand gekleidet, einer Mönchskutte nicht unähnlich. Das Gesicht konnte er nicht erkennen, es war unter der Kapuze.

Brauner hatte genug gesehen.

Am liebsten wäre er jetzt losgestürmt, mit seiner Pistole im Anschlag. Sein Vaterinstinkt drängte ihn dazu. Doch er riss sich zusammen.

Langsam bewegte er sich rückwärts, Schritt für Schritt. Bis er fast wieder an der versteckten Tür war.

Dann nahm er sein Handy und schrieb eine Nachricht an Pfahls. Das war leiser als ein Telefongespräch.

Auf der anderen Seite des Vorhangs redete die grausige Gestalt wieder auf Emily ein.

Brauner machte schneller. Vertippte sich, korrigierte, schrieb weiter.

Dann schickte er die Nachricht ab.

Genauer gesagt: Er versuchte es. Denn es funktionierte nicht.

Mist. Nur ein Balken. Keine Verbindung.

Währenddessen zeichnete sich eine rasant gefährlich werdende Entwicklung ab. Der Verbrecher schien nun Ernst zu machen.

»Ich werde dich jetzt hinrichten. Es ist übrigens eine

große Ehre, auf so einem antiken Gegenstand seinen Löffel abzugeben. Hast du noch ein paar letzte Worte, du Göre?«

Scheiße. Nein!

Brauner packte seine Pistole und ging an den Vorhang. Als er hinauslugte, erkannte er, wie der Verbrecher Emily übers Haar strich und an einer Art Schraube zu drehen begann, die hinten an jenem Stuhl befestigt war.

Er erkannte, um was es sich in Wirklichkeit handelte. Und stürmte sofort los, eine kleine Treppe hinunter, auf Emily und ihren Peiniger zu.

»Polizei! Hände hoch!«

Die Mönchsgestalt folgte sofort der Aufforderung. Vor Schreck zuckte sie nach oben und ließ von Emily ab.

»So! Schluss jetzt! Umdrehen! Ich will dein Gesicht sehen!«

Langsam drehte der Mann sich um.

»*Daddy!*«

Es war Emily, die diesen Schrei ausstieß.

Aber nicht aus Freude.

Sondern als Warnung.

Brauner spürte nur noch einen dumpfen Schmerz an seinem Hinterkopf. Er torkelte.

Was ... was war das?

Dann schwanden ihm die Sinne.

Sein Schädel dröhnte vor Schmerzen, als er wieder erwachte. Zuerst dachte er in seinem Delirium tatsächlich, er hätte eine schwere Migräne oder einen Kater. Doch dann wurde er sich langsam wieder der Lage bewusst, in der er sich befand.

Und die war nicht gut.

Er öffnete die Augen. Er konnte nur verschwommen sehen. Wo war Emily? Eine leichte Übelkeit kam in ihm auf. Kein Wunder, dachte er.

Wahrscheinlich habe ich mir durch den Schlag eine Gehirnerschütterung zugezogen.

Aber wer hatte ihm diesen Schlag verpasst? Es war doch außer ihm, dem Entführer und Emily niemand in diesem Kellergewölbe?

Diese Frage beantwortete sich von selbst, als die Schlieren vor seinen Augen und seine Benommenheit nachließen.

Da stand eine Frau neben dem Mönch. Irritierenderweise war sie, ganz im Gegensatz zu jenem, in ein reinweißes Kleid gehüllt.

Ein Engel? Unmöglich!

Er versuchte sich zu bewegen. Doch er war gefesselt. Und nicht nur an seinen Händen. Auch seine Füße und sein Hals waren fixiert, sodass er in einer unnatürlich aufrechten Position sitzen musste.

So wie vorhin Emily ... o nein, bitte nicht dort ... wo ist sie?

Als Antwort auf seine unausgesprochene Frage hörte er ein Stöhnen rechts neben ihm. So weit er konnte, bewegte er seinen Kopf in diese Richtung.

Und entdeckte seine Tochter, ebenfalls gefesselt, auf einer Truhe sitzend, die er zuvor schon von seinem Versteck hinter dem Vorhang aus gesehen hatte. Sie weinte.

»Na, Brauner? Wie geht es dir? Lange nichts mehr von dir gehört!«

Die Stimme klang höhnisch.

Langsam ging die verhüllte Gestalt auf ihn zu. Und zog fast schon andächtig die Kapuze nach hinten.

Brauner glaubte nicht richtig zu sehen. Ihm blieb, im wahrsten Sinn des Wortes, die Luft weg. Denn dieses Gesicht kannte er nur zu gut. Es war Uwe Raistinger.

»Sie? Wieso denn ... was?«

»Da staunst du, hm? Aber ich muss gestehen, dass auch ich überrascht bin. Niemals hätte ich dich für so dumm gehalten, ohne deine ganze Bullerei in die Höhle des Löwen zu marschieren. Nicht wahr, Christine?«

Die Angesprochene nickte kurz.

»Ja, Chiko.«

Brauner fing sich langsam wieder.

»Christine ... Hassauer? Die Tochter? Sie sind hier? Nicht in Ansbach?«

»Ja«, kam die zögerliche Antwort. »Die ganze Zeit schon – ich weiß, dass mein Vater tot ist. Ihr habt ihn umgebracht. Aber gut, dass Sie jetzt hier sind. Der Kreis schließt sich.«

»Genau«, ergänzte Raistinger. »Übrigens: Du sitzt auf einer perfekten Todesmaschine. Auch wenn sie schon ein wenig antiquiert ist. Es handelt sich um eine spanische Garotte. Der Tod wird verursacht durch eine längliche Eisenschraube, die dem Betreffenden von hinten ins Genick getrieben wird. Geht ziemlich schnell. Wie du siehst, hatte der Konni eine Schwäche für das ganze alte Zeug, Brauner. War ein Sammler und ist über das Darknet an dieses Ding geraten. Seiner Aussage nach kommt sie aus dem neunzehnten Jahrhundert, aber es würde mich nicht wundern, wenn auch die spanischen Falangisten darauf ihre Gegner noch hingerichtet haben. Funktioniert schließlich bestens.«

Er feixte schamlos.

Brauner lief es kalt über den Rücken. Er wusste, dass er sich in akuter Lebensgefahr befand. Genauso wie Emily.

Er musste ihn hinhalten.

Rede, Mann. Rede um dein Leben.

»Was haben Sie mit der Sache zu tun?«

»Das ist eine lange Geschichte, Braunerchen. Hat eigentlich schon vor einer Ewigkeit begonnen. Ich habe den Konni im Knast kennengelernt. War mein Zellengenosse. Wir haben uns unterstützt, wo es ging, schließlich waren wir beide Rotlichtbrüder. Langer Rede kurzer Sinn: Er hat mir manchmal Koks besorgt, und ich war ihm noch etwas schuldig. Leider konnte ich ihm die Kohle nie zurückzahlen, weil ich immer wieder mal eingefahren bin. Bis vor Kurzem. Da hat er gemeint, ich könnte ihm alles auch auf eine andere Weise entgelten.«

Brauner schniefte. Erneut erfasste ihn eine Welle von Übelkeit.

»Und was soll der dämliche Mummenschanz?«

»Was? Ach so, die Mönchskutte? Ist eigentlich eine Faschingsverkleidung aus den Achtzigern. Ich finde sie klasse. Das Ding taugt sehr gut dazu, andere Leute zu erschrecken. Wie schon gesagt, ich habe meinen Spaß bei der ganzen Sache. Sie kommt meiner ... nun, leicht sadistischen Ader ziemlich entgegen. Ich töte nicht einfach nur, Brauner. Ich führe den Opfern ihr eigenes kaputtes Leben vor Augen. Das gibt mir Energie. Ich weiß, dass meine Ansichten in unserer heutigen Gesellschaft fehl am Platz scheinen, aber das war nicht immer so. Außerdem: Gefällt es dir nicht auch manchmal, bestimmte

Leute gehörig spüren zu lassen, dass sie der letzte Dreck sind?«

Der Angesprochene schwieg.

»Was, nicht? Schade. Du enttäuschst mich wirklich. Der volle Durchschnittstyp, wie alle Bullen.«

»*Warum?*«

»Hä?«

»Warum das alles?«

Raistinger schien ein wenig überrascht.

»Eigentlich kann ich dir alles erzählen, du bist eh schon bald nicht mehr unter uns. Also hör gut zu, Kumpel: Der Konni kam auf mich zu, weil sein etwas wirrer Freund, der Baldung, bei einer heimlichen Geisterbeschwörung in der Schule gesehen hatte, wie Dämonen in ein paar Mädels der Runde gedrungen sind. So ein ausgemachter Blödsinn! Aber gut. Er wollte die bösen Geister töten, indem er die jungen Damen gleich mit beseitigte. Und da er in körperlicher Hinsicht schon zu schwach dazu war, die Sache persönlich zu regeln, war er auf meine Hilfe angewiesen. Man könnte auch sagen: Ich habe die Drecksarbeit für ihn erledigt. Er war der Richter, ich der Henker. Ungeliebt, aber nötig. Eine Hand wäscht die andere. Ich hatte meinen Spaß und war meine Schulden bei ihm los, und er konnte die Welt retten.«

Raistinger brach in ein lautes, irres Gelächter aus. »Außerdem«, sprach er weiter, »außerdem war ich damals im Bau ein wenig vertrauensselig ihm gegenüber. Habe ihm einen Mord gestanden, den ihr bisher nicht aufklären konntet. Weil ihr Dumpfbullen noch nicht mal von der Dame wisst. Habe sie zu Fischfutter verarbeitet. Na, und für Konnis beharrliches Schweigen habe ich den Job natürlich auch erledigt. Und das, wie schon gesagt, sehr gerne.«

Christine Hassauer hatte sich bis jetzt still im Hintergrund gehalten.

»Wir sollten uns beeilen, Chiko«, sagte sie nun leise, aber mit einem bestimmenden Unterton.

Brauner lief die Zeit davon.

»Und warum du, Christine? Glaubst du, deinen Vater rächen zu können, indem du mich tötest?«

Die junge, hübsche Frau kam langsam auf ihn zu. Bis sie ganz nahe, kurz vor seinem Gesicht war. Sie lächelte.

»Ja. Und nicht nur ihn, Bulle.«

Sie strich mit ihren Händen fast schon zärtlich über die Drehhalterung für die Metallschraube der Garotte.

Brauner zitterte.

Nein. Nicht jetzt. Noch nicht. Bitte, lieber Gott ...

Zwischen seinen Beinen wurde es feucht. Egal. Er ließ es laufen.

Als Raistinger es bemerkte, lachte er erneut laut auf.

»Na, so was! Haben wir ein bisschen Schiss vor der Ewigkeit? Keine Angst, Mann. Wir schicken dir dein Töchterchen gleich hinterher, dann bist du nicht so alleine.«

Christine unterbrach ihn, ruhig und bedrohlich zugleich.

»Ich war auch auf dem Sozialpädagogischen Institut. Ich habe diese Frauen alle gekannt. Sie waren meine Freundinnen. Das dachte ich zumindest. Doch sie zeigten mir ihre finstersten Fratzen, als sie herausbekommen hatten, dass ich und der Moritz uns liebten. Sie haben mich fertiggemacht. Ignoriert, gemieden, Lügen über mich verbreitet. Mobbing tut richtig weh, finden Sie nicht auch?«

Brauner beeilte sich zu nicken.

»Sie waren mit dem Herrn Baldung zusammen?«

»Ja, und das bin ich auch jetzt noch. Schon seit über einem Jahr. Klar, er war mein Lehrer und ein Freund meines Vaters – aber wo die Liebe hinfällt, bricht sie alle Widerstände. Trotzdem musste ich die Schule verlassen wegen dieser Weiber. Ich hielt es nicht mehr aus, und Moritz konnte oder wollte sie nicht zurechtweisen, weil sie sonst seinen Zirkel hätten auffliegen lassen. Sie haben mir meine Zukunft genommen. Ich bin seitdem alleine zu Hause gesessen und habe nachgedacht. Schließlich flog doch alles auf, und sie haben meinen Freund rausgeschmissen. Auch ihm haben sie alles genommen. Seine Würde. Seinen Beruf. Sein Leben.«

Brauner verstand. Das Bild wurde klar.

»Aber er weiß von nichts«, fuhr Raistinger fort. »Wir haben die Sache zu dritt durchgezogen. Christine hat den Lockvogel gespielt, sie kannte ja die ganzen Damen von der Schule her. Es war deren Fehler, dass sie ihr vertrauten und zu ihr ins Auto stiegen. Ins Verderben, nicht wahr, mein Racheengel?«

Sie lächelte ihn verschwörerisch an.

»Apropos Rache – ich hätte da noch was mit dir auszumachen, Brauner. Musik, bitte!«

Christine drehte sich um und ging nach hinten in eine Art Ausbuchtung, wo ein hölzerner Tisch, eine Stehlampe, ein altes Grammophon und dahinter ein Haufen Gerümpel standen. Sie hatte dort gesessen, als Brauner vorhin hereingestürmt kam; deswegen sah er sie nicht und konnte von ihr bewusstlos geschlagen werden. Wie zum Beweis erkannte er einen Baseballschläger, der daneben an der Wand lehnte.

Aus dem schummerigen Gewölbe erklang eine schwermütige, tragende Weise in Moll, unterlagert von einem atmosphärischen Kratzen und Knacken. Christine hatte eine Schellackplatte auf das Grammophon gelegt; es spielte sie nun ab.

Brauner erkannte die Melodie sofort. Es war die gleiche, die er in jener unheimlichen Nacht im Geheimgang gehört hatte.

»Schön, was?«, bemerkte Raistinger.

»Es ist ein altes Stück aus der Barockzeit. Kennst du Lully? Wahrscheinlich nicht, ihr Bullen seid ja bekanntlich Kunstbanausen. Ist aus dem 18. Jahrhundert und heißt *Folies d'Espagne.* Passt doch irgendwie ganz gut zu unserer spanischen Garotte, oder? Das nennt sich, glaube ich, Ironie des Schicksals. Außerdem hört man so die Schreie meiner Probanden nicht. Nur eine kleine Vorsichtsmaßnahme, denn wer verirrt sich schon hierher? Dennoch muss man aufpassen. Wie überall im Leben. Du hast bei mir nicht aufgepasst, Arschloch.«

Damit holte Raistinger aus und schlug Brauner mit voller Wucht die Faust aufs linke Auge.

Er schrie auf.

Auch Raistinger schrie, wenn auch vor Verzückung und Wahn. Zusammen mit der Musik ergab alles eine Kakophonie des Grauens.

»Gefällt dir das? Nein? Aber mir!«, kreischte er. Dann holte er erneut aus und verpasste Brauner einen Kinnhaken.

Der stöhnte und gab unzusammenhängende Laute von sich. Es war nur noch ein Gedankenwirrwarr, welches ihm durch den Kopf schoss.

Bitte lass es vorübergehen. Ich will nur noch meinen Frieden. Und Ruhe ... Ruhe für immer.

Durch einen schmerzhaften Schleier aus Blut und Benommenheit sah er Christine vor sich stehen. Sie lächelte.

Raistinger befand sich nun hinter ihm. Er legte seine Hände an die Drehschraube der Garotte.

»Sag dem alten Mann da oben einen schönen Gruß von mir. Bye-bye, Bulle!«

Dann fing er an zu drehen. Das jahrhundertealte Gewinde quietschte.

Hendrik Brauner sah vor sich liebliche Landschaften. Er hörte Vogelgezwitscher und das Murmeln eines quirligen Baches. Die Barockmusik wurde leiser. Immer leiser.

Sein Leben schoss in schnellen Sequenzen, Schnappschüssen an seinem inneren Auge vorbei.

In seinem Bauch breitete sich ein warmes, wohltuendes Gefühl aus.

Es ist schön. So schön ...

POLIZEI! WAFFEN WEG! AUF DEN BODEN!

SEK-Beamte stürmten über die kleine Treppe in den Gewölbekeller, die Waffe im Anschlag. Christine Hassauer schrie kurz auf, lag dann aber sofort, wie befohlen, auf dem Boden.

Raistinger drehte sich verwirrt um. Erschrocken betrachtete er für einen Sekundenbruchteil die Beamten, die ihm erneut laut befahlen, sich auf den Boden zu legen.

Dann rannte er los, an der Garotte vorbei, auf die Natursteinwand zu. Er schien sich gegen sie werfen zu wollen, doch stattdessen öffnete sie sich wie ein Drehkreuz zur anderen Seite hin, zu jenem unterirdischen Gang, aus dem er erst vor ein paar Tagen genau an dieser Stelle Brauner entkommen war.

Dann peitschte ein Schuss durch den Raum, ohrenbetäubend laut und durch den Hall vielfach verstärkt.

Raistinger schrie auf. Am rechten Bein getroffen, sank er zu Boden. Sofort waren zwei SEK-Beamte bei ihm. Er ließ sich widerstandslos festnehmen, jammernd und mit einem vor Schmerzen verzerrten Gesicht.

Mittlerweile waren auch Dominik Pfahls und Max Ingram aufgetaucht. Sie befreiten den verwundert um sich schauenden Brauner aus seiner misslichen Lage.

»Woher – woher habt ihr gewusst, dass ich hier bin? Die Nachricht ... sie ging doch nicht raus, hier unten. Verstehe ich nicht«, murmelte er, immer noch benommen, vor sich hin.

»Doch, sie ist angekommen, Hendrik. Sonst wären wir jetzt nicht hier«, erklärte ihm Pfahls. »Du weißt doch, wie die Dinger sind. Mal funktionieren sie, mal nicht. Hängt manchmal nur vom richtigen Winkel ab.«

»Der Winkel. Ja, der richtige Winkel.«

Er taumelte in seinem geschwächten Zustand. Ingram kam ihm stützend zu Hilfe.

Emily war mittlerweile von ihren Fesseln befreit worden. Weinend ging sie zu ihrem Vater und umarmte ihn. Auch Brauner konnte das Weinen nicht unterdrücken, das laute Getümmel um sie herum ignorierend.

Dann herrschte für einen Moment Totenstille.

Die Nadel des Grammophons hing in einer Endlosschleife in der Auslaufspur fest.

Es krachte und knisterte.

Rrrrt ... Rrrrrt ... Rrrrrt

Epilog

Hendrik Brauner saß vor dem Fernseher. Es lief gerade eine der üblichen Nachmittagssoaps. Nicht gerade sein Ding, aber wenn man schon seit über einer Woche Erholungsurlaub hatte, musste man sich schließlich die Zeit irgendwie vertreiben.

Er hatte diesen Urlaub auch bitter nötig gehabt; die Wunden, die ihm von Raistinger zugefügt worden waren, heilten zwar schnell, aber mit seiner Seele sah das ein wenig anders aus.

Emily absolvierte gerade eine Therapie bei einem Psychologen, und auch sie schien sich relativ schnell zu erholen. Sie machte nun einen erheblich reiferen Eindruck. Aber das lag nicht nur an ihrem traumatischen Erlebnis, sondern auch daran, dass sie nun liiert war. Sie hatte ihrem Vater schon vor ein paar Tagen ihren ersten Freund vorgestellt. Es war Erik, der Junge, den er im angetrunkenen Zustand aus dem Gebüsch gegenüber gezerrt hatte.

Muss es ausgerechnet der sein? Der kleine Voyeur?, hatte Brauner sie gefragt. Und dann doch jeden Widerstand fahren lassen. Es brachte so oder so nichts, sie musste ihre eigenen Erfahrungen machen, und eigentlich war er ganz froh über Emilys Entwicklung.

Raistinger hatte lebenslänglich mit anschließender Sicherungsverwahrung bekommen. Nie wieder würde dieser wahnsinnige Sadist andere Menschen quälen und töten. Nie wieder. Und dann hörte er es abermals: sein irres Gelächter.

Brauner versuchte es wegzudrücken, abzuschütteln.

Und zappte weiter.

Er blieb an einer Doku über die Hexenprozesse von Salem im Massachusetts des 17. Jahrhunderts hängen. Hatte nicht Wenzel Rocha, der Pfarrer von Baring, ihn mal darauf angesprochen? Interessiert sah er eine Weile zu. Auch Mutterkorn wurde in diesem Zusammenhang erwähnt. Doch dann machte er den Fernseher aus, stand auf und ging ans Fenster. Draußen schien eine kalte Novembersonne auf das kahle Geäst der Bäume gegenüber.

Wie verrückt, das Ganze, dachte Brauner. *Nur gut, dass es so etwas heute nicht mehr gibt.*

Oder?

ENDE